"가슴이 따뜻해지는 감동을 드립니다."

_____ 님께

_____ 드림

긴 하루 끝에 좋은 책이 기다리고 있다는 생각만으로
그날은 더 행복해진다.
Just the knowledge that a good book is awaiting one
at the end of a long day makes that day happier.
- Kathleen Norris

사랑의
마음을 들여다보다

이미령 지음

내 인생을 뒤흔든 명작 55편 깊이 읽기

상상출판

'나는 왜 읽는가'에 답하기 위해

새벽 2시, 이 시각에도 잠을 이루지 못하는 날이 종종 있습니다. 그럴 때는 침대에서 일어나 책장 앞으로 갑니다. 그곳에는 내 친구들이 나를 기다리고 있습니다. 언제부터인지 모르겠지만 내게로 와서 책꽂이에 가지런히 꽂힌 책들. 나는 부스스한 머리를 책등에 갖다 댑니다.

여기저기서 소곤소곤대는 소리가 들립니다.

모두가 잠든 이 시각에 수천 년을 잠들지 않고 수다를 떠는, 지성과 인문과 해학과 농담이 가득 차 있는 곳. 나는 책들을 어루만집니다. 책은 이 작은 인간의 불면을 치료하고 깊은 안식을 줍니다.

책을 좋아하긴 했지만 책에 관한 글을 쓰리라고는 짐작조차 하지 못했습니다. 불교계에 몸담고 있기 때문에 종교서적 이외의 책들에 시간을 할애하는 건 좀 헛짓이라는 생각도 있어서 늘 마음속에 '책을 읽고 싶다'는 갈망만을 품은 채 시간을 보냈습니다.

하지만 내 말과 행동에서 그런 갈망이 튀어나왔나 봅니다. 어느 사이 주변 사람들이 책에 대해 글을 써보라고 권하였고, 좋은 책 있으면 방송에서 소개해보라는 권유를 받게 되었습니다. 그리 많은 책을 읽지도 않았으면서 덜컥 그런 제안을 받아들였습니다.

일주일에 책 한 권을 소개하는 칼럼을 쓰기 시작하다가 방송에서 책을 소개하게 되었고, 급기야 매일 한 권의 책을 소개하는 프로그램까지 진행하게 되었습니다. 공식적으로 책 관련 일을 한 세월이 5년입니다. 미친 듯이 읽어댔고, 읽다가 책에 체하고 짓눌린 적도 많았습니다. 무겁고 어두운 주제의 책을 읽으면 내 마음도 까맣게 타들어갔고, 유쾌한 책을 읽어갈 때면 괜히 친구들에게 전화를 걸어 수다를 떨기도 하였습니다.

책을 소개하는 일을 하다 보니 만나자는 출판사 사람들의 전화도 이따금 받았습니다. 낯가림이 심한데도 그들과 만나 차를 마시며 책 이야기를 나누었습니다. 나중에 돌이켜보니 그들은 나를 면접 보는 중이었습니다. 이 여자가 책 칼럼니스트라는데, 라디오 방송도 들을 만했고 블로그에 올린 글도 재미있기는 한데, 과연 이 여자에게서 팔릴 만한 한 권의 책을 엮을 수 있을지를 가늠하였던 것입니다. 물론 나는 그걸 눈치채지 못하고 재잘재잘 책에 대해 수다를 떨었습니다.

'책을 이야기하는 책'들은 시중에 넘치고도 넘칩니다. 굳이 내가 내 독후감 모음집을 거기에 보탤 필요는 없다고 생각하며 지내왔습니다. 그런데 어느 사이 처지가 달라졌습니다.

"당신은 책읽기를 통해 무엇을 말하고 싶은 것이냐?"는 질문을 받게 되었습니다. 그리고 "당신은 책을 통해 어떤 변화를 체험했느냐?"는 질문도 날아왔습니다. 그럴 때면 어디서부터 어떻게 대답을 해야 할지 몰라 묵묵부답

한참을 곤혹스럽게 침묵한 적이 많았습니다. 책은 무지한 내 뒤통수를 후려갈기기도 하였고, 콘크리트보다 더 딱딱하게 굳은 가슴을 말랑말랑하게 어루만져주기도 하였고, 딱 내 눈알 크기밖에는 보지 못하는 세상을 조금 더 크게 볼 수 있도록 동공을 활짝 열어주기도 하였습니다. 몇 권의 책을 읽어야 인간이 변화할 수 있을까요? 쉬지 않고 천 권에 가까운 책을 읽어대자 그제야 틈이 생겼습니다. 꽉 막힌 사고가 트이고 사색이 일렁이며 나와 다른 자에 대한 여유 있는 관조의 틈이 생겼습니다.

이제는 책에 대한 나의 생각을 말해야 할 때가 왔다고 느꼈습니다. 하지만 '독서론'이라는 이름을 붙이기에 나의 독서 이력은 너무나 얕습니다. 그리고 아직 사색이 무르익지 못했습니다. 그 대신 그 질문에 대한 대답으로, 5년 동안 집중적으로 거의 천여 권의 좋은 책들을 읽어오면서 그중에 나의 벗들에게 꼭 권하고 싶은 책들을 고민 끝에 골라 엮어서 내밀기로 했습니다. 오래전에 소개했던 칼럼의 내용에서 크게 달라지는 것은 없습니다. 그저 내용을 조금 더 보충하고 다듬는 선에서 멈추기로 했습니다. 처음의 감동이 가장 진실하다고 생각하기 때문입니다. 처음 느꼈던 아름다운 떨림을 나의 주관적인 논조로 뭉개고 싶지 않아서 책의 내용을 많이 인용했습니다. 인용부호와 색깔로 구분했으나 본문 속에 마치 나의 글처럼 묻혀들어간 것도 있을 것입니다. 책의 저자와 역자들에게 깊이 양해를 구합니다.

나는 왜 책을 읽을까?

이 질문은 여전히 퍽 심각하게 남아 있습니다. 책을 읽는 행위는 시간이 듭니다. 돈도 들고 정성도 듭니다. 잘 읽으면 '남는 장사'지만, 허투루 읽으면 낭비도 그런 낭비가 없습니다. 그런데 그 아까운 시간을 들여서 나는 왜 책을 읽을까요? 원고를 정리하면서 이 질문에 대한 답을 생각해볼 수 있어 좋았습니다.

인생의 소중한 한 부분을 기꺼이 한 권의 책에 나눠 쓸 마음이 있다면, 벗이여. 일단 나의 책 이야기에 귀를 기울여주시기 바랍니다.

2012년 7월
습기를 잔뜩 머금은 후텁지근한 날에
이미령 올림

chapter 3 **생명의 생생한 숨소리를 듣다**

chapter 6   따뜻한 마침표, 뭉클한 느낌표

1장에서 소개하는 책들

프리츠 오르트만, 《곰스크로 가는 기차》, 최규석 그림, 안병률 옮김, 북인더갭, 2010

필립 베송, 《포기의 순간》, 장소미 옮김, 문학동네, 2011

허먼 멜빌, 《필경사 바틀비》, 하비에르 사발라 그림, 공진호 옮김, 문학동네, 2011

헨리 데이빗 소로우, 《월든》, 강승영 옮김, 은행나무, 2011

고골, 〈외투〉, 《코, 외투, 광인일기, 감찰관》, 이기주 옮김, 펭귄클래식코리아, 2010

이문구, 《관촌수필》, 랜덤하우스코리아, 2004

고형렬, 《밤 미시령》, 창비, 2006

오스카 와일드, 《도리언 그레이의 초상》, 김진석 옮김, 펭귄클래식코리아, 2008

산도르 마라이, 《열정》, 김인순 옮김, 솔, 2001

chapter 1
서서히 차오르는 달 같은 인생

지금 기차가
당신 곁을 지나고 있어요

동국대학교 도서관에 가보면 베트남 스님 틱낫한의 글이 걸려 있습니다. 글의 내용은 별거 아닙니다. 그저 "나 집에 왔다(I arrived at home)"라는 짧은 문장입니다. 그런데 나는 대학 도서관에 꽂혀있는 수천수만 권의 책 속 구절보다 이 한 구절이 맘에 듭니다. 밤낮으로 이리저리 치달리고 내달리는 사람들, 심지어 꿈속에서마저 어지럽게 온 세상을 헤매다 깨어나는 사람들. 이렇게 살면 행복할까, 요만큼 벌면 이제 된 것일까, 저렇게 사는 게 더 나을까… 끝없이 궁리하고 모색하고 기웃거리다 끝내는 인생. 그런 점에서 틱낫한의 저 말은 쿵! 하고 나를 제압합니다.

오래전부터 인터넷에서 단편소설인지, 에세이인지 정체불명의 글 하나를 만나곤 했습니다. 이름하여 〈곰스크로 가는 기차〉라는 글인데, 저자가 프리츠 오르트만이라는 독일 사람이라는 정보 하나만 머리에 얹은 채 전문이 통째 사람들의 블로그나 홈페이지로 옮겨 다니고 있었지요.

줄거리는 이렇습니다. 어떤 남자가 아주 어렸을 때 아버지 무릎 위에서부터 "곰스크라는 도시가 있다. 그곳이 얼마나 멋진 곳인지 상상도 못 할 정도란다. 나는 그 도시에 얼마나 가고 싶었는지 모른다. 하지만 지금까지 그곳에 가보지 못했어. 그러니 아들아, 너는 무슨 일이 있어도 꼭 그곳에 가봐야 한다"라는 이야기를 노상 듣고 자랐더라는 것입니다.

소년이 자라 청년이 되고 어울리는 짝을 만나 결혼을 하게 되자 그는 아내와 함께 곰스크로 떠나기로 작정합니다. 그런데 하필 그곳까지 가는 기차는 특급열차요, 게다가 일등석밖에는 없어서 가진 돈을 탈탈 털어 표를 샀지요. 그래도 꿈에 그리던 그곳을 향해 떠난다는 들뜬 마음으로 아내와 함께 기차에 오릅니다. 하지만 그와 달리 아내에게는 떠난다는 들뜸, 미지의 세계로 향한다는 설렘 같은 것이 없었습니다. 무덤덤한 표정에, 차창 밖 풍경에는 아예 관심이 없었고 심지어 아내는 지루해하기까지 한 표정이었습니다.

그러다 기차가 어느 간이역에 잠시 멈춰 섰습니다. 남편은 아내의 무료함을 달래주려 역에 내려서 자그마한 동네를 산책하기로 했습니다. 기차에서 내려서고 땅을 밟자 아내는 그제야 맘이 놓이는지 아주 편안해졌습니다. 하지만 아내의 꿍꿍이는 다른 데에 있었습니다. 곰스크로 떠나려고 발을 동동 구르는 남편을 설득해서 어떻게든 작은 마을에 정착하고 싶었던 것입니다.

기차는 곧 출발한다고 길게 기적을 울리고, 남편은 빨리 승차하자고 재촉했지만 아내는 느긋한 표정으로 이렇게 대답합니다. "다음 기차를 타면 되잖아요."

다음 기차가 올 때도, 그다음 기차가 올 때도 남편은 타자고 성화를 부렸고, 아내는 그때마다 다음 기차를 타자고 고집을 부렸습니다. 하여 남편은 매번 이렇게 다짐하기에 이릅니다.

'그래, 다음번 기차가 오면 그때 아내도 나와 함께 이 마을을 떠날 수 있겠지.'

어느 사이 아내는 일자리를 마련하고 가재도구를 장만하고 동네 아낙과 친분을 맺습니다. 남편도 일자리를 마련하고 동네 사람들의 일에 관여하게 됩니다. 아내는 곰스크 같은 곳엔 처음부터 갈 생각이 없었지만 남편의 마음속에는 온통 곰스크 뿐이었습니다. 지금 이 마을에서의 정착도 임시로 머무는 것이요, 기차가 오면 이내 올라타려고 언제나 '스탠바이'의 하루하루를 보내고 있었습니다.

남편은 곰스크로 가는 기차에 오를 수 있을까요? 혹시 끝내 그 기차에 오르지 못했다면 그건 자꾸만 붙잡아 앉히는 아내 탓일까요?

생각해보면, 우리는 누구나 자기만의 곰스크라는 목적지를 품고 살아갑니다. 이렇게 고생하며 사는 것도 곰스크에 도착해서 행복하게 살기 위한 잠시의 희생이라 여기며 살아갈 테지요. 어떤 이는 그곳으로 가는 기차표를 사기도 했을 테고 과연 곰스크에 도착한 사람도 있을 것입니다. 하지만 도착하여 짐을 풀고 "죽을 때까지 행복하게 살았더래요"라는 소리를 들을 사람은 없습니다.

어쩌면 우리 중 누군가는 날짜가 지나도 너무나 지나버린 주머니

속 낡은 기차표를 꺼내보면서 한숨만 휘휘 내쉴 테지요. 그러다 멀리서 내달리며 지르는 기적소리를 듣기라도 하면 "아, 난 지금 서 기차를 타고 있어야 하는 건데…"라며 얼굴을 묻고 차라리 빨리 지나가기를 바랄 겁니다.

인터넷에 떠돌던 이 단편소설은 대학 독일어 교재로 쓰이던 것이었습니다. 내용이 참 좋아서 알음알음으로 전해져 읽히던 글이 마침내 한 권의 책으로 나왔을 때는 그렇게 반가울 수가 없었습니다. 후딱 읽어서 치워버리지 않고 밍밍한 차를 아껴먹으면서 혀끝으로 온기를 붙잡아두려는 듯 천천히 읽어가다 보면 누구나 곰스크를 향해 떠나는 기차의 기적소리를 들을 수 있을 겁니다.

그리고 어느 결엔가 저 멀리 들려오는 기적소리에 몸을 떨면서 긴 한숨을 내쉬는 자신을 발견할 것입니다.

"자신이 원하는 것, 그것이 그의 운명이요, 운명은 곧 자신의 의지인 것이지요. 당신은 한때 곰스크로 가려고 마음먹었고, 지금은 이 조그만 마을에서 아내와 당신의 아기와 정원이 딸린 집에서 머무르며 살고 있지요. 당신은 그것을 원했던 거요. 당신이 원치 않았다면 당신은 그때 기차에서 내리지 않았을 테고 기차를 놓치지도 않았을 거요. 그 당시 바로 그 순간, 당신은 당신의 운명을 선택한 겁니다."

범부여,
무엇을 언제까지 기다리느냐

읽으면서 "그래, 그래" 하며 고개를 끄덕이게 되는 책이 있는가 하면, 다 읽고 난 뒤에 밥 먹고 입가심하지 않은 것처럼 뭔가 말로 표현할 수 없는 느낌이 하도 오래가서 끝내는 다시 읽게 되는 책이 있습니다. 아주 오래전 세로읽기로 된 문고판 책 《공(空)의 세계》(가지야마 유이치 지음)를 읽었을 때가 그랬습니다. 반야경을 설명하는 책인데 앞머리에 인용한 현사사비스님에 대한 일화 때문입니다.

현사(玄沙)는 송나라 복주 사람, 속성은 사(謝), 직업은 어부였다. 어느 날 남태강에 배를 띄워 아버지와 함께 고기를 낚고 있을 때 발이 미끄러져 아버지가 물속에 빠졌다. 둘도 없는 효자인데다 더구나 부자 두 사람만이 의지하며 지내온 터이다. 현사는 놀라서 장대를 내밀었고 아버지는 그것을 붙잡았다. 순간 오랫동안 고민하면서 감행하지 못했던 일을 해야 할 때가 되었다는 생각이 현사의 온몸을 전광과 같이 꿰뚫었다. 그는 장대를 손에서 놓았다.

'앗! 무슨 짓을 하느냐! 현사야! 현사야…'

공포와 의심으로 휘둥그레진 늙은 아버지의 눈, 버둥거리며 물을 치는 수족…. 현사는 그 광경을 본채만채 힘껏 노를 저어 언덕에 올라 그 길로 설봉산으로 달려가 출가한 것이다.

《공의 세계》저자는 이 내용이 소설이라 해도 너무 극적인 전개인지라 선(禪) 전문가를 찾아 자문을 구했다고 합니다. 그리고 다른 선 관련 서적을 빌려서 살펴보았더니 거기에는 "현사가 어부였는데 고기 잡는 일을 그리 좋아하지 않았다. 어느 날 아버지와 같이 고기잡이 나갔다가 아버지가 물속에 빠졌다. 당황하였지만 아버지를 구할 수 없었다. 그래서 그는 발심하여 출가했다"라는 어느 정도는 수긍할 만한 내용이 실려 있었다고 합니다.

아무래도 좋습니다. 다만, 출가가 얼마나 절실했으면 그 절체절명의 순간에 불효를 저지르면서까지 감행한 것인지, 그러기까지 그는 얼마나 큰 결심과 포기를 반복했을지 생각하니 만감이 교차하였습니다.

은근히 현사스님의 입장이 이해되지 않는 바는 아니지만 이 이야기를 사람들에게 들려주려니 겁이 났습니다. 십중팔구 "아무리 그래도 그렇지…"라는 비난의 대답이 돌아올 것이 빤했기 때문입니다.

하지만 가만 생각해봅시다. 우리는 얼마나 제 의지대로 제 인생을 살아가고 있을까요? 죽을 때까지 이렇게 살아봤으면, 저렇게 살아봤으면 하며 생각만 하다가 끝내 실행하지 못하고 그냥 '남들 살듯이 그렇게 사는 게 진리'라고 자위하며 삶을 마감하겠지요. 간혹 용감한 의지적 인간이라면 아무리 극악한 현실이라도 박차고 나가 인생을 개척하겠지만 대부분의 사람들은 죽을 때까지 꿈만 꾸다 맙니다.

영국의 땅끝 바닷가 마을 팰머스에서 나고 자란 토머스 셰퍼드 역시 딱 그런 부류의 사람입니다. 그는 어려서 사고로 다리를 다치고 친구들의 지독한 놀림에 위축된 소년시절을 보냅니다. 그러다가 자신을 이해하고 감싸주는 매리엔과 결혼을 하고, 아들이 태어나자 세상 대부분의 아버지가 그러하듯이 푸근한 애정을 쏟았습니다.

하지만 문제가 생겼습니다. 아무리 노력해도 둘째 아이가 생기지 않자 토머스는 혼자 슬그머니 이웃마을 병원을 찾습니다. 그런데 의사로부터 청천벽력의 진단을 받습니다.

"당신은 불임입니다."

그렇다면 지금의 아이는 대체 누구의 자식이란 말인가요!

토머스는 그날 이후 달라졌습니다. 아내를 똑바로 쳐다볼 수 없었고, 아이에게 편안한 눈길을 줄 수 없었습니다. 아내는 아무것도 모른 채 달라진 남편을 닦달하였고, 남편은 아내의 부정을 추궁할 용기도, 결혼을 깰 배짱도 없이 그저 어긋한 결혼생활을 할 뿐이었습니다.

그러다 덜컥 사건이 벌어지고 말았습니다. 아들과 배를 타고 바다로 나갔다가 어린 아들이 미끄러져 즉사하고 만 것이지요. 토머스는 눈앞에서 벌어진 광경에 제 눈을 의심했습니다. 그는 그 어린 생명을 끌어안고 안절부절못하다가 차마 시신을 안고 돌아갈 수 없어서 바닷물 속으로 떠내려 보냅니다.

토머스의 이 어처구니없는 행동은 아내의 고발로 막을 내립니다.

그는 과실치사로 구속되고 낯선 땅의 구치소에서 5년을 복역합니다. 그 사이 아내는 떠나가고, 복역을 마치고 돌아온 그는 세간살이 하나 없는 텅 빈 집에 홀로 남겨집니다.

그런데 소설은 이제부터 시작입니다. 그는 그 지독한 사건 '덕분'에 자기가 무얼 원하는지, 알게 된 것입니다. 아내를 원망하는 마음은 처음부터 없었습니다. 비좁은 시골 마을에서 남들의 시선을 불편해하고 이웃과의 껄끄러운 관계를 두려워하면서 근근이 살아온 지금까지의 삶의 방식에 과감히 "No!"라고 외칠 용기를 얻은 것입니다.

그러기까지 누군가가 죽어야만 했다는 점이 참 처절합니다. 누군가가 죽지 않았으면 그는 죽을 때까지 그냥저냥 아내를 미워하고, 아내를 미워하는 소심한 자신을 증오하고, 어린 아들을 마음으로 학대하고, 죄 없는 아들을 학대하는 자신을 증오하며 삶을 보내었겠지요.

소설을 읽으면서 오래전에 읽고 가슴에 남겨두었던 현사스님의 행동이 사무치게 떠올랐습니다. 누군가 죽어나갈 때까지 기다리고 또 기다리고 나서야 자신의 원하는 삶을 깨달아 그 길을 찾아 나서는, 미련하기 짝이 없는 저 지극히 '범부다운' 행위가 참 눈물겹습니다. 내가 누구인지, 나는 무엇을 하고 싶은지 모른 채 구름을 걷는 듯 둥둥 떠다니는 삶을 끝내기가 이렇게 힘들다는 게 가슴 저려왔습니다.

산다는 건,

제대로 잘 산다는 건,

그처럼 쉽지 않나 봅니다.

뭔가 가장 중요한 것을 포기해야만 비로소 자기의 길이 보일 정도로, 그토록 처절한 삶을 살아갈 사람들과 함께 읽고픈 책입니다.

"그러지 않는 편을 택하겠습니다"라는 소심한 거부

책의 내용도 내용이지만 책 속의 삽화가 나를 잡아끈 책입니다. 깡마른 얼굴과 부릅뜬 눈, 허리를 굽히고 책상에 엎드려 깃털 달린 펜으로 뭔가를 쓰는 남자….

《모비 딕》이라는 불후의 명작을 쓴 허먼 멜빌의 중편소설 《필경사 바틀비》는 예전에도 번역 소개된 글이지만 하비에르 사발라라는 스페인 출신 작가의 일러스트 작품이 없었다면 아주 오래도록 내 눈에 띄지 않았을 겁니다.

미국 월스트리트의 어느 변호사 사무실에 바틀비가 취직했습니다. 그가 할 일은 서류를 베껴 쓰는 일. 남들보다 일찍 출근해서 남들 다 돌아갈 때까지도 책상에서 일을 하는 성실한 사람입니다. 동료들과 어울리지 않고 종일 서류를 베껴 쓰는 모습이 좀 지나치지 않나 싶지만 그래도 그를 고용한 변호사는 변명과 핑계만 늘어놓고 게으름 피기 일쑤인 다른 직원들에 비해서 무뚝뚝하게 일만 하는 바틀비가 미더웠습니다.

하지만 서서히 사건이 터집니다. 복사기계가 없던 시절, 손으로 베껴 쓴 서류를 직원들이 다들 둘러앉아 검토해야 하는 건 필수업무였는데, 바틀비가 베껴 쓴 서류를 함께 검토하자는 변호사의 주문에 그는 이렇게 대답한 것입니다.

"안 하는 편을 택하겠습니다."

그날 이후 바틀비의 입에서 나온 말들은 죄다 '하지 않는 편을 택하겠습니다' '그러지 않는 편을 택하겠습니다'입니다. 그렇다면 궁금해집니다.

"대체 왜 하지 않겠다는 거요?"

바틀비는 이유를 대지 않습니다. 어쩌면 대지 못하는 것이겠지요.

허먼 멜빌의 《필경사 바틀비》는 쓸쓸한 비극으로 막을 내립니다. 딱히 고집 피울 일도 없건만 죽자고 '하지 않는 편을 택하던' 바틀비를 사람들이 구치소에 넣어버렸고, 그곳에서도 식사시간이 되어 밥 먹으라고 하면 "먹지 않는 편을 택하겠습니다"라고 대답합니다. 그리고 구치소 안마당에서 시들시들 말라가버립니다.

그리 길지 않은 중편소설이라 앉은 자리에서 다 읽었지만, 마지막 페이지를 덮는데 이게 뭔가 싶더군요. 대체 '하지 않는 편을 택하겠다'는 바틀비의 심사가 무척 궁금해지기도 하고요.

그런데 바틀비의 심경을 이해할 만한 일이 내게 벌어졌습니다. 평소 무슨 자리만 있으면 나를 불러내던 친구가 있었는데 내게 밥을 사겠다며 전화를 걸어온 것입니다. 그리 편한 자리가 아니었지만 나는 꼬박꼬박 나갔습니다. 워낙 완강하게 초대하는지라 끝까지 거부하기가 어려웠고, 그러다 나를 미워하거나 오해하면 어쩌나 하는 새가슴에, 내게 실망하면 어쩌나 하는 어설픈 '완벽주의'가 작용했기 때문입니다.

그런데 이 친구 전화가 하필 바틀비의 최후를 읽어가는 내게 걸려온 것입니다. 나는 차츰 어두워지는 시각에 책상 앞에 앉아서 바틀비의 그 거부하던 몸짓을 음미하고 싶었기에 식사초대에 "나가지 않겠다"고 답하였지요. 역시나 완강하게 그래도 나오라는 요청 아닌 요청.

나는 끝내 나가지 않았습니다. 상대가 내게 크게 실망하여도 어쩔 수 없습니다. 그게 두려워서 마음이 내키지 않는 일을 더는 할 수가 없었습니다. 그리고 나니 바틀비가 보이기 시작했습니다.

"하지 않는 편을 택하겠습니다."
"가지 않는 편을 택하겠습니다."
"그러지 않는 편을 택하겠습니다."
"차라리 하지 않는 게 낫습니다."

바틀비는 한 번씩 거절할 때마다 상사의 질타와 동료의 험담을 받아야 했고 심지어는 화합을 깨는 자라는 당연한 질책을 고스란히 받아야 했습니다. 그뿐만 아니라 그런 그를 달래려고 내미는 웃돈과 프리미엄까지도 거절했습니다.

세상 뭐 그리 빡빡하게 살 거 있냐? 좋은 게 좋은 거고, 둥글게 둥글게 살아야지. 남들 사는 거 다 거기서 거기다. 우리가 별 수 있냐? 그냥 가진 놈들 하라는 대로 하면 콩고물이라도 떨어질 테니 그거 받아 사는 거지.

이 세상에는 그리고 우리 주변에는 이런 말들이 둥둥둥둥 떠다닙니다. 그리고 나 자신도 이런 말들에 나를 슬그머니 감추고 묻어간 적이 있습니다. 그런데 필경사 바틀비는 그게 아니랍니다. 설령 구치소 안마당 담벼락에 웅크리고 새들새들 말라가더라도 "그렇게 살지 않는 편을 택하겠다"면서 말이지요.

하긴 이 어마어마한 세상의 권력구조와 자본의 구조 속에 바틀비 같은 소심남의 존재감이야 티끌만도 못하겠지요. 그런 사람 수백 수천 명이 죽어가도 눈도 끔쩍하지 않을 이 세상입니다. 하지만 모기만한 소리로라도 '나는 그러지 않는 편을 택하겠다'고 외쳐볼 때가 온 것 같습니다. 그리고 실제로 '그렇게 하지 않아서' 불이익과 명예 실추와 반목이 찾아와도 담담하게 '계속 그러지 않는 편'을 택하며 살아야 할 때가 온 것 같습니다.

세 개의 의자를 가진
자연주의자의 삶

언제부터인지는 모르겠습니다. 사람들과의 교제가 더 이상 내게 영감을 주지 않고, 긴 대화 끝에 누군가를 험담하고야 자리를 파하게 되고, 흥정하듯 인정을 저울질하는 나 자신의 얕고 교활한 속내가 빤히 들여다보이기 시작하였습니다. 나는 잠시 세상과의 교류를 접어야 할 필요를 느꼈습니다. 말을 멈추고 책들도 덮고 그저 오도카니 나 자신을 강보에 뉜 어린아이마냥 들여다봐야겠다는 생각이 들었습니다.

그때 만난 책이 《월든》입니다. 가능하면 잠에서 깨어 맑고 또렷한 기운으로 책을 읽어가기로 했습니다. 2007년 10월 29일, 이날은 월요일이었고, 나는 정오 가까운 시간까지 《월든》을 읽었습니다. 《월든》 읽기의 첫째 날에 나의 연필이 그어진 문장은 이렇습니다.

나는 다른 모든 저자들에게도 남의 생활에 대하여 주워들은 이야기만을 하지 말고 자기 인생에 대한 소박하고 성실한 이야기를 해줄 것을 부탁하고 싶다.

이 문장 아래에 연필로 줄긋기 시작하여 군데군데 조심스레 줄 쳐진 부분이 지금도 선명합니다. 서두르지 않고 아주 천천히, 또박또박 읽어가면서 그날 하루의 《월든》 읽기가 끝나면 날짜와 시간을 적어두었더니, 마지막 페이지의 마지막 문장이 끝나는 그 지점에 "2007년 11월 16일 금요일 아침 10시 5분"이라는 숫자가 보입니다.

그로부터 4년이 흘렀습니다. 그 사이 《월든》은 책꽂이에 꽂혀 있기보다는 언제나 내 손이 닿는 어딘가에 내버려져 있었습니다. 이 책 저책을 뒤적이다 《월든》이 눈에 띄면 무작정 펼쳐서 아무 페이지나 읽어 내려갔습니다.

헨리 데이빗 소로우라는 이 남자, 좀 까칠합니다. 세속의 질펀한 인정도, 농부의 순박함도 그에게는 미덕이 아니요, 박애주의자일수록 그가 겨눈 서슬 푸른 질타를 각오해야 하며, 나라의 탄탄한 재정확보를 위한 세금이니 국채니 하는 것도 소로우의 냉소를 면할 수 없습니다.

그런데 1817년생인 그가 청춘을 보내던 당시 미국은 캘리포니아의 금광을 찾아 유럽 각지에서 사람들이 몰려들었고, 자연의 푸른 혈맥이 인간의 한탕주의에 거침없이 난도질당하던 때였습니다. 개발이면다 통하는 시기였고, 가난은 저주받아 마땅한 삶의 방식이었고, 화려하고 풍요롭고 기름진 삶을 가장 아름답게 여기던 시절이었습니다.

마지막 남은 인디언들이 저항이냐 투항이냐를 놓고 승산 없는 고민을 하던 시기였고, 이들을 굶겨 죽이려는 백인 이주민들의 계획에 따라 인디언의 친구이자 양식인 버펄로 수천 마리가 장차 떼죽음을 당하기 직전이었습니다. 대륙을 가로지르는 철도의 기적소리가 사람의 집 안마당을 넘어서 고요한 저녁 거실까지 침범하였고, 검소하고 억척스럽던 주부들은 값비싼 상품을 구입해서 집안을 꾸미며 이웃집 여자의 순박한 살림을 흉보기 시작하던 시절이었습니다.

하버드 대학을 졸업하였음에도 특별한 직업을 갖지 않고 목수일 등을 전전하던, 반골 기질이 농후한 소로우는 이런 세상을 향해서 선전포고를 했습니다.

정말 이런 문명의 파도에 휩쓸려야만 사람답게 사는 것인가! 나는 기차가 없이도, 신문이 없이도, 돈이 없이도, 권위에 대한 복종이나 부자를 향한 애증을 품지 않아도, 인간이 가장 가치 있게 살 수 있음을 실험해 보이겠다.

소로우가 제 인생을 실험에 쏟기로 결정한 뒤, 살 집을 찾아 도끼한 자루를 들고 월든 호숫가 숲 속으로 들어간 때는 1845년 3월 말경. 그로부터 넉 달 뒤에 그는 작은 오두막 한 채를 마련하고 입주하였습니다. 7월 4일의 일입니다. 이후 2년여에 걸쳐 그곳에 살면서 철저하게 자급자족의 삶을 영위합니다.

재정이 넉넉해진 미국 사람들이 유럽의 귀족들을 흉내 내어 경쟁적으로 집안 인테리어에 돈을 쏟아 붓던 시절, 소로우의 오두막을 채운 가재도구는 "침대 하나, 탁자 하나, 책상 하나, 의자 셋, 직경 3인치의 거울 하나, 부젓가락 한 벌과 장작 받침쇠 하나, 솥 하나, 냄비 하나,

프라이팬 하나, 국자 하나, 대야 하나, 나이프와 포크 두 벌, 접시 세 개, 컵 하나, 스푼 하나, 기름단지 하나, 당밀 단지 하나 그리고 옻칠한 램프 하나"였습니다. 그런데 혼자 사는 그에게 의자가 세 개나 있다는 것은 퍽 사치스럽게도 보입니다. 그러나 소로우는 그에 대해 이렇게 말합니다.

내 집에는 세 개의 의자가 있다. 하나는 고독을 위한 것이고 둘은 우정을 위한 것이며 셋은 사교를 위한 것이다.

그를 찾는 방문객들은 용무가 끝나면 돌아서야 했고, 그래도 남고 싶은 방문객은 접대를 위한 시간조차도 가식과 허영과 무의미한 수다에 지나지 않는다는 집주인의 정신을 이해한다면, 소로우를 방해하지 않는 곳에 자리 잡고 제 하고 싶은 일을 하면 되었습니다.

극단적이라 여겨질 정도로 검소하고 단출하며 세속을 피한 그의 삶입니다. 그래서 책을 읽을 때면 따뜻한 온기 대신 겨울 호수의 냉기가 훅 느껴집니다. 가장 최근에 《월든》을 읽을 때는 '소로우가 너무한 거 아닌가? 아무리 그래도 인간세상을 이토록이나 경멸할 수가 있는 것일까?' 하는 생각이 들었습니다. 특히 "생활비를 버느라 자기의 모든 시간을 다 뺏겨 여유가 없는 사람들, 신에 관한 화제라면 자기들이 독점권을 가진 것처럼 말하며 다른 어떤 견해도 용납하지 못하는 목사들, 의사들과 변호사들 그리고 내가 없는 사이에 나의 찬장과 침대를 들여다보는 무례한 가정주부들, 안정된 전문직의 닦인 가도를 걷는 것이 가장 안전하다고 결론을 내린, 더 이상 젊지 않은 젊은이들"을 향한 냉소는 뼈가 시릴 정도였습니다.

하지만 1845년의 소로우는 백 년 뒤의 인간들이 얼마나 피폐하고 잔혹하며 각박한 삶을 살아가게 될 것인지를 미리 알고 있었음이 틀림없습니다. 그의 냉정한 시선은 동시대의 미국인을 넘어서 백 년 뒤, 너무나 풍요롭지만 너무나 가난해지고 만 21세기의 사람들을 향해 있었던 것입니다.

그는 아무도 마음을 내지 못했던 그 시절에 자연으로 돌아가 자연을 바라보는 방법을 우리에게 가르쳐주었습니다. 그리고 티끌만 한 자연 속에서 벌어지는 무한한 생명의 경외를 촘촘하게 그려내며 인간이 최고라는 생각이 얼마나 무지한지를 일러주었습니다.

그는 볕이 좋은 날이면 고독을 위한 의자를 오두막 밖으로 끌어내어 종일 햇볕을 받고 숲을 스치는 바람소리를 들었으며, 비바람이 치는 날이면 저 먼 하늘에서 시작한 빗줄기가 지상의 어느 지점에 닿아 스러질 때까지 내는 소리를 끝까지 들었습니다.

우리는 아침 햇살의 투명하고 맑은 기운을 단 10초라도 맘껏 쐰 적이 있었을까요? 나무로 만든 문지방을 검게 물들이는 빗줄기의 흐느낌에 귀를 기울이며 밤을 보낸 적이 있었을까요? 눈이 내리는 소리, 바람에 낙엽이 얇은 몸뚱이를 뒤척이는 소리, 저수지 얼음이 봄볕에 갈라지는 소리를 마지막으로 들은 적이 언제였던가요?

어느 사이 인간이 주인행세를 하게 된 자연. 하지만 그는 그런 인간이 얼마나 하찮고 나약하며 무지한 존재인지를 일러주었으며, "뼈 가까이에 있는 살이 맛있듯이 뼈 가까이의 검소한 생활도 멋진 것"이니, 문명이 만들어낸 무수한 잡동사니에서 자유로워진다면 우주의 광대한 울림을 만날 수 있음을 일깨워주었습니다.

"내가 숲으로 들어간 것은 인생을 의도적으로 살아보기 위해서였으며, 인생의 본질적인 사실들만을 직면해보려는 것"이었다는 그입니다. 본질에 가 닿을 수만 있다면, 내 삶을 순전한 내 의도대로 살아볼 수만 있다면 그리고 매일 아침마다 다가오는 숱한 문제들을 맑은 두 눈과 정신으로 직시할 수만 있다면 얼마나 좋을까요?

백 년 전, 의자 세 개만을 가진 한 남자는 인간이 충분히 그렇게 살 수 있음을 입증해 보였습니다. 그리고 그는 숲의 생활을 청산하고 세상으로 돌아왔습니다. 은자(隱者)의 삶을 털고 누항(陋巷)으로 돌아온 소로우이기에 더 진실하게 느껴집니다.

고전은 백 년 뒤의 독자와 만나도 그의 살갗을 아프게 문지를 수 있어야 합니다. 몇 번이나 읽었건만 "어, 이런 문장이 있었어? 난 왜 지난번에 발견하지 못했지?"라며 머리를 흔들며 밑줄을 그어야 고전입니다. 내게 고전은 소로우의 《월든》입니다.

외투 한 벌에 담긴
쓸쓸한 실존

아까끼 아까끼예비치. 그는 관청의 낮은 계급, 즉 9등 문관으로 제 딴에는 어엿한 관리일지 몰라도 별 볼 일 없는 책상 하나 차지하고 앉아서 종일 서류 채우는 일을 하는 러시아 남자입니다.

계급과 신분의 차이가 지독하게 사람들 목을 옥죄고, 사람답게 살려면 썩은 동아줄일지언정 귀족의 그림자라도 움켜쥐어야 하는 시절. 그래도 아까끼 아까끼예비치는 아침부터 늦은 저녁까지 서류를 작성하는 일에 더할 나위 없이 만족했습니다. 문자향 서권기(文字香 書卷氣)라고 하나요? 아까끼는 그런 멋을 음미할 줄 아는 남자였습니다.

그런데 일이 생겼습니다.

어느 매섭게 춥던 날 아침, 출근하고 나니 온몸이 아파왔습니다. 너무나 낡아서 걸레로도 쓰지 못할 그의 외투가 러시아 페테르부르크의 칼날 같은 한파를 막아주지 못했기 때문입니다.

이제 그에게는 문자의 유토피아 대신 넝마 같은 외투를 수선해야 할 현실이 들이닥쳤습니다. 그리고 솜씨 좋은 재단사는 이참에 새로운 외투 한 벌을 마련할 것을 권합니다. 더 이상 수선할 수 없을 정도로 낡았기 때문입니다.

하지만 외투 한 벌을 마련하려면 그의 봉급을 다 털어 넣어야 합니다. 그는 극도의 내핍생활로 들어갑니다. 촛불도 켜지 않고 차도 마시지 않고 굶기를 밥 먹듯 하며 돈을 모아 마침내 아주 멋진 외투를 마련합니다.

아! 그 새 옷의 감촉이란. 새의 깃털이 이보다 더 부드럽고 가벼울 수 있을까요? 포근하고 따뜻하고 게다가 고급 천을 써서 맵시도 납니다. 이제 관청 직원들도 그의 외투를 보고 부러운 듯 먼저 다가와 말을 건네고, 길을 걸으면 사람들이 오래오래 눈길을 던집니다. 아까끼는 예전에는 하지 않던 밤 외출도 합니다. 외투를 입고 쓰윽 지나다니기만 해도 자신의 존재감이 선명하게 빛이 났기 때문입니다. 그는 사람들 사이에서는 일부러 천천히 걷고 쇼윈도에 비치는 자신의 모습에 황홀해지기도 했습니다.

그런데 이 무슨 운명의 장난이란 말인지요! 아까끼는 한밤중에 광장에서 외투를 강도에게 빼앗기고 맙니다. 무진 몸부림을 쳤지만 소용없었습니다.

그는 혈안이 되어서 잃어버린 외투를 찾아 나섭니다. 하지만 게으른 경찰들은 귀찮다는 반응뿐이어서 하는 수 없이 고위관료를 찾아갑니다. 그는 막강한 실력을 가진 사람으로 어떤 민원도 들어준다는 인물이었습니다. 아까끼는 그를 찾아가 허리를 굽실거리며 인생 중년 이후에 마련한 자신의 우아한 외투 한 벌을 꼭 찾아달라고 부탁했습니다. 그러나 돌아오는 건 "고작 외투 한 벌 때문에 전 러시아를 통틀어 가장 바쁜 나를 찾아왔느냐"는 싸늘한 멸시뿐이었습니다.

가장 소중한 것을 빼앗겨본 사람은 알 겁니다. 그것을 손에 넣기 위해 얼마나 노력했는지, 그것을 손에 넣은 뒤 얼마나 기뻤는지, 그러다 그것을 빼앗기면 얼마나 가슴 아픈지….

아까끼 아까끼예비치는 상심에 눌려 숨을 거둡니다. 어쩌면 외투를 잃어버린 뒤 걸려버린 지독한 감기 때문인지도 모르겠지만 그의 사인은 상실과 상심이 분명합니다.

아까끼 아까끼예비치가 죽은 이후 페테르부르크 광장에는 밤이면 밤마다 유령이 나타납니다. 유령은 사람들의 고급 외투만 노리고 있지만 그를 모질게 멸시했던 관료의 외투를 빼앗은 뒤에는 모습을 감추었다고 하지요.

처음 고골의 단편 〈외투〉를 읽었을 때는 "딱한 중생! 그게 뭐 그리 중요하다고"라는 생각뿐이었습니다. 그런데 왜 자꾸 아까끼 아까끼예비치가 생각나는지 모르겠더군요. 모든 생을 다 바쳐 무엇인가를 소유하고 그것 하나로 뿌듯하게 삶을 향유할 수 있을 것 같았지만, 소유했던 것이 끝내 나를 떠나가버리면 삶의 목적마저 안개비처럼 정체가 모호해집니다. 우리는 소유물의 실종과 더불어 인생항로에서 길을 잃고 맙니다.

그 쓸쓸한 실존.

아까끼가 평생에 단 한 번 장만한 고급 외투는 금수저를 입에 물고 태어난 신분들의 눈에는 허섭스레기로 보일지 모릅니다. 하지만 유령이 되어버린 아까끼가 자기 몸에 딱 맞는 관리의 외투를 빼앗은 뒤 사라지고 말았다는 내용은, 인간 희로애락의 무게와 부피는 누구에게나 아주 똑같다는 것을 의미하는 건 아닐까요. 두고두고 읽을 만한 아름다운 작품이었습니다.

고향의 악수에
나는 울었다

　연일 경제 불안, 불황, 부도와 도산 같은 소식이 들려옵니다. 예전 IMF 구제금융 때보다도 더 살벌해졌다는 하소연도 끊이지 않습니다.

　살기가 참 팍팍하기는 한가 봅니다. 신속하게 통계로 잡히지 않을 뿐이지 생활고를 견디다 못해 스스로 목숨을 끊는 이가 여간 많지 않습니다. 따지고 보면 예나 지금이나 밥벌이는 우리를 괴롭혀왔습니다. 까짓 몇 푼에 목숨 걸고 살아가야 하는 내 처지가 억울하기도 하지만 밥벌이는 거역할 수 없는 존재의 숙명인지라 날마다 무거운 발걸음을 억지로라도 일터로 옮겨야 합니다. 하지만 예전의 우리는 자존심이 돈 몇 푼에 땅바닥까지 추락했어도 가슴 속에 이런 희망 하나가 있어 버틸 수 있었습니다.

　"돈을 벌어 고향에 땅 사서 집 한 채 반듯하니 올리고 일가친척 불러다가 농사나 짓고 살련다."

고향은 떠나온 곳이고, 그래서 돌아갈 곳입니다. '고향'은 나를 품고 키워준 곳, 하지만 나를 더 큰 세상으로 내보내느라 따뜻하던 그 품을 눈물과 함께 열었던 곳입니다. 그래서 사람들의 가슴속에서 고향은 영원합니다.

하지만 영원한 안식처라 생각하고 돌아보지 않는 사이 고향도 세월이라는 무기를 피해가지 못합니다. 향기 없는 건물들이 정겹던 풍경을 살벌하게 뭉개고 들어서버린 고향의 현재를 바라보는 귀향자들의 눈에는 아련한 슬픔이 엄습해옵니다. 고향은 달라진 것이 아니라 죽어버린 것입니다.

이문구의《관촌수필》을 펼쳐 들면 새색시처럼 곱던 고향의 어제와 오늘의 풍경이 교차해서 그려지는 바람에 마음은 더욱더 쓸쓸해집니다.

《관촌수필》은 문체가 말할 수 없이 아름다운데다가 흥얼흥얼 가락을 담고 있어서 종종 소리 내어 읽는 책입니다. 고향 관촌(冠村)은, 본데 없는 출신이나 손맵시는 야무졌고 고운 심성에 기질은 활달하였지만 가난한 시집에 어울리지 못해 끝내 노래패를 따라 장터를 떠돌다 자취를 감춘 옹점이의 운명과 다르지 않았습니다.

어릴 적 집안의 경조사에 제 몸 아끼지 않고 도와주던 석공이 훗날 백혈병에 걸려 서울의 대형 병원에 입원하였지만 결국 고향에서 운명하려고 내려가던 그 길에, 애써 슬픔을 외면하고 입원비도 칼같이 정산해서 끝내는 '나'에게 석공은 먼저 악수를 청하였습니다.

이젠 준비해두었던 말로 고별인사를 하며 손을 내밀어 악수로 영결(永訣)해야 될 차례였다. 내가 고개를 차 안으로 디밀며 입을 열려 하자, 석공이 먼저 꺼져가는 음성으로, '잘들 사는 걸 보구 즉으야 옳을 텐디, 이대루 죽어서 미안하네… 부디 잘들 살어…' 하며 움직여지지 않는 손으로 악수를 청했다. 나는 울었다.

　고향은 그렇게 움직여지지 않는 손으로 악수를 청하고, 그 손을 잡아야 하는 현대인들은 그제야 울음을 터뜨립니다. 울게라도 해주니 고향은 정말 고마운 존재입니다.

아주 오래된 지인의
전화

    토요일 아침, 오랜 친구 남편의 전화를 받았습니다. 그리 사교적이지 못한 내 친구가 병으로 수술을 하게 되었습니다. 남편은 일을 나가야 하는데 병실에 홀로 외롭게 있을 아내가 걱정되어 내게 전화를 한 것입니다.

    "오늘 괜찮으시면 아내 곁에 좀 있어줄래요?"

    황망하고 불안한 마음으로 한달음에 병원으로 달려갔습니다. 오래도록 연락이 끊겼던 지인의 입원과 수술 소식은 언제나 어둔 거리에서 불심검문을 당하는 기분입니다. 낯설고 두렵습니다. 병실 입구에 붙은 이름을 확인하고 들어가니 아직 부기가 빠지지 않은 반가운 얼굴이 배시시 웃으며 손을 내밉니다. 뭉텅 자궁을 들어내는 수술을 하고는 밤새 격렬한 통증을 미처 털어버리지 못한 채 지루하게 창밖을 바라보던 친구. 그녀는 높은 침상 위에, 나는 낮은 보조의자 위에 마주 보고 앉았습니다. 모처럼 만났으니 가장 가까운 주변 사람들의 안부를 묻는 일에서부터 수다를 떨기 시작했습니다. 하지만 한참 이야기를 나누고 나니 얘깃거리도 떨어지고 그녀도 피곤한 기색입니다.

"잠깐 눈 좀 붙여. 괜히 나 때문에 쉬지도 못하고…."

나는 준비해간 책을 펼쳐 들었고 그녀는 잠시 눈을 감았습니다. 두 여자의 수다가 뚝 끊긴 병실에는 무겁게 적막이 찾아왔습니다. 커다란 병실 유리창 너머에는 습기를 잔뜩 안은 바람이 버드나무 가지를 못 견디게 괴롭히고 있었습니다.

그때 그녀의 휴대전화가 온몸을 떨었습니다.

"여보세요."

상대방의 목소리를 확인한 순간 그녀는 세상에서 가장 낮고 편안한 자세로 몸을 눕힙니다. 얼굴 가득 미소가 번지고 목소리가 달콤하게 낮아졌습니다. 스르르 두 눈을 감으면서 그녀는 전화기에 대고 속삭입니다.

"응. 응. 그래. 아, 예뻐, 내 강아지…. 우리 아기…."

그녀가 다소 늦은 나이에 낳은 딸의 전화였습니다. 딸은 학원에서 있었던 이야기를 엄마에게 들려줍니다. 낭랑한 목소리가 내 귀에도 들립니다. 그 예쁜 아기를 열 달 동안 담고 있던 집이 이제 '철거'되고 앙상한 빈 몸으로 병상에 누운 그녀. 아기는 자궁을 빠져나와 세상의 바람을 거침없이 가르며 달리는 소녀가 되었습니다.

병원을 나서니 버드나무가지를 흔들던 눅진한 바람이 내게 달려듭니다. 문득, 아침에 읽다가 책상 위에 두고 온 시집이 생각납니다. 밑줄을 그었던 그 시는 "명태여, 이 시만 남았다"였습니다.

졸짱붕알을 달고 명태들 먼 샛바다 밖으로 휘파람 불며 빠져나간다 …… 아들이랑 하늘 쳐다보며 황태 두 코다리 잡아당겨 망치로 머리 허리 꼬리 퍽퍽 두드려 울타리 밑에 짚불 놓아 연기 피우며 두 마리 불에 구워 먹던 2월 어느 날 …… 두 마리 돌로 두드려 혼자 뜯어 먹자니, 내 나이보다 아래가 되신 선친이 불현듯 생각나

아버지가 되려고 아들을 불러 앉히고 그 중태를 죽죽 찢어 입에 넣어주었다 …… 슬프다기보다 50년 신춘에 이렇게 건태 뜯어 먹는 버릇도 아버지를 닮았으니, 아들도 나를 닮을 것이다.

명태들이 삭은 이빨로 떠나는 새달, 그렇게 머리를 두드려 구워 먹고 초록의 동북 바다로 겨울을 보내주면, …… 남은 건 내 몸밖에 없으나 새 2월은 그렇게 왔다 가서 이 시만 이렇게 남았다.

찬란하게 슬픈
생명의 법칙

남자들마저 반해버릴 정도로 아름다운 청년이 있었습니다. 그의 이름은 도리언 그레이. 누가 봐도 자기 눈을 의심하리만큼 아름다운 청년입니다. 누구나 그를 바라보면서 경탄해 마지않았고, 당대의 가장 뛰어난 화가마저도 도리언 그레이의 초상화를 자청해서 그릴 정도였습니다. 화가는 제 손으로 빚어낸 초상화 앞에서 넋을 잃었고, 도리언 그레이마저도 자신의 아름다운 모습에 정신이 혼미해질 정도였습니다. 그런데 초상화에 담긴 제 모습을 보자 도리언은 가슴이 설렘과 동시에 깊은 탄식을 하게 됩니다.

"이 아름다움을 영원히 가져갈 수는 없을까!"

속절없이 사라질 청춘이 벌써부터 아쉬웠습니다. 이 청춘이 언젠가 자신을 배반하고 말리라는 생각에 그는 그만 엉뚱한 바람을 품게 됩니다. 영원히 늙지 않고 지금의 젊고 매력적인 모습 그대로 살아갔으면 하는 바람입니다. 하지만 젊은이는 늙게 마련이지요. 정 늙음을 피할 수 없다면, 저 초상화가 대신 늙어주기를 그는 바랐습니다. 그의 바람이 너무나 강렬했기 때문일까요? 초상화 속 그의 모습은 서서히 세월을 따라 늙어갑니다.

이제 막 스무 살이 된 아름다운 청년 도리언 그레이에게도 사랑이 찾아왔습니다. 갓 피어난 장미꽃 같은 열일곱 살 어린 여배우 시빌 베인입니다. 가난한 시빌은 미남 청년의 구애를 받자 정신을 잃어버릴 정도입니다. 차마 그의 이름을 부를 용기조차 나지 않아서 그저 "나의 매력적인 왕자님"이라고 불렀습니다. 도리언의 멋진 외모도 외모지만 자신의 보잘것없는 배경도 아랑곳하지 않고 청혼한 그 순수한 마음에 그녀는 처음으로 사랑의 감정을 느꼈습니다. 밤마다 무대에 올라 종달새처럼 지저귀며 쏟아낸 연극 대사가 아니라, 실제로 온몸과 마음이 짜릿하게 전율할 정도로 사랑이라는 감정을 느끼게 된 것이지요.

도리언 그레이는 자신의 약혼녀를 친구들에게 자랑하고 싶었습니다. 하지만 시빌 베인은 너무나 강한 사랑에 사로잡힌 나머지 자신의 배역에 소홀하였고, 관객들의 조롱에도 그녀는 태연하였습니다. 이제 자신은 더 이상 연극 속의 사랑이 아닌 실제의 사랑을 충실하게 지켜낼 각오였으니까요.

그러나 도리언 그레이는 사정이 달랐습니다. 그는 약혼녀의 무능력함을 용서할 수가 없었습니다. 세상이 경탄해 마지않는 멋진 자신에게는 세상에서 가장 젊고 아름답고 연기를 잘하는 여배우가 어울릴 뿐이지, 사랑에 빠진 가난한 여인 따위는 관심의 대상이 아니었기 때문입니다. 경멸에 가득 찬 욕설을 내뱉는 도리언의 발아래 엎드린 시빌은 그의 바람대로 충실한 배우가 되겠노라고 다짐하며 애원하지만 그는 매정하게 돌아섭니다. 그리고 이어진 시빌 베인의 자살.

사랑이란 건 사람을 환상에서 끌어내어 거친 세상을 살게 해주는 아름다운 힘이건만, 도리언 그레이는 그걸 깨닫지 못하고 어린 여배우를 죽음으로 내몰았습니다. 대체 그는 뭘 믿고 그리도 매몰차게 사랑을 깬 것일까요? 그건 바로 세월을 거스르는 자신의 아름다움이었습니다. 세상 모든 것이 다 빛을 잃고 늙어가고 있음에도 여전히 짱짱한 젊음을 간직하였기에 그는 자신이 무슨 짓을 하고 있는지 깨닫지 못한 것입니다.

그는 수많은 사람들의 찬사에 취한 채 자신에게 찾아온 그 신비한 젊음을 만끽합니다. 하지만 젊음의 매력에 빠져 방종을 일삼는 도리언은 주변 사람들을 파멸로 이끕니다. 특히 그의 치명적인 아름다움 속에 숨은 파멸의 기운을 감지한 화가는 그에게 눈엣가시였습니다. 화가가 도리언 그레이에게 정신을 차리라고 조언하였고 경고까지도 아끼지 않았기 때문입니다. 결국 도리언 그레이는 화가마저도 살해하고 맙니다. 그는 두려웠던 것입니다. 현실의 자기 대신 늙어가는 초상화를 보는 일이 두려웠고, 자기 대신 주름지고 피부가 늘어지고 머리가 빠져 노쇠해가는 초상화 속 자기 모습을 남들에게 들킬까 두려웠고, 젊음의 환상에 사로잡힌 자신을 비난하는 화가의 질책이 두려웠습니다.

화가를 제거한 도리언 그레이는 초상화마저도 찢어버리고자 합니다. 초상화 속 늙은 제 모습만 없애면 자신은 영원히 자유롭게 살 수 있을 것만 같았습니다. 그리고 실행에 옮깁니다. 하지만 사람들이 발견한 것은 스스로 목숨을 끊은 야위고 주름이 진 역겨운 모습의 늙은 도리언 그레이였습니다. 추레한 그의 시신 위에는 젊은 시절의 모습을 고스란히 담은 그의 초상화가 빛나고 있었습니다.

영원히 젊음을 간직하고 싶은 도리언의 마음을 이해합니다. 글쓰기와 강의, 방송 등등의 일을 마치고 집에 돌아와 세면대 앞에 서면 두 눈이 충혈되고 얼굴에 짙은 피로의 그림자가 드리우고, 탄력을 잃은 중년의 여자가 나를 보고 있습니다. 그럴 때마다 나는 깜짝 놀랍니다.

'어, 내 얼굴이 왜 이렇지?'

이런 물음이 불쑥 튀어나옵니다. 왜 이렇긴요? 나이를 먹으니 탄력과 빛을 잃어가는데다 온종일 중노동의 흔적이 고스란히 남았기 때문인데요. 나이를 먹는다는 것은 거울에 비친 내 얼굴이 맘에 들지 않아도 '이게 나'라고 받아들여야 하는 일입니다. 저항해도 부정해도 소용없습니다. 그런데 머리로는 인생만사 덧없음을 알고 있지만 마음은 거울에 비친 내 모습을 용납하지 않습니다. 다시 팽팽한 젊음을 유지하기 위해 어떻게 하면 좋을지를 고민하는 내게서 도리언 그레이를 느낍니다.

조화가 아름답다고 해도 생명이 없으니 감상할 거리가 못됩니다. 생명은 피었다 시드는 법입니다. 탱탱한 꽃봉오리도 아름답지만 누렇게 변색하고 꽃잎을 떨어뜨리며 바싹 말라가야 꽃의 아름다움이 완성됩니다. 늙음과 쇠멸의 과정까지가 '생명의 일생'입니다. 절대로 잊어서는 안 될 찬란한 슬픈 사실입니다.

41년 만의 해후,
41년 동안의 질문

일흔 살이 넘은 퇴역 장군 헨릭에게 41년 만에 친구 콘라드가 방문합니다. 헨릭은 친구를 위해 정성껏 음식을 준비하고 와인과 샴페인을 골라놓습니다. 헨릭이 이토록 정성을 들이는 이유는 뜻밖입니다. 그토록 아름다웠던 아내 크리스티나와 친구 콘라드의 불륜을 41년 만에 확인하는 자리였기 때문입니다.

부유한 가문에서 외아들로 태어난 헨릭과는 달리 콘라드는 예술적인 기질이 충만하지만 몰락한 귀족계급의 자제였습니다. 두 사람은 10대 초반부터 진한 우정을 맺었지만 보이지 않는 벽이 둘 사이에 놓여 있었습니다. 구김살 없이 자란 부잣집 아들 헨릭에 비해 콘라드는 자신의 학비를 대기 위해 부모들의 궁상맞은 삶을 말없이 지켜봐야 했고, 궁벽한 하숙집에서 쇼팽을 연주하며 외로움을 달래야 했습니다.

가난한 콘라드는 헨릭에게 아름답고 정열적인 크리스티나를 소개해주었고, 두 사람은 결혼하게 되었습니다. 하지만 신랑 헨릭은 아름다운 신부에게 넋이 빠져 신부가 실제로 사랑했던 사람은 자신이 아니라 콘라드였음을 눈치채지 못했습니다.

어느 날 콘라드는 헨릭에게 총을 겨눕니다. 그를 죽인 뒤에 그의 아내 크리스티나와 열대지방으로 도망치려 했던 것이지요. 하지만 그는 끝내 방아쇠를 당기지 못하고 그 길로 홀로 떠나버립니다. 함께 도망치려던 크리스티나는 버림을 받은 채 침묵 속에 잠겨들었습니다. 그리고 그녀는 성에서 쓸쓸히 죽음을 맞이합니다. 그렇게 41년간 무거운 침묵이 흘렀고, 마침내 75세의 노인이 된 콘라드와 헨릭이 해후합니다.

헝가리의 작가 산도르 마라이의 소설 《열정》은 바로 이 시점에서 시작합니다. 이미 지난 일, 지나도 너무 지나버렸고, 애증의 징표였던 여인은 이미 오래전에 세상을 떠난 시점입니다.

"그때는 우리 모두가 너무 철이 없었던 게지."

"묻어두세. 잊기로 하세."

"용서해주게."

이런 말을 하기에도 무의미할 정도로 시간은 흘러버리고 말았습니다. 불타오르던 복수심마저도 시간이라는 물결에 정화될 시간입니다. 늙은 장군 헨릭은 세상에서 가장 정중하게 연적 콘라드를 맞아들입니다. 그리고 오래된 저택에서 만찬을 마친 뒤에 가슴 속에 묻어두었던 말을 꺼냅니다.

처음부터 끝까지.

산도르 마라이의 이 소설은 일흔다섯 살 노인의 이야기를 통해 우리가 인생을 살면서 스치듯 넘겨 버리는 숱한 질문들과 마주 대하게 해줍니다. 누군가를 사랑한다는 것은 무엇일까? 사랑보다 더 의미 있는 것이 있을까? 믿었던 사람에게 배신을 당한다는 것은 어떤 느낌일까? 배신을 당한 뒤에 복수는 과연 정당한 일일까? 배신을 당한 자는 어떤 처신을 해야 옳을까? 옳은 것은 무엇이고, 옳지 않은 것은 무엇이며, 우리는 그 양날의 사이에서 어떤 선택을 해야 마땅할 것인가? 거센 절망에서 도망치는 것은 옳은 것일까? 왜 상대방은 내게 사과하거나 용서를 구하지 않는 것인가? 만약 내게 용서를 구한다면 나는 또 어떻게 행동할 것이며, 그때 내 행동은 정말 내 진심에서 우러나오는 것이기나 할까?

어쩌면 헨릭은 콘라드를 만나 이런 질문을 퍼붓고 싶었을지 모릅니다.

하지만 우리 가슴 속에 쌓인 숱한 불안한 질문들은 헨릭이 콘라드에게 던지는 두 번째 질문 앞에서 물거품이 되어 버립니다.

"우리가 과연 우리의 영리함과 오만, 자만심으로 무엇을 얻었는가 하는 것일세."

이미 70객이 되어버린 노인에게는 더 이상 질투심도 시기심도 복수심도 남아 있지 않았습니다. 자신을 배신한 아내임에도 그녀를 향한 꺼지지 않는 사랑에 스스로도 어리둥절하였고, 그는 오로지 사랑이라는 순수한 열정만으로도 삶을 지탱할 수 있는지 연적에게 확인하고 있습니다.

"어느 날 우리의 심장, 영혼, 육신으로 뚫고 들어와서 꺼질 줄 모르고 영원히 불타오르는 정열에 우리 삶의 의미가 있다고 자네도 생각하나? 그것을 체험했다면, 우리는 헛산 것이 아니겠지?"

열정에 뒤엉켜 보내버린 젊은 날의 세 사람. 침묵 속에서 죽음으로 내달린 크리스티나만이 또렷한 대답을 던져주었을 뿐, 아내의 불륜에 마음을 닫아버린 남자와 사랑하는 여인과의 약속을 저버린 남자, 이들은 오만에 가득 찬 채 자신들의 행위에 대해 아무런 해명도 하지 않고 있었습니다. 그때 그 일이 왜 일어났는지 이제는 말해도 되지 않을까요? 어쩌면 41년 만의 해후도 그럴 시기가 왔음을 두 남자가 받아들였기에 가능한 일일 것입니다.

'열정을 체험했다면 그것만으로도 삶의 의미가 있겠냐'는 헝가리 대문호 산도르 마라이의 장중하고 진지한 질문에 우리는 어떤 대답을 할 수 있을까요. 그의 소설을 소화하기에 내 사색은 너무 얕습니다. 그럼에도 연적을 향해 던지는 헨릭의 독백에 가까운 그 긴 물음은 나를 붙잡습니다. 나는 살면서 이토록 집요하게 질문을 던져본 적이 있던가? 풀고 싶었던 문제에 그토록 진지하게 인생을 걸었던 적이 있던가?

2장에서 소개하는 책들

틱낫한, 《틱낫한의 사랑법》, 이현주 옮김, 나무심는사람, 2002

로버트 뉴턴 펙, 《돼지가 한 마리도 죽지 않던 날》, 김옥수 옮김, 사계절, 2005

박철호, 《베를린, 천 개의 연극》, 반비, 2011

강소연, 《잃어버린 문화유산을 찾아서》, 부엔리브로, 2007

김용익, 《꽃신》, 돌을새김, 2005

카렌 암스트롱, 《마음의 진보》, 이희재 옮김, 교양인, 2006

이바라기 노리코, 《이바라기 노리코의 한글로의 여행》, 박선영 옮김, 뜨인돌, 2010

야마무라 오사무, 《천천히 읽기를 권함》, 송태욱 옮김, 샨티, 2003

프랭크 매코트, 《안젤라의 재》, 김루시아 옮김, 문학동네, 2010

전재성, 《거지 성자》, 안그라픽스, 2004

chapter 2
정신의 성장통

사랑의 마음을
들여다보다

'틱낫한 스님의 45년 전 첫사랑 이야기'라는 광고 문구는 퍽 자극적이었습니다. 전 세계 사람들에게 평화와 행복과 진리의 메시지를 안겨주는 고승 틱낫한. 그런 분이 젊은 시절 비구니스님과 '애정행각'을 벌였다? 책을 열어보기도 전에 '행각'이라는 다소 불미스러운 꼬리말까지 제멋대로 붙일 정도로 내 호기심은 컸습니다.

이런 성급한 호기심 덕분에 이 책을 참 여러 차례 되풀이해서 읽었습니다. 엉큼한 짐작들이 저자의 마음속을 읽어내지 못하게 방해하였기 때문입니다. 아, 물론 틱낫한 스님의 자기고백에서 이 책은 시작합니다. 그러니까, 스님이 지금 한눈에 반해버린 여인을 만나게 되었다는 것입니다. 상대 여성은 같은 길을 걸어가는 도반입니다. 이거 참, 문제가 심각합니다.

사랑에 빠지는 것은 하나의 사건입니다. 사랑에 빠진다는 말을 생각해 보십시오. 그것은 함정에 빠지는 것과 같습니다. 그 일은 참으로 뜻밖에 일어난 사건이었어요. 무엇보다도 나는 젊었고 그 사람 또한 젊고 예뻤습니다.

보통 사람들에게는 슬쩍 앓고 마는 감기 같은 게 사랑이라는 감정이지만, 독신의 수행자에게는 일생을 뒤흔드는 사건이고, 심지어는 인생의 행로를 완전히 수정해야 하거나 수많은 동료들과 신자들에게 비난과 모욕을 받을 일입니다. 하지만 어쩌겠습니까? 사랑이 찾아오고, 사랑에 빠지는 그 순간은 '뜻밖에 일어난 사건'이어서 그 감정은 비난을 받을 수 없는 법입니다.

젊디젊은 스님은 고민하고 고민했습니다.

그러나 나는 내가 그 사람을 사랑하고 있음을 알았습니다. 내 마음은 오직 그 사람 곁에 있고만 싶었어요. 그 사람 곁에 가까이 앉아 그 사람을 바라보고만 싶었습니다. 그날 밤, 잠을 제대로 잘 수가 없었지요.

이튿날 아침, 예불을 마치고 나는 그 사람에게 부엌에 가서 함께 불을 지피자고 청했습니다. 날씨가 몹시 추웠어요. 그 사람이 그러자고 했지요. 우리는 차를 한 잔씩 마셨습니다. 그 사람한테, 당신을 사랑한다고 말하려 무진 애를 썼지만 끝내 그 말을 할 수가 없었어요. 그 사람이 알아듣기를 바라면서 다른 이야기들을 늘어놓았습니다.

그 사람은 귀를 기울여 열심히 듣다가 이윽고 한숨을 쉬면서 이렇게 말하더군요. "무슨 말씀인지 한마디도 못 알아듣겠어요."

상대 여성인 비구니 스님도 참 어지간합니다. 젊은이의 불타는 열정을 이해하지 못하다니 말입니다. 그러나 상대방의 백지같이 깨끗한 반응은 오히려 틱낫한에게 사랑이라는 감정을 반듯하게 마주보게 만들었습니다. 이게 참 굉장합니다. 사람들은 사랑이라는 감정에 휩쓸리는데, 어떤 이는 이처럼 그 감정을 바라봅니다.

이루지 못할 사랑이라면 이제 빨리 그 사랑을 정리해야겠지요. 스님은 그 과정을 차분히 들려줍니다. 자기 마음을 받아들이지 않은 상대방을 미워할 수는 없습니다. 내 마음은 전적으로 내 책임이기 때문입니다. 마음을 받아주지 않아서 상대방을 미워한다면 그런 건 처음부터 사랑도 아닐 것입니다.

이제 스님은 누군가를 사랑하게 되었을 때 그 사랑의 마음을 어떻게 보듬고 키워나가야 할 것인가를 일러줍니다. 책을 통해 나름대로 정리해 본 틱낫한 스님의 사랑법은 다음과 같습니다.

첫째, 사랑의 감정을 받아들일 것.

어떤 대상이 강렬한 인상을 던져줄 때 우리는 엄청난 충격을 받습니다. 그리고 곧이어 '내가 흔들리다니…' 하며 자책하고 부끄럽게 여깁니다. 하지만 사랑은 정당한 감정입니다. 상대를 생각할 때 따뜻하고 밝고 즐거운 마음이 일어나면 그 마음을 긍정하고 받아들여야 합니다.

둘째, 제 마음이 변해가는 과정을 바라볼 것.

애욕이 불처럼 일어나면 걷잡을 수 없이 휘말려 들어갑니다. 힘들겠지만 휘말리는 제 마음을 차분하게 바라보기도 해야 합니다. 남의 일을 보듯이 제 마음속을 들여다보아야 합니다.

셋째, 지금 자신의 처지를 불행해 하지 말 것.

사랑해서는 안 될 자신의 처지를 불행하게 여겨서는 안 됩니다. 왜냐하면, 지금 자신의 처지가 바로 그 사람을 만나게 해주었기 때문입니다. 좀 더 폭넓게 사람과의 관계를 바라보라고 스님은 일러줍니다. 상대방과 내가 그 자리에서 만날 수 있었던 인연들을 하나하나 떠올리면 조급하게 애달파하지 않게 된다는 것입니다.

넷째, 혼자가 아님을 명심할 것.

사랑에 눈이 멀면 상대방을 '나의 것'이라 여겨서 자기 소유물로 삼습니다. 그 사람밖에는 보이지 않습니다. 마치 예전부터 자기는 고립무원의 처지였는데 이제 이 사람을 만나 세상의 중심에 선 것 같은 착각에 빠집니다. 하지만 틱낫한 스님은 자꾸만 주의시킵니다. 존재의 불안은 사랑이라는 감정으로 해소될 수 없음을. 그리고 사람은 처음부터 절대로 혼자가 아니었음을…. 나는 그를 만나기 이전에도 혼자가 아니었고, 그와 헤어져도 혼자가 아님을 알아차려야 한다는 것입니다.

정작 책 속에서 20대 청년 틱낫한 스님이 비슷한 연배의 비구니스님을 만나 사랑에 빠진 이야기는 봄바람처럼 슬며시 등장해서는 책의 중간 어디쯤에서 아지랑이처럼 흔적 없이 사라지고 말았습니다. 독자들은 무엇을 느꼈을까요? 가슴이 철렁 내려앉고 돌이킬 수 없는 지경까지 이르러야 사람들의 가려운 곳이 벅벅 긁혔을 터인데 틱낫한 스님은 자기 사랑 이야기를 들려주면서 은근짜 법문을 베풀고 있었으니 아마 많은 사람들이 다소 실망도 했으리라 짐작합니다.

하지만 지금 사랑의 열병을 앓고 있는 사람이 있다면 틱낫한 스님의 사랑법을 참고해볼 만하지 않을까요? 어쩌면 열병으로 뜨거워진 침상에 서늘한 달빛이 내려와 이마를 씻어줄지도 모르니까요.

어느 소년의
가난하고 늙은 아버지 이야기

영화 이름 〈돼지가 우물에 빠진 날〉과 자꾸만 헷갈립니다. 이 책 이름 《돼지가 한 마리도 죽지 않던 날》을 한 쉰 번쯤 되뇐 뒤에야 정상적으로 책 이름과 영화 제목을 헷갈리지 않고 말할 수 있게 되었습니다. 이 책의 저자 로버트 뉴턴 펙은 책 앞장에 이렇게 아버지에게 헌사하였습니다.

우리 아버지 헤븐 펙에게 이 책을 바칩니다.
돼지 잡는 일을 하시던
아버지는 참 다정다감하셨습니다.

주인공의 아버지는 글자를 읽을 줄 모릅니다. 게다가 그는 너무나 가난하였습니다. 자식을 여럿 낳았지만 소중한 아들 둘을 잃은 뒤, 다 큰 딸들은 제쳐놓더라도 늘그막에 얻은 막내아들이 그에게는 대지와 천상을 잇는 사다리였습니다. '천상'이라는 말을 쓰는 이유는 저자의 아버지가 독실한 세이커 교도였고, 세이커 교본에 충실하고 충직하게 인생을 살아나간 '천상의 지배자의 한 어린 양'이었기 때문입니다.

어린 13살 로버트는 아버지를 통해 인생을 배워나갑니다. 아버지는 아들에게 온갖 자잘한 인생살이의 지혜를 가르쳐줍니다. 예를 들면, 울타리 치는 법, 사람들 앞에서 예의를 차리는 법, 사양하는 법, 겸손하게 거래하는 법, 돼지우리를 만드는 법, 우유가 빨리 쉬어버리는 이치를 깨닫는 법, 불륜으로 낳은 자식의 관을 꺼내는 남자를 지켜주는 법, 쓸모가 없는 것은 아무리 사랑스러워도 떠나보내야 한다는 것. 그리고 늙은 아버지가 죽고 난 뒤에 의젓하게 어머니와 이모를 지켜줘야 한다는 것까지.

돼지 잡는 일을 하는 아버지의 몸에서는 언제나 돼지 피 냄새가 났습니다. 가난한 살림에 그 일이라도 있어 다행입니다. 하지만 어린 로버트도 제 손에 피를 묻혀야 하는 날이 오고 말았습니다. 소년이 가장 사랑한 돼지 '핑키'가 새끼를 낳지 못하자 가난한 살림에 더는 키울 수가 없어서 도살해야 했기 때문입니다. 핑키를 도살하던 날, 로버트는 핑키를 붙들어야 했고 아버지는 그 어느 때보다도 재빠르고 날렵하게 핑키를 죽이고 몸통을 잘랐습니다.

가난의 무게도 버거워 죽을 지경인데 그 사랑스럽던 핑키를 도살하려고 제 손으로 붙들어야 했을 때, 소년은 외칩니다.

"아, 아빠, 가슴이 찢어질 것 같아요."

"나도 그렇단다. 하지만 네가 어른스럽게 받아들이니 고맙구나. 어른이 되려면 그런 건 이겨내야 해. 어차피 이렇게 될 수밖에 없었어."

아들의 슬픔을 어찌 모르겠습니까. 아버지는 커다란 손으로 로버트의 얼굴을 쓰다듬어 주었습니다. 그 손은 사랑하는 핑키의 피로 범벅이 되어 있었지요. 로버트는 돼지 피가 뚝뚝 떨어지고 있는 아버지의 손을 잡아서 입을 맞춥니다. 그때 로버트는 보았습니다. 아버지가 자신을 내려다보다 다른 한 손을 들어 소매로 눈가를 훔치는 모습을…. 처음이자 마지막으로 아버지의 우는 모습을 보았던 것입니다.

아버지는 그 이듬해 헛간에서 자다가 세상을 떠납니다. 그리고 소년은 죽은 아버지의 연장을 만지다 글자를 모르던 아버지가 자신의 이름을 연습하던 흔적을 발견합니다. 수많은 '헤븐 펙'이라는 글자들…. 그중 하나는 거의 완벽에 가까웠다고 합니다.

아버지의 장례가 있던 날.

그날은 돼지가 한 마리도 죽지 않는 날이었습니다. 사람들은 아버지의 마지막을 보기 위해 몰려들었고, 상주 노릇을 해야 하는 로버트는 입을 옷이 없어 턱없이 큰 아버지의 양복을 입어야만 했습니다.

살면서 제 이름으로 된 단 한 평의 땅도 지니지 못할 만큼 찢어지게 가난한 살림에, 아버지의 장례에 입을 옷조차 없어 죽은 아버지의 커다란 양복을 이리저리 접고 말아 올리며 애를 쓰다 결국 셔츠를 갈기갈기 찢어 내동댕이치면서 로버트는 소리 지릅니다.

"하느님, 왜 이렇게 가난해야 합니까? 사는 게 지옥 같아요."

로버트는 아버지의 장례를 치르며 아이에서 어른으로 뚜벅뚜벅 세상을 향해 걸어 나옵니다. 이제 그는 늙은 아버지가 하루를 보냈던 일상을 아주 똑같이 근엄하게 치르며 세상의 그 거칠고 고된 바다로 항해를 시작합니다.

책의 마지막을 덮는 순간 머릿속이 하얘졌습니다. 그 애잔한 감상이 나를 덮쳐 한동안 그저 멍하니 있었습니다. 아무리 울부짖어도 벗어나지 못하는 가난과, 그럼에도 일상으로 뚜벅뚜벅 걸어 나와야 하는 소년의 현실. 삭막하고 빈한하기 짝이 없는 삶이지만 묘하게도 책을 덮은 뒤 남은 잔상은 아름다움 그 자체였습니다. 어쩌면 책 속에서 만난 글자도 모르는 무지한 늙은 아버지가 어린 아들과 주고받은 대화 때문이 아닌가 싶습니다.

책 속에는 아름다운 문장도 많았습니다.

"아빠, 노을 지는 하늘보다 멋있는 색은 없는 것 같아요. 나는 노을이 너무나 좋아요. 아빠는 어때요?"

내가 묻자 아빠가 이렇게 대답했다.

"하늘은 바라보기에 참 좋은 곳이야. 그리고 돌아가기에도 좋은 곳이라는 느낌이 들어."

"언젠가 아빠는 나무가 사람을 세 번 따뜻하게 만들어준다고 말한 적이 있다. 나무를 자를 때와 나무를 운반할 때 그리고 그것을 태울 때다."

지금도 로버트와 아빠의 대화를 떠올리면 가슴이 찡해옵니다. 아직도 나는 이들 가난한 부자가 왜 이토록 아름다운 잔상을 뿌리는지 잘 모르겠습니다. 다만, 갑자기 찾아온 얼음장 같은 냉기에 깜짝 놀라 하늘을 쳐다볼 때마다 "하늘은 바라보기에 참 좋은 곳이고 돌아가기에도 좋은 곳이라는 느낌이 든다"는 소년의 아버지가 떠오르고, 따뜻하게 손을 덥히고 싶을 때면 언제나 "사람을 세 번 따뜻하게 해준다"는 나무 냄새가 어느 바람결엔가 묻혀서 풍기는 착각에 사로잡히곤 합니다. 이 깊은 애상이 흐려질까 봐 다시 한번 읽기조차 망설여지는 아름다운 책입니다.

나를 유혹하는
베를린의 극장

"너는 이다음에 뭐가 되고 싶니?"

이 질문은 언제나 어린 나를 곤혹스럽게 하였습니다. 되고 싶은 게 너무나 많았기 때문입니다. 무용가가 되고 싶었고, 음악가, 그중에서도 작곡이나 지휘를 하고 싶었고, 선생님이 되고 싶었고, 비행기를 타고 여행만 하는 사람이 되고 싶었고, 아주 큰 회사에 다니고도 싶었고, 배우가 되고 싶었습니다. 나이 50을 바라보는 지금, 어려서 품었던 그 장래희망 중 이루어진 건 하나도 없습니다. 이런저런 핑계가 꿈을 접게 만들었습니다. 그중에서도 배우의 꿈을 포기한 이유는 관객들이 빤히 쳐다보는 무대에서 그 긴 대사들을 한 마디도 틀리지 않고 외워서 연기해야 한다는 점 때문이었습니다.

'틀리면 어떻게 하지?'

오직 이 이유 하나로 나는 배우의 꿈을 접었습니다. 꿈이 꺼져버린 까만 공간…. 어느 사이 그 공간에는 무대가 자리하게 되었고, 나는 열심히 몰입하고 뜨겁게 박수 칠 준비를 마친 관객이 되어 있었습니다. 그리고 여느 공연과는 달리 연극을 볼 때면 유달리 아주 심하게 연극앓이를 하였는데, 배우의 호흡, 몸짓, 얼굴 근육의 움직임, 눈동자의 흔들림이 내 눈에 들어오고, 마치 내가 그 작품의 원작자라도 되는 양 간섭하고 싶은 충동을 느꼈기 때문입니다.

까맣게 꺼진 연극에의 꿈을 객석에서 이렇게 대충 달래고 있는 나에 비해, 10년간 유럽에서 천 편의 연극을 본 사람이 있습니다. 더구나 그는 2년간은 집중적으로 약 500편의 작품을, 그것도 '연극의 수도' 베를린을 비롯한 몇 곳의 도시에서 보았다고 합니다. 그리고 한 편의 관람이 끝나면 꼼꼼하게 감상과 비평을 적었다고 하는데, 무엇보다도 그 성실한 열정에 기가 질립니다.

어느 토요일 하루, 나는 그의 감상노트를 종일 읽었습니다. 그게 바로 《베를린, 천 개의 연극》입니다. 사실 연극을 좋아한다고 설레발을 치긴 했지만 나는 연극이라는 장르에 대해서는 무지합니다. 그저 '아, 배우가 연기 잘한다' '내용이 좋다' '슬프다' '즐겁다' '좀 엉성하지 않아?' 정도가 감상의 전부인 것이지요. 게다가 불후의 명작이랄 수 있는 희곡작품들을 거의 읽지도 않았습니다.

그런데 이런 '무늬만 연극애호가'들을 위해 유럽에서 연극을 미치도록 둘러본 이 사람은 열여섯 편의 의미 있는 작품들을 선정해서 그 줄거리는 물론이요, 시대적인 배경을 아주 자세하게 이야기해줍니다. 그 상세한 설명이 어찌나 지극하던지 책을 읽는 내내 나는 춥고 축축

한 베를린의 밤거리를 숱하게 배회한 듯한 착각에 사로잡혔습니다.

하지만 그의 설명이 작품을 안내하는 데 그치는 건 아니었습니다. 자신이 객석에서 바라본 무대장치를 일러주고 그것이 작품과 어떤 관계가 있는지도 들려줍니다. 이 사람의 직업이 연극연출가이기 때문입니다. 그리고 무대를 지휘하는 연출가에 대해 알려주고, 그 연출가의 지휘 아래 누구보다 개성이 넘치고 열정적이며 삶 전체를 무대에 쏟아 붓고 있는 관록의 배우들에 대해서도 들려줍니다.

작품의 줄거리를 들려줄 때면 연극은 하얀 종이에 박혀 있는 문자에 지나지 않습니다만, 무대 연출과 배우들의 연기와 어우러진 설명을 시작할 때면 작품은 생생하게 활기를 띱니다.

희곡은 박물관 유리상자에 갇힌 미라입니다. 그건 오로지 무대에 오를 때에만 생명을 얻습니다. 배우들의 입술과 손짓을 통해서 영원으로 이어지는 호흡을 얻게 됩니다.

연극에 미친 이 사람은 우리에게 익숙한 괴테나 입센, 베케트의 작품도 보여주고, 낯선 베른하르트까지도 만나게 해줍니다. 심지어 어떤 작품은 배우들이 몸으로 연기를 하는 게 아니라 그 작품을 낭송하는 형식으로 무대에 오르는, 기이하기까지 한 아주 '징한' 연출로 펼쳐진다고 하는데, 그 실험이 흥미롭습니다. 그게 자유 아니겠습니까? 나는 이렇게 그 작품을 펼쳐 보이겠다는 연출가의 실험정신과 그에 동조한 배우들이 하나의 작품을 새롭고도 또 새롭게 자꾸 살게 해주는 거라고 생각합니다.

열여섯 편의 연극 무대를 글자로 생중계해주는 저자의 설명에 나는 짜릿한 전율을 느낍니다. 얼마 되지도 않는 재산을 다 챙겨 비행기표를 사서 베를린으로 확 날아가 볼까 하는, 되지도 않는 충동에까지 사로잡혔으니까요. 독일어라고는 '당케' 한 마디밖에 모르는 나지만 그래도 괜찮을 것 같습니다. 1년에 200편의 작품이 한 극장의 무대에 오르고 한 극단의 배우들이 한 달에 20편의 작품을 연기한다는 베를리너앙상블이나 도이체스테아터 같은 극장의 객석 한 자리를 차지해서, 눈동자를 크게 열고 그 열정의 향기를 듬뿍 빨아들일 마음 하나만 지닌다면 관객의 자격이 충분하지 않겠습니까.

지장보살의
지팡이

　어렸을 때, 빈속에 감기약을 들이켰던 것이 화근이었습니다. 다리에 힘이 풀려 그대로 주저앉았습니다. "엄마" 하고 불렀지만 혀마저도 입속에서 축 늘어져 버렸습니다. 엄마는 그런 내게 베개를 괴어 주고 홑이불을 덮어준 뒤에 문을 닫고 나갔습니다.

　얼마나 정신을 놓고 있었는지 모릅니다. 깊은 잠에 빠져들었지요. 어느 결엔가 아주 먼 곳에서 짜랑짜랑 방울 소리가 들려왔습니다. 어떤 남자의 구성진 노랫소리도 함께 실려왔습니다. 소리는 점점 가까워졌습니다. 그러다 문득 눈을 떴을 때 이미 방안에는 고요가 어둑하고 묵직하게 자리하였습니다. 그때 혼자서 찔찔 울었던 기억이 납니다. 열 살도 먹지 않은 어린 계집아이를 울게 만든 것은 요령 소리였습니다. 집 앞을 어떤 상여가 지나갔었던 것이지요. 상여꾼이 흔들던

명랑한 요령 소리가 약기운에 감겨 사지가 굳어버린 나를 흔들었습니다. 나는 나비처럼 가뿐해진 몸으로 요령 소리에 실려 동네 골목을 아릉아릉 날아다니는 꿈을 꾸었습니다.

내 몸을 내 맘대로 움직이지 못하는 곳은 지옥입니다. 묶이고 갇히고 뽑히고 불태워지는 고통의 세계가 지옥입니다. 이런 지옥의 문은 언제나 굳게 닫혀 있지만 그 문을 여는 사람은 딱 두 종류입니다. 하나는 살아생전 못된 짓만 일삼아서 그 악업의 과보로 끌려온 사람이고, 또 다른 하나는 제 발로 걸어서 지옥을 찾아온 사람입니다.

악업을 지은 사람들은 굳이 지옥의 문을 두드리지 않아도 문이 저절로 열립니다. 그렇다면 제 발로 걸어서 지옥을 찾아온 사람에게는 어떨까요? 그런 사람에게는 절대로 지옥의 문이 열리지 않습니다. 노크를 해도 소용없습니다. 제 발로 지옥을 찾아온 지장보살은 지옥의 문이 열리지 않는다는 것을 잘 알고 있기에 헛되이 문을 두드리지 않습니다. 그저 자기가 들고 온 지팡이를 문 앞에서 흔들 뿐입니다. 지팡이 윗부분에 달린 붉은 보석이 흔들리면 청아하기 그지없는 소리가 납니다. 그 소리에 지옥의 문이 저절로 열리고 자기가 왜 지옥에서 이런 일을 겪어야 하는지 생각해볼 틈조차 얻지 못하며 연신 비명을 질러대던 중생들은 일시에 고통에서 풀려납니다.

어렸을 때 의식을 잃은 나를 깨운 것이 멀리서 들려온 요령 소리였듯이, 지옥의 중생들도 지장보살이 문밖에서 흔드는 지팡이 소리를 듣고 서서히 정신을 되찾을 것입니다. 가만히 눈을 감고 그 소리를 상상해봅니다.

미국 워싱턴의 스미소니언 프리어 갤러리에서 촬영한 〈지장보살도〉

에서는 지장보살이 화려하기 이를 데 없는 가사를 둘렀는데 그의 왼쪽 어깨에 가볍게 기대어진 지팡이가 내 시선을 끌어당깁니다. 붉은 보석이 알알이 박힌 지팡이, 이걸 지옥문 앞에서 흔든다는 말이지요.

붉은 염주를 그러쥔 관세음보살은 또 어떤가요.

이 세상에는 불안에 사로잡혀 사방을 향해 눈을 힐끗거리는 사람, 번뇌로 뜨거워진 이마를 식히지 못해 열을 내고 앓는 사람, 난폭한 격정에 사로잡혀 광란의 몸짓을 해대는 사람, 온통 이런 사람들뿐입니다. 술 취한 코끼리보다 더 사납게 날뛰는 사람을 잠재우기란 참 어렵습니다. 기다려줘야 하고 참아줘야 합니다. 그렇지만 곁을 떠나서는 안 됩니다. 그림자처럼 그를 따라다니되 표나지 않게 곁에서 버텨줘야 합니다. 제풀에 꺾여 황량한 대지에 무릎을 꿇었을 때 그 앞에 관세음보살은 모습을 드러냅니다.

사나운 인심을 곁에서 지켜보며 격랑이 어서 지나가 주기를 바라는 관세음보살은 어지간히 고통스러울 것입니다. 마음 같아서는 이글이글 타오르는 지옥불이라도 만들어내 저 사람을 위협해서라도 개과천선 시키고 싶을지 모릅니다. 정신 차리라며 따귀라도 올려붙이고 싶을지 모릅니다. 하지만 끝내 가만히 참고 있습니다. 완력을 써서라도 얼른 해결하고 싶은 마음을 꾹 참고 있으려니 관세음보살은 두 손을 어찌하지 못합니다. 지그시 두 눈을 내리감고서 두 손을 살포시 포개었습니다.

일본 기후켄 도코지(東光寺)에 소장된 고려불화 관세음보살도는 언뜻 보자니 그간 숱하게 보아온 관세음보살도와 그리 다를 것이 없었습니다. 하지만 저자는 이런 나를 살살 달래며 다시 한번 그림에 집중

하라고 일러줍니다.

"그러지 말고 조금만 더 들여다보세요. 저 손, 왼손이 살짝 오른 손목을 감아쥐고 있는 모습이 보이지 않나요? 길고도 부드러운 손가락이 지금 뭘 잡고 있지요? 맞아요. 붉은 구슬 염주랍니다. 게다가 시원하게 벗은 양팔 위로는 투명한 베일이 자연스럽게 흘러내리고 있잖아요."

기가 막힐 일이 벌어졌습니다. 내가 불화(佛畵)를 실은 이 책에 코를 박고 있는 진풍경이 펼쳐졌습니다. 그동안 내게 있어 불화라는 것, 이건 신앙심이 아주 도탑거나 전문가 아니면 절대로 2초 이상 바라볼 게 아니었습니다. 아름다워 봤자 불화일 뿐이라는 무지한 선입견이 처음부터 내 속에 자리하고 있었습니다.

하지만 이제 나는 박물관에 가서 오래도록 감상할 수 있습니다. 은은한 조명 아래 나를 기다리고 있는 불화들 앞에 멈춰 서서 시간을 뛰어넘는 아름다움에 맘껏 취할 수 있게 되었습니다. 그건 바로 이 책 덕분이라고 고백합니다. 그 커다란 불화 속에서도 포인트를 콕 집어내어 감칠맛 나게 설명을 곁들인 이 책 바람에 나는 어릴 적 일까지 생생하게 추억하느라 하마터면 내려야 할 정류장을 지나칠 뻔했습니다.

천천히 소리 내어 읽게 만든
'꽃신'

아주 오래전 일입니다. 도시에서 슬쩍 밀려 나가 지방의 어느 한가한 마을에서 살림을 차렸을 때입니다. 지갑에 천 원짜리 지폐 몇 장 넣고 나가 책을 사 들고 들어오는 게 내 유일한 사치였던 시절 이 책을 만났습니다. 이런저런 화려한 상품들이 신혼의 나를 끝없이 유혹했지만 지갑을 톡 털어 책을 한 권 사서 완행버스를 타고 돌아올 때면 울컥한 충만함에 수확이 끝난 저 너른 평야를 다 산 것만 같은 기분이 들었습니다.

《꽃신》이라는 낯선 책을 사게 된 건 어쩌면 신혼의 내게 어울리는 단어였기 때문일지도 모릅니다. 게다가 책의 겉표지에는 해외한국문학상 수상작품이라느니 구미 10여 개국에서 극찬한 '마술의 펜'이라는 찬사가 쓰여 있어 책을 집어 들었습니다.

주인공 상도는 백정 집의 외아들입니다. 옆집에는 곱디고운 꽃신을 만들어 파는 꽃신쟁이 가족이 살고 있었는데, 하필 꽃신쟁이의 외동 딸을 상도는 은근히 마음에 두고 있었습니다. 상도와 꽃신쟁이집 딸은 언덕을 두 개 넘어 학교를 함께 다녔고 제 아비가 만든 꽃신을 신은 소녀는 나비처럼 언덕길을 넘어다녔습니다.

마을 아낙네들은 부처님처럼 그녀 눈 사이에 난 사마귀와 볼의 보조개를 보고 남자깨나 끌겠다 했지만, 나는 그녀의 얼굴을 생각해 본 적이 없다. 다만 그녀가 신은 꽃신을 바라보았다. 그녀는 발이 부르틀까 봐 흰 버선을 신었는데 학교로 가는 길에서 나는 가끔 그녀보다 뒤져가며 꽃신에 담긴 흰 버선발의 오목한 선과 배 모양으로 된 꽃신을 바라보았다. 그 선은 언제나 달콤한 낮잠을 자고 있는 느낌을 주었다. 비가 온 다음 날 물이 괸 길에서 나는 그녀를 업고 넘어지지 않으려 애썼다. 그녀는 청개구리처럼 등에 꼭 매달렸는데 나는 내 허리 양켠에서 흔들리는 꽃신을 얼마나 사랑하였던가.

백정이나 꽃신쟁이나 살아 있는 소를 잡는다는 점에서는 맥이 닿아 있습니다. 하지만 꽃신쟁이는 산짐승을 잡아 고기를 파는 백정에 비해 인간의 가장 아름다운 혼례에 신을 신부의 꽃신을 만드는 자신의 직업을 늘 높이 여기며 살아가고 있었습니다. 사람들도 마찬가지였습니다. 가난한 사람들은 혼례를 올리는 날이면 배를 불릴 수 있는 고기를 사들이는 대신에 꽃신을 한 켤레 사서 새각시에게 신겼습니다.

하지만 어쩌다 세월이 변하고 인심도 삭막해져 갔습니다.

"우린 풋고추 시절에는 꽃신 없이 혼인 못할 거로 알았지. 우리보다 자식놈들이 더 똑똑하다 생각지 않소? 그놈들은 돈 먹는 꽃신보다 고기를 사라 하니."

우리집은 조용해졌다. 어머니는 그들이 떠들지 말았으면 했다. 그들이 와서 자식 혼인 얘기를 하고 가는 날이면 신집 사람은 술을 마시고 밤늦게 돌아와 온 동리를 잠 못 이루게 했다. 나는 왜 그가 상심해 하는지 알고 있다. 꽃신을 맞추러 가는 사람이 거의 없기 때문이다. 그가 젊었을 시절, 아니, 몇 가을 전만 해도 농부들은 꽃신부터 맞추러 갔었다. 농부들은 신집에서 중매장이 말을 하며 쌈지의 담배가 다 떨어져야 겨우 일어섰다. 그러고 나서 그들은 울타리 너머 우리를 불러 고기가 얼마 필요하다는 말을 건넸다. …… 이제는 해마다 울타리 너머로 신집을 찾는 손님이 적어졌다. 그것은 오래전 일이 되었다. 그 대신 그들은 우리집에 와서 고기를 주문하며 혼인 얘기를 했다.

배불리 먹는 게 더 소중해지는 시절이 되자 꽃신쟁이 집은 지붕을 갈지 못해 내려앉을 만큼 살림이 궁벽해졌습니다. 끼니를 거르게 된 꽃신쟁이는 어린 딸에게 몇 푼을 쥐어서 상도네 집에 보냈고, 상도의 아버지는 아무 말 없이 소녀의 손에 고기를 덤을 얹어서까지 쥐여주어 보냈습니다. 하지만 끝내 꽃신쟁이집 외동딸은 기와집의 부엌아이로 가야만 했지요. 가슴을 졸이며 이 과정을 지켜보던 상도는 꽃신쟁이집을 찾아가 아주 어릴 적부터 품어왔던 바람을 힘겹게 쏟아내지만 자존심으로 억세어진 꽃신쟁이에게서 온갖 모욕을 받고야 맙니다.

"백정 녀석에 빚진 게 있다구 내 딸을 홀애비가 부엌뚜기 해먹듯 쉽사리 할려구 했지. 백정 녀석이 중매장이 있다는 것을 알 리 있나. 내 딸은 일곱 마을에서 가장 훌륭한 꽃신장이 딸이야."

그 말은 그릇이 와그락와그락 깨지는 것 같았다. 부인은 말을 막으려고 미친 듯 소리를 질렀으나 남편의 큰 소리에 눌린다.

"쇠고기 덤이나 좀 있을까 해서 혀끝으로 한 좋은 말이 백정 녀석 마음을 크게 했다. 나는 혼인식 때 신는 꽃신장이다!"

꽃신쟁이 집 지붕보다 더 처참하게 가슴이 내려앉은 백정의 아들 상도는 꽃신쟁이 집에 중매쟁이가 드나드는 걸 본 뒤에 부산으로 떠납니다. 그리고 전쟁 통의 부산거리에서 제법 묵직한 돈을 만졌고 이제는 꽃신을 잊었다는 생각조차도 들지 않을 무렵이 되었을 때, 스산한 바람이 시장통을 휘감던 어느 날 늙은이가 꽃신 몇 켤레를 난전에 내놓고 사람을 기다리는 모습을 발견합니다.

아, 대체 그 늙은이가 누구란 말입니까. 그에게 그토록 모멸감을 안겨준 바로 그 꽃신쟁이 아닌가요. 순식간에 그 알싸한 추억이 되살아난 상도는 멀찌감치 서서 난전에 놓인 꽃신을 바라봅니다. 행여 저 꽃신이 낯선 이들에게 헐값에 팔려갈까 애를 태우던, 사무치게 춥던 어느 날, 눈송이가 하나둘 흩날리던 겨울에 그는 용기를 내어 꽃신쟁이 부인에게서 두 켤레 남은 꽃신을 사들입니다.

부인은 내가 내놓은 지폐를 잠시 보고 신발을 싼 꾸러미를 내밀었다.

"이 돈 가지면 이제 버젓이 장사도 치르겠다."

나는 그 꾸러미를 받지 못했다. 잠든 어린이가 꼭 쥐고 자는 버들피리를 빼앗는 것 같이, 아직도 신집 사람이 꽃신을 꼭 쥐고 있는 느낌이었다. 나는 머리

를 흔들고,

"당신 따님을 위해 이 꽃신을 가지시오."

소설은 후렴도 없는 짧은 노래처럼 막을 내립니다.

가난하고 적막하던 신혼 시절, 남편의 늦은 저녁 밥상을 차려준 뒤에 묵묵히 그릇을 비우는 남편 앞에 앉아서 《꽃신》을 천천히 소리 내어 읽어주었습니다. 혼자서 읽을 때와는 달리 내 목소리에 실린 상도의 가슴 저린 아쉬움이 그렇게나 사무칠 수가 없었습니다. 그 뒤 나는 책을 읽을 때면 나지막이 소리를 내어 읽게 되었습니다. 그리고 지금 내가 참여하는 책읽기 모임에서도 소리 내어 책을 읽는 방법을 지켜오고 있습니다.

생각해보면, 《꽃신》의 내용이 아름다워 낭독까지 하게 되었다지만, 아마 책의 마지막에 실린 저자의 글이 직접적인 계기가 되었을지도 모릅니다. 저자가 이 소설을 쓰게 된 과정이 소상하게 기록되어 있는데 그 내용이 소설만큼이나 아름다웠기 때문입니다.

일찌감치 미국으로 건너가 대학에서 공부를 하지만 김용익에게는 학위를 받는 일 따위는 안중에도 없었습니다. 오직 글을 쓰는 일만이 전부였던 그 시절에 도서관에서 시급 50센트짜리 아르바이트를 하면서 영시를 소리 내어 읽던 일을 저자는 추억합니다.

겨울방학 때에 나는 가죽으로 표지가 된 귀중도서 커버를 왁스로 닦는 일을 도서관에서 한 시간에 50전씩 받으며 했는데, 늘 나의 마음에는 장차 내가 쓰는 책이 출판되고 이 빛나고 향기로운 가죽으로써 커버가 되는 꿈을 꿨다.

이층 귀중도서실에선 나 혼자만 일을 하고 있었다.

내 두 손이 기름과 왁스에 가득 차서 책 커버를 윤내갈 때에 나는 시집을 한 권 내 앞에 두고 소리를 내가며 읽었다. 시를 읽으면 페이지를 자주 넘기지 않아도 되고 또 그 시에 담겨 있는 선율 있는 목소리가 그리 좋았다. 내 더러운 손으로 그 페이지를 곧 넘길 수 없기 때문에 내가 읽는 시가 중단될 때마다 마치 내가 좋아하는 노래의 레코드에 금이 가서 바늘이 빠진 것같이 실망했다.

하루는 로버트 프로스트의 〈The Road Not Taken(가지 않은 길)〉을 읽고 있을 때 그곳 부도서관장이 바로 내 뒤에 서 있는 것을 깨달았다. 학생들이 도서관에서 일하는 시간에 책을 읽는 것에 대해서 도서관측은 아주 엄격히 다스렸으니 나보고 이 부인이 야단을 칠는지 혹은 파면시킬는지, 내가 그 여자보고 인사도 안 하고 쳐다도 안 보고 가만히 앉아 있으니 그 여자의 까칠한 손이 마치 그 책을 뺏을 것 같이 선뜻 다가오더니 어쩐지 뺏지 않고 그의 손가락으로 한 페이지를 넘겨주고 아무 말 없이 방을 나가버렸다.

그 시를 마지막으로 읽을 때에 나는 마음이 퍽 감명됐고 그 시의 마지막은 'and that has made all the difference(그것이 그 작은 일에 그토록이나 큰 차이를 가져왔다)'였다.

이런 습작과 독서의 시간을 보낸 김용익은 아르바이트를 하는 틈틈이 수도 없이 소설을 써서 출판사에 보내보지만 답신을 받지 못합니다. 결국 자포자기의 심정으로 가진 돈을 다 털어 비발디의 〈사계〉 음반을 사서 줄곧 들었다고 합니다. 때마침 창 밖에는 눈이 흩날리고, 아련하게 어딘가로부터 걸음을 놓기 시작하여 제 앞으로 흔들리며 오는 꽃신의 환상을 보게 됩니다. 저자의 그 회상은 몇 번을 읽어도 반하게 됩니다.

한편 퇴짜 받은 편지들이 쌓여가는 것을 우두커니 보고 있으면 아마 이것이 불가능한 것인가 느끼기 시작했다. 어느 토요일 날 창밖을 보니 눈이 많이 내리고 있는데, …… 아주 기가 죽어서 바깥으로 나가 타운에 가서 포켓에 남은 돈을 다 털어 축음기 값싼 것을 하나 샀다. 적어도 음악 듣는 것은 할 수 있다고 비발디의 〈사계〉를 빌려가지고 종일 아무것도 먹지 않고 계속 틀면서 들었다. …… 한국 꽃신 한 켤레가 나타나더니 눈 오는데 자꾸 나로부터 멀어지고 있는 것이다. 내가 마음 가운데서 그 꽃신을 자꾸 따라가는데 그 꽃신 신은 사람의 뒷모습만 보고 조그마한 조각배 같은 흰 버선 신은 꽃신의 뒤축을 내가 자꾸 보고 있었다.

이렇게 해서 탄생하게 된 작품이 바로 《꽃신》입니다. 그 후 1956년에 이 작품은 하퍼스 바자 잡지사에서 출간되었고, 어느 아마추어 발레 단체가 이 얘기를 원작으로 발레를 기획하면서 세계 각국에 소개됩니다.

어느 해 설에 한복을 입고 고궁나들이를 나갔다가 신고 나갔던 고무신이 망가지는 바람에 남편을 졸라 새빨간 비단꽃신 한 켤레를 사 신은 적이 있습니다. 그날 가게 유리진열대 한구석에 함초롬하게 놓여 있던 꽃신을 보는 순간 소설의 그 싸름하고 달콤한 이야기가 태산처럼 나를 덮쳤고, 꽃신을 사겠다는 내게 가게 점원은 이렇게 말했습니다.

"이걸 사는 사람도 있네요. 사람들은 아예 꽃신 따위는 살 생각을 하지 않거든요."

그 빨간 꽃신은 내 서가 아래에 한동안 놓여 있다가 지금은 상자에 곱게 담겨 신발장 한 칸을 차지하고 있습니다.

글을 읽는다는 재미가 어떤 것인지 그리고 글을 소리 내어 읽는 맛이 얼마나 큰 것인지 낮은 평원 위에 펼쳐진 하늘만큼 나를 행복하게 만들어주던 《꽃신》을 몇 번이나 펼쳐 듭니다. 그리고 그때마다 허기를 지울 형편만 되면 저 아름다운 순수를 잊지 말자며, 바다를 향해 사공 없는 항해에 나선 조각배처럼 빨간 꽃신은 늘 내게 다짐합니다.

어느 종교학자의
길 찾아가기

영국 종교학자 카렌 암스트롱의 자서전인《마음의 진보》가 한국에서 출간되었다는 소식을 듣자 가슴이 뛰었습니다. 그녀의 저서인《스스로 깨어난 자 붓다》를 막 읽었던 터라 그랬을지도 모릅니다. 그 책에서 저자는 자기 스스로 마치 구도자 싯다르타라도 된 양 아주 열심히 고민하고 사색하고 수행하는 모습을 절실하게 그려냈기 때문입니다. 그런 종교학자의 자서전인 만큼 남다른 감동을 미리부터 짐작하고 있었습니다.

아시다시피 카렌 암스트롱은 수녀 출신의 종교학자입니다. 일찍이 신을 만나기 위해 들어간 수녀원에서 카렌은 아주 열심히 수련에 임합니다. 하지만 책을 읽고 상식적으로 생각해볼수록 신의 존재 자체가 의아스러웠고, 불쑥불쑥 솟아오르는 의문은 그녀를 순종이 미덕인 수도자의 길로 걸어가게 내버려두지 않습니다.

　진실이 내 얼굴을 빤히 쳐다보고 있었는데도 내 정신의 자연스럽고 건강한 선입견을 뒤틀어서 대낮처럼 환한 진실을 부정하게 만든 것이다.

　카렌은 이렇게 고백하고 있습니다. 그리고 무엇보다도 수녀의 길을 충실하게 밟을수록 자신은 더더욱 냉정해지고 삭막해지는 것을 견디지 못하였습니다. 게다가 카렌은 걸핏하면 쓰러지곤 했습니다. 그녀는 의식을 회복할 때마다 '미안하다' '죄송하다'는 말을 쏟아냈습니다. 사람이 쓰러지는 이유는 육신이 허약한 때문이니 특별한 보살핌을 받아야 합니다. 하지만 그녀가 몸담고 있던 수녀원에서는 육체적인 병의 원인을 나약한 정신력과 게으름으로 돌리며 죄인처럼 몰아세웠습니다. 신 앞에 충실하자고 선택한 길에서 그녀는 점점 인간미를 잃어가는 각박하고 몰인정한 자신을 발견하게 됩니다. 결국 카렌은 선언합니다.

　이 모든 것이 조금은 역겹기조차 했다. 나는 신과 갈라섰고 정말로 신이 있었다면 신도 오래전에 나와 갈라섰다.

　그리하여 카렌 암스트롱은 길고도 고된 세속의 신고식을 치르게 됩니다. 어찌 된 일인지 당연히 그녀의 몫이 되어야 할 세속의 권리들이 카렌을 비켜갔습니다. 그토록 열심히 준비했건만 박사학위는 그녀를 조롱하며 사라졌습니다.

카렌은 골똘히 사색에 빠집니다. 그리고 자신의 실패 원인은 다른 곳에 있지 않고 분명 자신에게 있다는 생각을 하게 됩니다. 믿어 의심치 않았던 신의 존재를 부정한 이유는 그것이 자연스럽지 않았기 때문입니다. 절대자를 먼저 설정해놓고 이 세상의 질서를 그에 억지로 꿰맞추려는 사람들을 그녀는 인정하기가 어려웠습니다. 그들이 권위를 이용해 믿음을 강요하는 걸 받아들이지 못한 것입니다.

그렇게 자발적으로 수녀원을 뛰쳐나온 그녀가 이번에는 자기 심장에서 붉게 솟구쳐 오르는 '자기다움'을 애써 외면한 채 '남들 하듯이 그리하면 행복할 거야'라는 생각에 빠져들었던 것입니다. 남들이 걷는 길을 걸으면 남들처럼 행복해지리라는 생각, 남들이 갖추는 조건들을 갖춰야만 한다는 그 강박관념이 그녀를 그녀답지 못하게 몰고 갔고 자꾸 실패하게 만든 것입니다.

이 사실을 깨닫게 되기까지 그녀는 수없이 넘어지고 다쳤습니다. 어쩔 수 없습니다. 카렌이 선택한 삶의 방식입니다. 그렇게 모든 것으로부터 철저하게 버림을 받고 달리는 기차에서 박사학위를 위해 준비한 논문을 내버린 뒤에야 카렌은 비로소 자신이 무엇을 원하는지 그리고 어떤 길을 걸어가야 하는지를 알게 됩니다. 카렌의 자서전은 이렇게 끝이 납니다.

사람들이 많이 다니는 더 넓고 근사한 계단에 올라타려고 노력했지만 번번이 떨어졌다. 그리고 다시 초라한 나의 계단통으로 돌아갔을 때 그전에는 미처 몰랐던 뿌듯함을 느꼈다. 이제 나는 혼자서 계단을 올라가야 한다. 한 계단 한 계단 올라갈 때마다 내 몸도 덩달아 돌고 내가 발 디딘 곳은 좁지만 그래도 빛을 향해서 올라가기를 나는 바란다.

종교란 무엇일까요? 세상 모든 사람들이 빤하게 걸어가는 길에서 한 발짝 벗어나 자신을 온전히 부정함으로써 더 큰 존재로 다시 태어나게 하는 것이 종교 아닐까요? 그렇다면 남들 믿는 것이니 그저 따라 믿기보다는 일생에 한 번 정도는 당연하다고 여겨온 것을 전폭적으로 부정해보고, 세상으로부터 주어진 모든 의제로부터 자신을 철저히 해방시켜 보는 것이야말로 진정한 종교적 자세가 아닐까 합니다.

카렌은 속삭입니다. 이 모험에 나선 사람은 이제 나선형 계단으로 천천히 오르게 된다고, 하지만 계단의 저 끝에는 눈부신 빛이 있으니 지레 절망하거나 두려워 말라고, 진정 가장 '자기다움'을 추구하라고 말이지요. 어느 종교를 막론하고 자신의 신앙에 대해 처음부터 점검하려는 사람들에게 꼭 권하는 책입니다.

찌르르한 울림을
안겨주는 외국어 공부

뭘 좀 진득하게 공부해서 뿌리를 뽑는 성격이 절대 못 되는 나는 몇 가지 언어를 공부한답시고 했다가 시간과 돈을 제법 날려버렸습니다. 라틴어, 히브리어, 그리스어 등등의 고전고대어와 최근에는 중국어에 이르기까지 말이지요.

그런데 외국어를 공부한다고 날려버린 돈과 시간은 정말 아깝지 않습니다. 이방(異邦)의 언어를 공부하면서 나름대로 '언어'라는 것의 느낌을 잡았기 때문입니다. 우리말이 예사롭게 들리지 않고 우리글이 예사롭게 보이지 않게 되었으니 그럭저럭 나의 언어공부 이력은 성공한 셈이지요.

외국어를 공부한다는 것은 그때까지 알지 못했던 모국어의 특징을 확실히 인식하게 된다는 의미일 것이다. 마치 그때까지 떨어지지 못하고 부모에게 딱 붙어 있던 자식이 어느 날, 부모를 객관적으로 바라보게 되는 것과 비슷하다.

　내 마음을 제대로 표현한 이 문장은 이바라기 노리코라는 일본 시인의 책 《이바라기 노리코의 한글로의 여행》에 나오는 구절입니다. 그녀는 한국어가 철저히 외면당하던 1970년대 중반에 한글을 배우기 시작했습니다. 윤동주 시인을 알게 되면서 그의 모국어를 사랑하게 되었다지요. 그리고 아사히신문에 한글과 관련한 칼럼을 쓰기 시작하였는데 그 칼럼모음집이 바로 《이바라기 노리코의 한글로의 여행》입니다.

　물이나 공기보다 더 익숙해져 있던 한글을 외국인의 관점에서 만나게 되었을 때, 그 낯선 느낌을 어떻게 설명해야 할지 모르겠더군요. 무엇보다 한글의 소리와 글자의 특색을 외국인의 눈으로, 그것도 시인의 감수성으로 정감 넘치게 설명하는 대목에서는 감탄이 나옵니다. 마치 고생하며 키운 자식이 장성해서 타지에 나가 성공한 뒤 금의환향하는 걸 바라보는 부모의 마음이 이렇지 않을까 싶을 정도로 감격스럽고도 대견하게까지 느껴집니다.

　한글의 특색과 아름다움을 찬미하는 시인의 글에서 가장 인상적인 내용은 그녀가 한국여행길에 만났던 풍경들입니다. 언어는 인간의 날숨입니다. 말이 통하지 않는 외국에 가면 숨이 막히고 답답한 건 바로 들숨은 했지만 날숨을 하지 못해서이기 때문입니다. 그러다 그 외국어에 익숙해지고 귀가 뚫리면 이제 날숨이 가능해지는 것이지요. 시인은 들숨과 날숨에 어느 정도 익숙해지자 한국의 구석구석을 돌아다니며 사람들과 풍경을 만나는데, 특히 한국 사람들이 주고받는 말이 귀에 들려올 때 그녀는 색다른 체험을 하게 됩니다.

어머니와 어린 딸이 비좁은 논두렁을 걸어가는데 딸이 자꾸만 길가로 걸어가는 것이 못내 불안했던지 어머니는 이렇게 말했던 것입니다.

"떨어져, 가운데로 와!"

'떨어져, 가운데로 와!' – 조금도 특이할 것 없는 이 말이 귀에 들려오자 시인은 찌르르 전율합니다. 외국인인 자신도 어렸을 적 교토의 시골길을 엄마와 걸어갈 때 들었던 바로 그 말이기 때문입니다.

그 찌르르함!

외국어가 귀에 들려올 때 신기함을 넘어서 혈관을 울리는 그 '찌르르' 이게 바로 외국어 공부의 묘미요 절정이라 생각합니다. 말과 글의 매력을 아는 시인이기에 더 깊은 울림을 체험했을지도 모릅니다.

엉뚱한 이야기입니다만, 일본어 회화를 조금 공부한 뒤 일본여행을 했을 때 나도 이런 체험을 한 적이 있습니다. 고운 붓꽃이 아름답게 핀 어느 정원의 벤치에서 바로 옆에 앉아 이야기를 나누던 일본인들의 대화에 귀를 기울이게 되었습니다. 외국어를 알아듣지 못할 때 그들의 대화는 신비롭기까지 했습니다. 하지만 어느 정도 귀가 트자 내게 들려온 이야기는 누구네 집 아들이 어떻다더라, 누구는 직장생활에서 그렇게 고생한다더라, 누구 때문에 정말 힘들어서 못살겠다는, 내용이었습니다.

정체를 알 수 없었던 그들의 대화 내용을 파악하자 웃음이 터져 나왔습니다. 이 세상 어디에서나 사람 사는 건 다 한가지라는 생각이 들었습니다. 이 세상에 존재하는 모든 사람들이 전부 똑같은 일로 속을 썩고 똑같은 일로 자부심을 느끼고 똑같은 가치를 추구하며 우왕좌왕하고 노심초사하고 애면글면하고 있다는 걸 알게 되자 그렇게 낯선 이방인이 사랑스러울 수가 없었습니다. 아마 이바라기 노리코가 한국의 어느 시골길에서 들었던 "떨어져, 가운데로 와"라는 말도 그와 같지 않을까요?

외국어를 공부하는 이유는 저마다 다르겠지만 요즘은 취업을 위해 필수사항이 되어버렸습니다. 스펙을 쌓기 위해 영어공부에 시간과 돈을 아끼지 않습니다. 하지만 외국어 시험에 높은 점수를 받고 외국인과 거침없이 대화를 나누어도 살면서 한 번쯤 이런 '찌르르함'을 경험하지 못한다면 그 사람은 좀 딱하게 느껴집니다. 사람 사는 맛을 놓친 언어는 그저 '소리'에 불과할 것이기 때문입니다.

하늘이 저 혼자 자꾸만 높아가는 가을에 나는 깊고 청아한 한글의 매력에 새삼 퐁당 빠져버렸습니다.

책 한 권이 안겨주는
인생의 행복

'독서인생.'

요즘의 내 삶은 딱 이렇게 규정된다 해도 좋겠습니다. 책을 읽는 것이 어느 사이 직업이 되어버렸고, 누구를 만나든 책과 관련해 이야기가 시작되면 주체할 수 없을 정도로 수다를 떨게 되었습니다.

나의 독서인생은 아주 어릴 적부터 시작되었습니다. 돌이켜보면 어릴 적에는 동화책을 읽고 그 느낌에 사로잡혀 가슴앓이를 하였고, 조금 자라서는 서양의 고전들을 읽어야 한다는 압박감에 뜻도 모르고 읽어댔습니다. 정작 깊이 있게 책을 읽을 나이가 되어서는 수필과 시를 읽느라 골몰하였고, 이 독서는 나를 긴 호흡으로 읽어야 하는 작품들과 멀어지게 만들었습니다. 그러다 다시 책을 만났고 하루에 책 한 권씩 소개하는 라디오 프로그램을 맡게 되었습니다.

그러다 보니 사람들에게 책 관련 질문을 많이 받습니다. 어떻게 하면 그토록 책을 많이 읽을 수 있느냐, 지금까지 몇 권 읽었느냐, 집에 책이 몇 권 있는가, 가장 감명 깊게 읽은 책이 무엇인가 등등.

책과 관련한 가장 멋진 질문은 "지금 어떤 책을 읽고 계신가요?"가 아닐까 합니다. 이런 질문에 선뜻 대답할 수 있다면 그는 책을 정말 사랑하는 사람일 것입니다. 하지만 사람들이 가장 궁금해하는 건 몇 권 읽었느냐, 하루에 얼마나 읽느냐입니다. 나는 책을 많이 읽는다는 생각을 별로 하지 않습니다. 내 눈은 두 개뿐인지라 더 읽고 싶어도 더 읽을 수 없으니 나는 그저 시간이 허락하는 대로 책을 읽을 뿐입니다.

사실, 책이란 녀석은 수량으로 계산될 수가 없습니다. 이따금 한 달 혹은 한 해에 수십 수백 권을 읽은 책벌레 아무개를 소개하는 기사를 만나면 그 엄청난 식탐(!)에 기가 질립니다. 이런 사람은 자기가 하루에 얼마나 많은 음식을 먹어치우는지를 자랑하는 사람과 다르지 않습니다. 아무리 대식가라 할지라도 사람이 하루에 소화할 수 있는 양은 빤하기 때문에 아귀처럼 먹어치운 음식들은 대부분 그 사람의 신체에 노폐물로 쌓이거나 화장실에서 쓸데없이 배설될 뿐입니다.

하지만 어찌되었거나 내가 여느 사람들보다는 조금 더 많이 책을 만나고 또 읽는 게 분명합니다. 그래서 나는 어떻게 하면 그토록 책을 많이 읽을 수 있는지, 그 비결은 무엇인지를 묻는 사람들에게 이렇게 대답합니다.

"천천히 읽어요. 그러면 아주 많이 읽을 수 있어요."

천천히 읽으면 문장이 품고 있는 세상이 활짝 내 눈앞에 열리고, 그러면 나는 책을 읽는다는 생각 없이 필자가 보여주는 세상을 느긋하게 활보하고 다닙니다. 이런 방식의 책읽기가 나를 다음 책으로, 또 그다음 책으로 보내주었고, 나는 무임승차하는 기분으로 책에서 책으로 인생의 징검다리를 건넙니다.

그런데 이 '천천히 읽어요'라는 말이 내 입에서 나올 수 있게 된 것은 순전히 야마무라 오사무(山村修)라는 일본 어느 대학 직원이 쓴 《천천히 읽기를 권함》을 읽고 나서부터입니다.

책을 권해주는 책, 독서법을 가르쳐주는 책, 좋은 책을 설명해주는 책들은 수도 없이 많은데 나는 단연 이 책을 제일로 칩니다. 책을 바라보는 내 시각을 교정해주었기 때문입니다. 아울러 덕분에 나는 인생을 보는 시각도 좀 수정했습니다. 무엇보다 저자는 이렇게 한 마디 툭 던지는데 아주 맘에 듭니다.

천천히 읽어도 된다.

사실, 책을 전투적으로 읽어야 한다는 법이 세상에 어디 있냔 말입니다. 우리는 단 한 권의 책을 평생 손에 들고 읽어가도 되고, 1년에 한 권의 양서를 만나도 됩니다. 더구나 책을 읽어야만 군자가 되는 건 아니지요. 주변을 돌아보면 한글을 배우지 못하고 책을 한 권도 읽어본 적 없는 이들 중에 오히려 내 가슴을 툭 치는 지혜를 뿜어내는 사람들이 많습니다. 그럼에도 "모름지기 책을 읽어야만 해"라는 원칙을 세워놓고는 그걸 지키지 못해서 "아, 나는 정말 글렀어. 책도 좀 읽어야 하는데 책 읽을 시간도 없고, 책을 읽어도 머리에 들어오지 않으니…"라며 한탄합니다. 하지 않아도 될 근심에 오히려 움츠러드는 것이 지성을 가진 사람들의 고질병입니다.

게다가 우리는 유독 '책'을 '공부'와 '출세'하고 연관 짓습니다. 그러니 책이란 그저 공부해서 출세하는 데 도움이 되고 남에게 보여주기 좋은 수단일 뿐이요, 따라서 공부에 취미 없고 출세를 꿈꾸기 버거운 사람에게 책이란 영원히 그림의 떡일 뿐인 것이지요.

그럴 바에는 "책을 반드시 읽어야 하는 건 아니다. 하지만 단 한 권의 책이라도 천천히 읽어가 보자"라고 생각하면서 느긋하게 한 권의 책을 손에 쥐는 게 나을 것입니다. 책을 읽어야 멋진 삶을 사는 것이 아니라, 책과 더불어 내 인생의 시간을 보내는 것이니까요. 한 권의 책이 내 삶의 몇 시간을 가져갔고, 나는 그렇게 삶을 삽니다.

책을 읽으니 왜 행복했는지, 그 이유를 알게 해준 책이 바로 《천천히 읽기를 권함》입니다. 나는 요즘 우리 책읽기 벗들과 이 책을 천천히 읽어가고 있습니다. 더러 어떤 벗님은 "아유, 좋아라. 책을 읽는 시간이 참 행복해요. 정말 책이란 건 좋은 거네요"라는 독후감을 슬쩍 내게 들려줍니다.

그럼 됐지 뭘 더 바라겠습니까. 책 한 권을 손에 쥐고 있는 동안 행복하고, 천천히 읽어가는 동안 행복하고, 집에 돌아갈 시간이 되어 책을 덮으면서 행복하면, 더 바랄 것이 뭐 있을까요?

나는 더 이상
흑맥주를 마시지 못하네

훌쩍 자라 어른이 되고, 더 세월이 흘러 노년에 이른 뒤 돌아보면 누구에게나 아릿한 유년시절이 있습니다. 많은 사람들에게 유년시절은 결코 풍요롭지 못합니다. 늘 뭔가가 부족했고, 손과 발이 시렸고, 주머니 속 동전도 늘 빈약하게 짤랑거렸습니다. 하지만 가난이란 참 묘하기도 해서 어렸을 때의 가난은 다 자란 어른의 가슴에 아른하고 달큰한 추억으로 자리합니다. 그런데 아일랜드인으로, 가톨릭교도의 아이로 유년시절을 보낸 프랭크 매코트는 그렇지 않습니다.

어린 시절을 돌이켜보면 내가 어떻게 살아남았는지 그저 놀랍기만 하다. 물론 내 어린 시절은 비참했다. 보통의 불행한 어린 시절보다 훨씬 더 고약한 게 아일랜드인의 어린 시절이라면, 그보다 더 고약한 게 가톨릭계 아일랜드인의 어린 시절이다.

뉴욕 브루클린에서 태어났지만 가난 때문에 고국 아일랜드로 되돌아갔고, 철없는 네 아이와 뱃속의 아이까지 거느린 젊은 부부가 누더기 짐을 꾸려 도착한 고국에서 사람들은 한숨을 내쉬며 이렇게 말합니다.

"그냥 미국에 눌러사는 게 더 나았어. 이곳 아일랜드는 죽고 싶어도 죽을 수 없을 정도로 비참하단다."

루스벨트 대통령이 불황을 이겨내기 위해 온갖 머리를 짜내던 그 시절, 세상은 어디라 할 것 없이 가난에 찌들었고, 아이들은 밤마다 태어났고, 실업수당을 받은 가장들이 세상을 한탄하며 위스키와 흑맥주를 들이켜던 바로 그 시절 이야기입니다.

프랭크 매코트의 어머니 안젤라는 새해가 막 시작하고 사방에서 안젤루스의 종이 은은하게 퍼질 때 태어났습니다. 안젤루스의 종이란 "천사 가브리엘이 성모 마리아에게 수태고지(受胎告知)를 전한 데 감사해 아침, 낮, 저녁에 행하는 기도를 알리는 종"이라고 합니다. 안젤루스의 종소리를 듣고 세상에 태어난 여자아이는 그 덕분에 안젤라라는 아름다운 이름을 얻었지만, 그녀의 인생은 천사의 이름처럼 아름답지 못했습니다. 미국에서 아일랜드 청년 말라키를 만나면서 싸늘하게 식어버린 난로의 재만도 못한 처지가 되고 말았기 때문입니다. 사실 따지고 보면, 안젤라의 인생을 말아먹은 그 남자도 억울하긴 매한 가지입니다. 아일랜드 독립을 위해 투쟁하다 제 얼굴에 현상금까지 걸리는 바람에 도망자 신세가 되었기 때문입니다.

아일랜드는 유난히 서러움이 많은 땅입니다. 하지만 그들은 잡초보다 더 강한 생명력으로 일어섰습니다. 그들을 질기게 살아가게 하는 데에는 독실한 가톨릭 신앙이 배경이 되어 주었고, 온갖 억압과 설움을 이겨낸 신화 속 인물들과, 그 가공의 영웅들 이야기에 현실을 저당 잡힌 사내들이 매일 들르는 길모퉁이 흑맥주가 한몫을 합니다. 내가 그토록 좋아한 기네스 흑맥주에 이런 가난의 한탄이 서려 있을 줄이야….

저자는 가톨릭계 아일랜드 어린이가 왜 더 고약한 어린 시절을 보내야 했는지 길고 긴 이야기를 들려줍니다.

아일랜드는 지독한 기근과 좌절만 안겨준 영국으로부터 자유와 독립을 쟁취하기 위해 피나는 싸움을 벌여야 했던 나라입니다. 독립을 했지만 손에 쥐어지는 건 없었습니다. 빈민구호소로 가서 줄을 서거나, 공장마다 기웃거리며 일자리를 얻어내거나, 그렇지 않으면 실업수당을 받으러 줄을 서야 했습니다.

따뜻한 빵을 푸짐하게 얻을 방법이 아주 없는 건 아니었습니다. 개신교도로 개종하면 되었습니다. 그러나 자존심이 강한 아일랜드의 가톨릭 가장들은 그러지 않았습니다. 대신 가족을 굶기지 않으려고 전쟁이 한창인 유럽 전역으로 퍼져 나가 군수물자를 만드는 공장에 취직해서 아일랜드에 있는 가족들에게 돈을 보내옵니다. 그래서인지 히틀러와 제2차 세계대전이 있어 아일랜드의 빈민층 아이들이 빵과 우유, 계란을 먹을 수 있었다는, 냉소가 뒤섞인 넋두리도 책 속에 등장합니다.

하지만 어린 매코트네에게는 '히틀러의 은혜'도 찾아오지 않습니다. 무능한데다 자존심은 하늘을 찌를 듯 높기만 하고, 수다스럽고 술에 찌들어 평생을 보내는 아버지는 실업수당마저 술집에서 죄 날리기 때문입니다. 어머니 안젤라는 빈민구제소에 줄을 서고 길에 떨어진 석탄을 줍습니다. 그래도 가난의 망토는 너무 무겁기만 합니다.

독실한 가톨릭의 나라이건만 성당의 신부조차도 가난한 아이들에게는 너무나 거만하고 냉정합니다. 게다가 학교 선생님은 걸핏하면 주먹과 회초리를 휘두르고 윽박지르기만 할 뿐입니다. 고국 아일랜드는 매코트네 난로에 단 한 번도 따뜻한 온기를 담아주지 못했고, 식어가는 재에 간신히 차 한 잔을 끓여내던 어머니는 가난에 찌든 나머지 은밀한 만남을 갖습니다.

알코올에 중독된 실업자이지만 아일랜드의 독립정신을 밤낮 외치는 아버지와, 미지근한 난로에 맹물만도 못한 차를 덥히며 싸구려 담배에 연신 기침을 해대는 어머니, 오직 아이들을 매질하기 위해서 존재하는 것만 같은 학교와, 이 모든 지독한 현실과는 너무나 멀리 떨어진 냉랭한 성당 그리고 청춘을 내던지며 독립을 위해 투쟁한 제 나라 국민들을 외면하는 조국. 억압과 기근의 역사, 하늘을 향해서만 종을 울려대는 종교, 눈치껏 선점한 뒤에는 떠나온 가난에 대해 질끈 눈을 감아버리는 기득권자들. 가톨릭계 아일랜드 소년에게는 그 모두가 어서 탈출하고픈 수렁이었습니다.

이것이 가톨릭계 아일랜드인인 프랭크 매코트의 어린 시절 배경입니다. 얼마나 사무쳤을까요? 아무리 아름답게 포장하려 해도 유년의 시간은 가혹하게 그의 인생을 옭아맵니다. 하여 열아홉 되던 해에 혈

혈단신으로, 철 모를 때 떠나왔던 미국으로 다시 돌아갔고, 그의 나이 예순여섯 살에 급기야 옛 시절을 되새기며 쓰게 된 첫 번째 소설이 바로 《안젤라의 재》입니다.

너무 처절해서 읽다가 책을 덮기를 몇 번이나 했는지 모릅니다. 가난은 아이에게 유난히 가혹합니다. 어린아이에게 너무 일찍 세상의 쓴맛을 다 보여주기 때문입니다. 써늘하게 식어버린 난로에서 습기 차고 냉랭한 겨울을 지나야 했던 소년의 이야기를 읽으려면 담대한 용기가 필요합니다. 이 소설을 다 읽은 뒤 사람들에게 단 한 마디의 감상도 늘어놓지 못한 건, 내 가슴 속 감상마저 소년의 가난에 전염되었기 때문일 겁니다. 비록 이 소설이 내게서 흑맥주의 낭만을 빼앗아 가버렸지만 그래도 당신에게 《안젤라의 재》를 안겨드리고 싶습니다. 함께 가난의 옛길을 더듬어볼까요?

집과 여자와 돈 없이 살아가는
쾰른 대학의 거지 성자

1982년 쫓기듯 고국을 떠나 독일의 쾰른 대학으로 날아간 가난한 한국 유학생이 대학의 호숫가에서 초라하기 짝이 없는 노숙자를 만납니다. 그의 이름은 페터 노이야르. 집도 절도 없이 대학가 근처 숲 속에서 노숙을 하며 지내는, 그야말로 완전 거지입니다.

그러나 그는 사람들에게 그저 밥을 빌어먹으며 인생을 허비하는 사람이 아니었습니다. 예수처럼 생긴 이 사람은 붓다의 가르침을 실천하기 위해 이런 삶을 살아가고 있는 것입니다. 그는 아무리 추운 날이라도 나무 아래에서 잠을 청하고, 끼니는 유기농 가게에서 버리는 빵과 채소로 때웠으며, 가진 것이라고는 찢어지거나 구멍 날 때마다 바느질하여 누덕누덕 기운, 입고 있는 옷이 전부였습니다.

하지만 대학 도서관에 종일 죽치고 앉아 동서양의 고전을 읽으며,

새벽별이 뜨면 일어나 깊은 명상에 잠기는 삶은 페터에게 더할 수 없는 삶의 충만함을 안겨줍니다. 가난하고 고달픈 유학생 전재성은 거지 성자라 불리는 페터 노이야르를 만나 마음의 상처를 치료하고 정신의 위안을 얻습니다. 그에게서 들은 이야기를 책 한 권에 빼곡하게 담은 것이 바로 《거지 성자》입니다.

책 속의 이야기 몇 편을 소개해볼까요?

동생은 왕인데 형은 아주 가난한, 그런 형제가 살고 있었습니다. 어느 날 동생은 형이 살고 있는 시의 시장에게 큰돈을 건네주면서 가난한 형을 도와주라고 요청했습니다.

시장이 형을 찾아가 돈을 건네자 형이 말했습니다.

"나는 필요 없습니다. 내게 주려거든 부자들에게 나누어주십시오."

시장은 이해할 수 없었습니다. 부자에게 주라는 말을요. 하지만 워낙 완강하게 거부하자 시장은 하는 수 없이 그 큰돈을 부자들에게 모조리 나누어주었습니다. 그리고 훗날 동생인 왕이 형을 찾아가 이 사실을 따졌습니다.

"이왕 주려면 가난한 사람에게 줄 것이지 왜 부자들에게 나누어주라고 했습니까?"

그러자 형이 빙긋 웃으며 말했습니다.

"부자들은 늘 가난하다고 생각하지. 그래서 항상 더 많은 돈을 바라네. 그러니 그들은 가난한 사람보다 더 궁핍한 자들이 아닌가? 이 세상에는 행복한 부자란 없는 법이거든."

부자에게 돈을 나눠줬다는 부분까지 읽을 때는 나도 화가 났습니다. 그리고 부자에게 나눠준 이유도 쉽게 납득할 수가 없었습니다. 하지만 책을 덮고 하루 이틀 한 달 두 달을 살다 보니 형이 왜 부자에게 돈을 주었는지를 이해할 수 있었습니다.

아무리 벌어도 아무리 써도 채워지지 않는 욕망이 있다면 그건 바로 돈과 관련된 것입니다. 돈이란 것이 참 그렇더군요. 얼마를 벌어야 '이만하면 충분하다'고 만족하게 될 것이며, 얼마를 써야 '즐겁게 잘 썼다'는 행복을 느낄 수 있을까요? 대체 사람에게는 돈이 얼마나 있어야 할까요? 없으면 곤란하지만 얼마나 있어야 적당한지 가늠할 수 없는 것이 돈입니다. 다들 더 벌어야 한다는 생각을 갖고 사니 이 세상에는 부자란 존재하지 않습니다. 아니, 부자가 없는 건 아닐 겁니다. 아마 "이만하면 됐다"라고 선언하고 자신의 재물을 이웃에게 나누는 사람이 부자일 겁니다.

아무리 가져도 여전히 부족하다고 느끼는 사람들이기에 현자인 형이 돈을 주는 건 그래서 당연합니다. 그들은 궁핍한 자들이기 때문입니다. 스스로가 "충분해!"라고 선을 그을 수 있다면 그야말로 현자라 하지 않을 수 없을 것입니다.

거지 성자 페터 노이야르가 들려주는 이야기는 또 있습니다.

현자 나스루딘에게는 당나귀가 유일한 재산입니다. 그런데 어느 날 그가 외출에서 돌아와 보니 당나귀가 보이지 않았습니다. 전 재산이 사라진 겁니다. 하지만 나스루딘은 태평했습니다. 필요한 누군가가 가져갔으려니 생각한 것이지요.

이웃사람들이 오히려 애가 타서 당나귀를 찾으려고 나섰습니다. 하지만 당나귀 주인은 천하태평이고 콧노래까지 부르고 있습니다. 그러자 이웃사람들이 물었습니다. 재산이라고는 당나귀 한 마리뿐인데 그걸 잃어버려놓고 뭐가 좋아서 콧노래를 부르냐고요. 나스루딘의 대답이 기가 막힙니다.

"만약 내가 당나귀를 타고 있었다면 나도 함께 잃어버렸을 것 아닙니까?"

사람이 산다는 것은 무엇인가를 갈구하고 소유하고 아끼고 지키는 시간 이외에 아무것도 아닙니다. 하지만 어느 순간 퍼뜩 정신을 차려보면 그토록 아끼던 것들이 오히려 자신을 옭아매어 죽을 때까지 거기서 한 번도 자유롭게 벗어나지 못하는 스스로를 발견하게 됩니다. "그게 인생인데 새삼 뭘 어쩌겠다고?" 하며 반문한다면야 뭐라 할 말은 없습니다만, 이따금 한 번쯤은 자신의 삶을 전폭적으로 부정해보는 이런 시각도 필요합니다.

사람들은 삶이 힘들다고 말합니다. 왜 힘이 들까요? 당나귀가 없어서 그걸 가지려고 하니 힘든 걸까요? 아니면 정작 당나귀는 가지고 있는데 그걸 잃어버리지 않으려고, 혹은 더 튼실한 당나귀로 바꾸려다 보니 힘든 걸까요? 옆집의 당나귀, 뒷집의 당나귀와 제 당나귀를 자꾸 비교하니 힘든 것 아닐까요?

그나마 갖고 있는 당나귀라도 잃어버리지 않으려고 아등바등 사느라 정작 자신을 잃어버리고 만 현대인들에게는 집 없이, 여자 없이, 돈 없이 살아가겠노라고 맹세한 페터 노이야르의 삶이 쉽게 다가오지 않을 수도 있습니다.

쾰른 대학의 호숫가에서 밤을 보내고, 끼니는 철저하게 버려진 음식으로 때우고, 옷은 넝마를 주워서 기워가며 입되, 낮 동안에는 도서관에서 현자들의 가르침을 만나고, 새벽녘에는 깊은 명상에 잠기며 살아가고 있는 페터는, 어찌 되었거나 참 행복하다고 말합니다. 그리고 힘든 인생을 살아가는 많은 사람들이 그에게서 반짝이는 충만함을 느끼고 있습니다.

이 책을 읽고 나서 이따금 사는 게 너무 힘들 때면 스스로 이렇게 말하곤 합니다.

"페터보다 너무 많이 가져서 힘든 걸 거야. 버려! 버리지 못하겠으면 기꺼이 안고 가!"

기꺼이 버려서 가장 크고 완전한 행복을 얻은 붓다의 가르침을 비롯해서 예수와 기독교 신비주의자들 그리고 마호메트와 이슬람의 수피들과 공자와 노자와 장자의 가르침을 한 번에 만날 수 있는 이 책을, 나는 참 좋아합니다.

3장에서 소개하는 책들

제이 그리피스, 《땅, 물, 불, 바람과 얼음의 여행자》, 전소영 옮김, 알마, 2011

후쿠오카 켄세이, 《즐거운 불편》, 김경인 옮김, 달팽이, 2004

다니구치 지로, 《개를 기르다》, 박숙경 옮김, 청년사, 2005

엘리자베스 토바 베일리, 《달팽이 안단테》, 김병순 옮김, 돌베개, 2011

콘라트 로렌츠, 《야생 거위와 보낸 일 년》, 유영미 옮김, 한문화, 2004

게일 A. 아이스니츠, 《도살장》, 박산호 옮김, 시공사, 2008

팔리 모왓, 《울지 않는 늑대》, 이한중 옮김, 돌베개, 2003

chapter 3
생명의 생생한 숨소리를 듣다

야생의 웃음을 잃어버린
헛똑똑이들

인간답게 산다는 건 어떻게 사는 것일까요? 윤리와 도덕을 회복하고 고결한 가치를 실현하는 삶? 아하, 이 무슨 자다 봉창 두드리는 소리랍니까!

인간이 뭐 별건가 싶습니다. 배고프면 밥 먹고, 목마르면 물 마시고, 졸리면 자고, 가려우면 긁고, 먹을 게 떨어지면 굶고, 맘에 드는 이성을 발견하면 달려가 흘레하고…. 그러면 동물과 다를 게 뭐 있냐고 하겠지만 그렇다고 인간이 동물과 다른 점은 또 뭣이겠습니까?

문명이라는 것은 그런 동물에게 근사한 옷을 입히고 냉난방 시스템이 잘 갖춰진 울안의 주거를 마련해주고, 평생 읽어도 독해 불가득인 문자의 탑에 가두고, 형식과 규약과 계약과 체면의 가면을 벗지 못하게 하고, 그리고는 죽을 때까지 종살이하며, 던져주는 월급에 감읍

하는 삶을 살게 만든 것이 아니겠는지요. 이게 인간답게 사는 삶일까요? 어쩌면 짐승만도 못한 삶이 바로 이것 아닌지 모르겠습니다.

이 책의 저자 제이 그리피스는 인간이 어서 야생의 정신을 회복해야 한다고 주장합니다. 그리고 그녀 자신도 문득문득 저 혈관을 타고 비어져나오는 야생의 울부짖음에 이끌려 세상을 떠돌아다닙니다. 이 세상이 국경과 자본으로 쪼개지기 이전, 지(地) 수(水) 화(火) 풍(風)이라는 만물의 기본원소만으로도 넘치도록 풍요롭고 유쾌했던 그곳을 찾아 방랑합니다.

야생의 땅인 아마존, 야생의 얼음인 북극의 빙하, 야생의 물인 바다 그리고 야생의 불이 이글거리는 오스트레일리아의 사막과, 비릿한 야생의 공기를 맛볼 수 있는 인도네시아의 웨스트파푸아를 두 발로 자박자박 밟고 또 밟습니다.

그녀가 원시의 땅을 돌아다니며 들은 것은 천지를 가득 메운 생명체들의 시끌벅적한 웃음소리였습니다. 가만 귀 기울여보면 땅속에서, 빙하의 얼음 속에서, 심연과 황량한 사막 속에서 온갖 생명들이 저마다 웃고 떠들고 생명을 낳느라 야단법석을 피운다는 것입니다. 황무지 같은 야생이지만 까르르 웃음소리가 쉬지 않고 터져 나오는 땅이라는 것입니다.

인간은 이 소리를 듣지 못하고서 "생기라고는 전혀 없다"는 기록을 기록이랍시고 남겼고, 사막이건 북극이건 처음부터 원주민들이 살았건만 "내가 첫발을 내딛었다"며 환호성을 지른다네요. 거참, 머쓱하기 짝이 없습니다.

그렇게 7년 동안 야생의 웃음소리를 들으며 다닌 기록이 바로 《땅,

물, 불, 바람과 얼음의 여행자》라는 책입니다. 이 책보다 더 지독하게 문명을 비판하고 종교를 조롱한 책이 또 있을까 싶습니다.

잘 살아가고 있는 원주민을 찾아와서 "늬들은 야만인이야. 그거 알고 있어? 그러니 이제부터 옷을 입어! 그리고 우리가 주는 것만 먹어. 그래야 사람이야. 제발 좀 정신 차리고 이성적으로 생각하고 그래서 죽어 행복한 땅(에덴, 낙원)에 들어갈 것을 기약해봐! 제발 좀!!" 이렇게 소리치고 초콜릿을 주고 담배를 주고 위스키를 주고 돈을 줍니다.

에덴이란 즐거움이 넘치는 땅이라는 뜻이라네요. 그렇다면 극락(極樂)이란 말과 다를 바 없겠습니다. 그런데 저 야만스러운 문명인들이 처음부터 낙원이요, 에덴이요, 극락인 땅에 쳐들어와서는 '낙원으로 가도록 기도하라'고 겁준 뒤에 기껏 건물 세우고 돈 바치고 기도하고 나니까 이번에는 유토피아라는, 존재하지 않는 땅이라는 말을 만들어서 사람을 아주 **뻥** 돌아버리게 합니다. 웃기죠?

에스키모 이누이트족의 전통달력은 음력으로, 그들의 13개의 달 이름은 이렇습니다.

태양이 있음 직한 달

태양이 더 높아지는 달

바다표범 새끼 조산의 달

바다표범 새끼가 태어나는 달

수염바다표범 새끼가 태어나는 달

순록 새끼의 달

알의 달

순록이 털갈이하는 달

순록의 털이 두꺼워지는 달

순록의 뿔에서 껍질이 떨어지는 달

겨울이 진행하는 달

듣는 달

위대한 어두움의 달

1월, 2월이라는 밋밋한 문명세계 사람들의 달력 이름보다 이 얼마나 아름다운 이름입니까? 마치 인디언들의 달력을 보는 것만 같습니다. 인간은 본래 이렇게 아름답게 살았습니다. 문명인이란 존재는 바로 그 아름다움을 깨버리고 추한 옷을 입고는 원시의 땅에 멸시와 피폐의 폭탄을 던져 넣은 바보입니다.

부모미생전(父母未生前)의 일은 잘 모르겠으나 헛똑똑이로 살아왔음을 빨리 깨닫고 원시의 야생을 회복한다면, 어느 한순간 우리 몸의 세포 하나하나마다 데굴데굴 굴러다니는 유쾌한 웃음소리를 들을 수 있으리라 믿습니다. 그러니까 우리는 처음부터 아름답고 쾌활한 생명이었던 것이지요. 그걸 알아차리게 해주느라 웨스트파푸아의 질퍽한 산을 헤매고 다닌 제이 그리피스가 그저 고마울 뿐입니다.

생명을 상품으로
생각하는 우리들

불황의 골이 깊다고들 말합니다. 소비자들이 지갑을 열지 않는다고 상인들이 하소연합니다. 경기침체의 원인은 다각도에서 살필 수 있겠지만 나는 이런 말을 들을 때마다 쉽게 동의하지 못하는 바가 있었습니다. 그게 뭔지 딱 부러지게 정의를 내리지 못하였는데 이 책 《즐거운 불편》의 저자가 단번에 깔끔하게 정리해주었습니다.

원래 불황이란 물건이 팔리지 않는 상황을 말한다. 그렇다면 왜 물건이 팔리지 않게 되었을까? 당연한 얘기지만 그것은 사람들이 물건을 사지 않기 때문이다. 그렇다면 왜 사람들은 물건을 사지 않게 되었을까? 그것은 살 필요가 없고, 사고 싶은 것이 없기 때문이다. 그렇다면 왜 살 필요가 없고, 사고 싶은 것이 없을까? 그것은 이미 충분히 가지고 있기 때문이다.

절대적인 빈곤과 결핍에 시달리는 일부 사람들을 제외하고 대부분의 사람들은 이미 차고 넘치도록 물건들을 가지고 있습니다. 그러니 꼭 필요해서 물건을 구입하는 것이 아니라 습관적으로 아니면 경쟁심에서 구입합니다. 그럼에도 사람들이 느끼는 행복감은 점점 줄어듭니다. 뭔가를 소유하면 행복해질 것 같아 죽어라 일해서 그것을 소유하지만 행복하다고 느끼기보다는 여전히 외롭고 허전하고 불안하고 불행한 마음을 어쩌지 못하는 것이 우리들 현대인의 모습입니다. 이에 저자는 말합니다.

현대를 살아가는 우리가 소비하고 있는 물질(정보나 쾌락, 편리라는 이름의 상품을 포함한) 가운데, 그 대부분은 실제 인간의 행복을 위해 꼭 필요한 게 아니라 단순히 중독처럼 사용하는 것들에 불과하지 않을까 …… 물질이 주는 안락이나 쾌락에 빠져 중독증상을 일으키고 있는 것뿐이라면, 약물중독자가 오히려 불행한 것과 마찬가지로, 행복감을 얻을 수 없음은 당연한 결과이기 때문이다. 물론, 인간이 행복해지기 위해 진짜 필요한 문명의 열매도 있다. 그렇다면 진짜 '영양분'과 '중독성'을 구분할 수 있는 방법은 없을까?

그리하여 저자는 일단 중독성이 있는 것으로 의심이 가는 물질을 끊고 자기 생활에서 편리함을 멀리해 보기로 합니다. 끊을 때는 금단현상 같은 괴로움이 따르겠지만 조금만 인내하면 그 괴로움보다 훨씬 큰 편안함이 찾아오는 것이 당연하기에 한번 몸소 실천해보기로 마음먹습니다.

그는 자동판매기에서 음료수를 뽑아 마시지 않는다거나, 자전거로 출퇴근을 하고, 도시락을 갖고 다니며, 채소를 제 손으로 길러 먹고 가전제품이 고장 나면 새로 사지 않고 수리해서 쓰는 등의 소소한 원칙을 세웁니다. 불편하기야 이루 말할 수 없습니다. 게다가 일분일초를 다투는 현대사회에서 그가 세운 원칙들을 지키려면 시간이 너무 오래 걸립니다. 몸이 고달파지기까지 하니 그야말로 사서 고생입니다. 그래도 굳은 결심으로 자전거를 타고 출퇴근하던 그는 어느 날 참 놀라운 사실을 발견합니다.

자전거로 출퇴근하기 시작한 저자는 자가용을 타면 30분이면 갈 수 있는 거리라는 생각에 사로잡혀 어느 결엔가 자전거를 타면서도 어떻게 하든지 자가용 소요시간을 따라잡으려고 애를 쓰고 있는 자신을 발견했습니다. 그러다 깨달았습니다. '나는 그동안 스피드 중독에 빠져 있었구나. 빨리 가고 싶으면 자가용이나 전철을 이용하면 될 것을….'

소요시간 재기를 그만두자 자전거 출퇴근 시간에 그는 야생화 향기를 맡게 되었고, 갈매기들을 손을 뻗어 날려 보내는 재미도 만끽하는 등 도심 속에도 야생의 숨소리를 생생하게 느낄 수 있게 되었습니다.

이렇게 물질중독과 스피드중독에 빠진 현대인들에게 이 책은 두어 가지 중독증을 더 추가하고 있습니다. 우선, '칭찬중독증'이 있습니다. 칭찬은 긍정적인 효과를 내는 최상의 약입니다. 하지만 칭찬으로 아이를 어른 뜻대로 움직이려고 든다면 아이는 결국 주체적으로 판단하여 행동하지 않고 매사를 칭찬 때문에 하게 된다는 것입니다. 어른은 아이의 존재가치를 인정해주고, 아이가 스스로 움직일 수 있는 상황을 만들어주고 기다려주는 것이 낫지 않겠느냐는 지적은 음미해볼 만합니다.

현대인들의 중독증을 또 하나 든다면, 그건 바로 '생명중독증'일 것입니다. 저자는 식구들의 한 해 먹을 쌀을 오리농법으로 직접 농사짓습니다. 그런데 논에서 신나게 헤엄치며 살던 오리를 농사가 끝난 뒤에 어린 딸들과 함께 도살하는 내용이 책에 등장합니다. 저자는 한술 더 떠서 아이에게 "이번 오리는 네가 죽여 봐라"라고까지 합니다. 저자는 이렇게 자신의 입장을 변호합니다.

매일 고기를 먹으면서 살고 있는 이상, 그것이 어떤 과정을 거쳐 식탁에 오르게 되는가를 자기들 눈으로 확인하고 마음에 새겨두는 것이 앞으로 살아가는 데 있어 무의미한 일은 아닐 거라고 생각한다.

요즘 아이들은 닭은 몰라도 '치킨'은 알고 있다는 우스갯소리가 반증하듯이 저자의 충격적인 행동은 한편으로는 그동안 우리가 생명을 그저 포장으로만 여기면서 살아왔다는 반성을 하게 만듭니다.

현대인의 생활상을 보면, 생생한 삶의 근원과 관련된 작업을 모두 가정 밖으로 몰아내서 눈에 보이지 않게 하고 있잖아요. 출산도 사람이 죽는 것도 병원에서 하고, 고기도 생물을 죽임으로써 비로소 얻을 수 있다는 흔적을 찾아볼 수 없게 포장돼서 진열냉장고에 깨끗하게 장식되죠.

"생물을 죽이는 것은 부모로부터 자식에게 이어지는 생명의 연쇄고리를 끊는 것"임을 알아야 하며, 우리 인간은 "그 생명을 먹음으로써 생명을 연장시키고 있으며, 먹히는 것의 생명이 우리의 생명이 된다"
는 것이 저자의 생각입니다. 그리고 보면 자연으로 돌아가자는 삶의
불편한 방식들은 우리로 하여금 온갖 중독에서 풀려나와 이와 같은
생명의 순환을 몸으로 깨닫게 해주는 작업인 것 같습니다.

나는 흑돔이를
개장수에게 팔아버렸다

"흑돔아! 흑돔아!"

몇 번 이름을 불렀더니 집 모퉁이에서 그림자가 어른거립니다. 녀석이 주인 목소리를 듣고 돌아왔습니다.

"흑돔아, 이리 와! 괜찮아."

나는 가급적 목소리를 부드럽게 낮춰 불렀습니다. 녀석이 천천히 다가옵니다. 하지만 그 눈길은 나를 둘러싼 동네 사람들에게 꽂혀 있습니다. 흑돔이의 눈은 내게 묻는 것만 같습니다.

'내가 가도 되나요? 날 개장수한테 넘기지 않겠다고 약속해요.'

나는 개가 사람의 말을 알아듣기라도 하는 듯 이렇게 말합니다.

"흑돔아, 아니야. 저 아저씨한테 널 안 줄 거야. 이리 와."

흑돔이가 내 말을 알아들었을까요? 녀석이 냉큼 내게 달려옵니다.

나는 녀석을 꼭 안아준 다음 내 뒤에 서 있던 낯선 남자에게 넘겨줍니다. 그 남자는 덩치 큰 흑돔이를 트럭 뒤 철망에 넣고 내게 돈 몇 푼을 쥐여줍니다. 내가 그 돈을 받았는지 뿌리쳤는지 기억이 나지 않습니다. 다만 얼핏 나를 쳐다보는 흑돔이의 눈빛만 기억납니다. 트럭이 재빠르게 흑돔이를 싣고 사라지자 그제야 모여 있던 마을 사람들이 안도의 한숨을 내쉬고 삼삼오오 떠나갑니다. 난 아무 말도 하지 않고 집 안으로 들어갔습니다. 내 손으로 내가 키우던 녀석을 팔아치우고 말았습니다.

동네 뒷산으로 자주 산책을 나가던 남편이 어느 날 개 한 마리를 데리고 왔습니다. 몸집이 어찌나 컸던지 나는 개가 아니라 늑대라고 생각했습니다. 시베리안 허스키를 닮았지만 잡종이었습니다. 녀석은 산속에서 남편과 마주치더니 도망가기는커녕 쫄래쫄래 따라서 우리 집까지 왔습니다. 가라고 쫓아도 꼬리를 치며 따라온 것입니다.

소박한 시골 마을에 덩치가 산만한 검은 털을 가진 개를 기른다는 건 처음부터 무리였습니다. 하지만 산을 헤매던 녀석이 굳이 같이 살겠다고 우리집을 찾아왔는데, 그러지 않아도 개를 좋아하는 우리 부부에게는 참 믿음직한 친구가 생겼으니 잘된 일이었습니다.

항상 의젓한 흑돔이는 순식간에 동네 대장이 되었습니다. 녀석이 휙 지나갈 때면 산짐승이 내려왔다며 동네 사람들이 수군거렸고, 친구를 찾아 이웃집으로 마실을 가서는 그 집 누렁이 사료를 다 먹어치웠습니다.

"댁의 저 '껌정이'가 우리 집 개 사료를 다 먹어치웠소!"

한두 번 원망을 듣다가 나는 아주 질 좋은 사료를 한 부대 사다 주기도 했습니다. 그런데 몇 달이 지난 뒤에 또 다시 원성이 들려왔습니다.

"댁의 저 '껌정이' 때문에 우리 집 개가 잡종을 낳았소."

동네 암컷들이 죄다 흑돔이 새끼를 갖게 되었고, 장날에 내다 팔려니 제값을 받지 못하게 되어 낭패라고 속상해하는 이웃들. 그렇다고 개를 묶어놓고 기르기는 싫었습니다. 웬만한 집들이 개를 풀어놓고 길렀고, 이웃집 개들도 우리 마당에서 종일 놀다가 맛난 사료를 먹고 가기도 했기 때문입니다. 그래도 넉넉지 않은 시골의 이웃 살림을 축내는 거 같아 사과하고 어떻게든 무마하면서 그때그때 고비를 넘겼지만 이웃 할머니에게 우리 흑돔이는 영 눈엣가시였던 것 같습니다.

그렇게 겨울을 지낸 뒤 시골생활을 청산하고 서울로 올라가게 되었습니다. 그 소식을 들은 할머니가 가장 먼저 할 일은 '흑돔이 처리'였습니다.

"저 녀석은 어찌할 생각이요?"

서울 시댁이 마당을 가지고 있어 거기서라도 기를까 생각 중이었습니다. 하지만 아직 시어른들께 여쭙지 않았기 때문에 나는 "아직 정하지 못했어요"라고 대답했습니다.

"저 녀석 처리하고 가시오."

"예, 할머니, 그건 걱정하지 마세요. 아무렴 우리 식군데 제가 버리고 가겠어요?"

그날 이후 할머니는 매일 우리집에 와서 흑돔이를 어떻게 할 건지를 물었습니다. 그러다 어느 날 마당이 소란해서 나와보니 개장수가 트럭을 몰고 와 있었습니다. 어찌 된 일인지 동네 사람들도 웅성웅성

모여와 있었지요. 이 사태를 눈치챈 흑둥이는 잽싸게 집 뒤로 숨었습니다. 이웃집 할머니뿐만 아니라 동네 사람들이 모두 모여 개를 빨리 처분하라고 성화를 댔습니다. 막다른 골목에 몰린 건 흑둥이뿐만이 아니었습니다. 그동안 그래도 서로 오가며 정을 쌓아왔다고 생각했는데 좀 너무하다는 생각도 들었습니다. 오기가 생겼습니다. 될 대로 되라는 심정으로 나는 흑둥이를 불렀습니다. 그리고 흑둥이는 주인인 내 목소리를 듣고 주춤주춤 걸어 나와 개장수의 트럭에 실렸습니다.

한 생명을 책임지지 못했다는 죄책감은 아주 오래도록 나를 짓누릅니다. 끝까지 함께하지 못했다는 미안함, 더구나 그곳이 어디인 줄 알면서 개장수에게 팔아넘겼다는 그 죄책감은 지금도 나를 마음 편하게 하지 못합니다. 녀석은 내게 얼마나 실망했을까요? 그리고 얼마나 무서운 최후를 맞이했을까요?

억지로라도 기억에서 녀석을 지워갈 때 다니구치 지로의 만화《개를 기르다》를 만났습니다.

만화가 다니구치 지로는 생후 2개월 된 강아지 탐을 집으로 데려옵니다. 탐은 산책을 가장 좋아했습니다. 탐이 절대로 집안에서 용변을 보지 않기 때문에 주인 내외는 하루에 한 번씩은 꼭 탐을 데리고 산책에 나서야 했습니다. 오죽하면 지로가 탐을 기르면서 가장 성가셨던 일이 바로 '산책'이었다고까지 할까요.

그렇게 15년을 한 식구로 지내오던 탐이 어느 사이 늙어버려, 산책길에서 수컷인데도 소변을 볼 때 뒷다리를 들지 못하고 온몸에 오물을 묻히자 주인은 당황합니다. 늙어서 걸음을 제대로 걷지 못하는 탐을 데리고 산책을 하자면 사정을 모르는 사람들은 '차라리 개를 안고 걸어라'며 참견을 합니다.

하지만 지로와 그의 아내는 늙은 탐의 건강을 위해서라도 억지로 그를 걷게 합니다. 앞다리의 움직임이 둔해져 질질 끄는 바람에 발톱이 갈라지자 발싸개를 만들어 신겨주고, 겨드랑이에 끈을 넣어 가급적 힘을 덜 들이고 걸을 수 있게 해주기도 합니다.

이렇게까지 억지로라도 개를 걷게 하는 이유는 '개는 밥 먹는 것 다음으로 산책을 가장 좋아하며, 마지막까지 걸으려는 것이 개의 속성'이라는 지로의 생각 때문입니다. 하지만 동네 산책길에서 "정말 잘 견디는구나. 언제까지 살 작정이니, 얼른 떠나줘야 하지 않겠니?"라며 동네 할머니가 탐에게 말을 건네고 한 달 뒤에 탐은 더 이상 산책길에 나서지 못하게 되었습니다.

이쯤 되면 아파하는 걸 더 이상 볼 수가 없다며 오래 함께 지내던 동물을 안락사시키는 사람도 많습니다. 하지만 그들은 탐을 그렇게 보내지 않습니다. 힘들지만 자연스럽게 마지막을 맞이할 수 있도록 집에서 보살핍니다. 마침내 링거마저도 흡수되지 못하는 상황에 이르자 수의사의 지시대로 링거를 떼어냅니다. 탐은 그러고도 일주일을 살다가 세상을 떠납니다.

늙은 개가 서서히 죽어가는 모습을 얼마나 현실감 넘치게 그렸는지 만화책 마지막 부분에 가서는 눈물이 주룩 떨어지기도 하였습니다. 개를 길러보니, 개는 기르는 게 아니라 함께 사는 것이었다고 지로는 말합니다.

사람도 가치 없이 버림받는 세상에 그깟 개 한 마리에게 너무 수선을 떤다고 비난해도 좋습니다. 개를 길러본 사람은 압니다. 말 한마디 나누지 않아도 녀석들이 사람에게 어떤 마음을 건네주는지. 만남이 깊어질수록 무언의 대화는 무르익어가서 어떨 때는 녀석이 무슨 생각을 하는지까지도 훤히 알게 됩니다. 심지어 사람 이상의 온기를 나눠주는 것이 바로 동물입니다. 그래서 동물과 지내다 보면 생명에 대한 배려와 목숨에 대한 예의를 배우게 됩니다.

　너무 늙어서 더는 살 수 없는 개 한 마리를 대하는 부부의 마음이 섬세한 그림으로 펼쳐져 더 애틋해집니다. 여차하면 안락사를 시키는 요즘 세상에 개에게 남은 수명을 다 살게 해주는 주인의 배려가 무서울 정도로 진지합니다. 지로와 그의 아내는 함께 지낸 동물의 생명에 대해 참 반듯하게 예의를 갖추었고, 탐은 정말 행복한 삶을 살다간 몇 안 되는 동물임이 틀림없습니다.

　두껍지 않은 만화책인데 쉽사리 손에서 내려놓지 못했습니다. 울적해집니다. 흑돔이를 도로 찾아오기에는 시간이 너무 지나버렸습니다. 너무 늦게 이 책을 만났습니다.

야생 달팽이야,
사람을 부탁해

고등학교 입학을 앞둔 해 겨울, 아침에 몸을 일으키려다 비명을 지르고 말았습니다. 허리와 한쪽 다리에 극심한 통증이 왔기 때문입니다. 비명소리에 놀라 달려온 부모님은 대체 이 일을 어찌해야 할지 몰라 발만 동동 굴렸습니다. 바로 어제까지 수선스레 뛰어다니던 딸이 주저앉아서 운신을 하지 못한 데 놀란 데다 집안에 그렇게 아팠던 사람이 없었던 터라 이럴 때는 어떤 병원을 가야 하는지 감이 잡히지 않았기 때문입니다. 아무튼 아버지의 등에 업혀 병원으로 갔고 류머티즘이라는 진단을 받았습니다. 늙수그레한 의사는 나를 내려다보며 말했습니다.

"쯧쯧, 어쩌다 이런 병에…. 앞으로 평생 조심해서 살아야 해요, 학생. 그런데 이 병은 마님병이야, 마님병. 집안에 일할 사람 여럿 거느리고 호령하며 살아야 할 병이라는 게지."

의사의 측은한 표정에 아직 살아보지도 못한 내 인생이 파투가 났음을 직감하고 가슴 철렁했고, 하지만 내가 부잣집 귀부인으로 살 운명이 되었다는 사실에 뭔가 비련의 여주인공이라도 된 것만 같아 야릇하게 서글퍼졌습니다. 그 후 함박눈을 맞으며 뛰노는 동생들을 이부자리 속에서 지켜보던 겨울 한 철을 시작으로, 고등학생이 되어서 체육시간마다 그늘에 앉아 운동장을 뛰노는 친구들을 지켜보면서 나는 달라졌습니다. 세상이라는 무대의 정중앙에서 밀려나 비스듬한 각도로 인생을 바라보게 된 것이지요.

엘리자베스 토바 베일리라는 여성의 심정을 조금은 알 것 같습니다. 유럽여행을 떠났을 때만 해도 참 행복했을 것입니다. 하지만 알 수 없는 병에 걸려서 집으로 돌아오고, 이후 그녀는 20년을 병석에 누워 지내게 되었습니다. 간병인의 절대적인 도움을 받으며 무료하고 고통스런 나날을 지내던 엘리자베스에게 창 너머로 펼쳐지는 세상은 손을 내밀어도 닿지 않고, 소리 질러도 아무도 들어주지 않는 다른 차원이었을 뿐입니다.

"세상은 나를 버렸어."

"나는 이제 쓸모가 없어졌어."

병상을 차지한 사람에게 이보다 더 심각한 자기진단은 없을 겁니다.

그런데 친구가 숲에서 가져온 달팽이 한 마리가 그녀의 삶에 우연히 놓이게 되면서 그녀는 눈을 뜹니다. 게다가 모두가 잠든 밤에 야생 달팽이 한 마리가 시든 장미 꽃잎 한 장을 갉아 먹는 소리를 한 시간이나 들었다는 건 대단한 '사건'이었습니다.

어느 날 저녁, 나는 제비꽃 화분 받침에다 시든 꽃 몇 송이를 얹어놓았다. 달팽이가 잠에서 깼다. 달팽이는 화분 벽면을 따라 아래로 내려와서는 호기심 어린 모습으로 시든 꽃들을 이리저리 살펴보았다. 그러고는 꽃 한 송이를 먹기 시작했다. 먹는 건지 안 먹는 건지 모르는 속도로 꽃잎 하나가 서서히 사라져 갔다. 귀를 바싹 기울였다. 달팽이 먹는 소리를 들을 수 있었다. 그것은 누군가가 셀러리를 매우 잘게 끊임없이 씹어 먹을 때 나는 아주 작은 소리였다. 나는 달팽이가 보라색 꽃잎 하나를 저녁밥으로 꼼꼼히 다 먹어치우는 한 시간 동안 잠시도 눈을 떼지 않고 지켜보았다.

그 녀석도 뭔가를 먹어야 사는 생명체이니 아마 틀림없이 뭔가 나름 할 일이 있고, 분명 개성이 있는 존재이겠지요. 야생 달팽이가 장미 꽃잎을 갉아 먹는 소리를 들으면서 그녀에게 세상의 중심은 '병들고 소외된 나(엘리자베스)'에서 낯선 '달팽이 한 마리'로 바뀝니다. 그리고 우중충하게 드리워 있던 세상의 그늘이 차츰 걷히고 푸른 생명을 뿜어내는 거대한 녹색 자연이 그녀의 병상을 중심으로 펼쳐집니다. '나의 달팽이'에게 왠지 모를 친밀감을 느낀 엘리자베스는 '달팽이'가 궁금해졌고, 그 궁금증은 '달팽이'라는 낯선 존재가 생명을 시작하고 영위하는 역사를 알아보게 만듭니다.

암수한몸에 오감(五感)이 아닌, 후각과 미각과 촉각만을 지니고, '배로 기어 다니는 발'이라는 의미의 고대 라틴어와 그리스어에서 파생된 '개스트러포드(gastropod, 腹足類, 한 개의 근육 발을 가진 연체동물)'에 속하며, 2600개가 넘는 이빨(齒舌)을 가졌고, 환경에 따라 체온이 달라지는 냉혈동물이며, 더듬이에 달린 '눈'은 어둠과 빛으로 대강의 방향을 찾아내는 역할만을 하며, 껍데기의 나선무늬가 서로 비슷한 종들 가운데서 짝을 찾고, 주변 환경이 여의치 않으면 몸을 말아서 무한정의 잠에 빠져 들어가 약한 자신을 보호하며, 자신이 지구를 책임지고 있다고 허풍을 치는 호모사피엔스보다 훨씬 더 오래전부터 그러니까 5억 년 동안 진화를 거듭해 온 복족류라는 사실을 알아갑니다.

그런 걸 보면, 인간이란 녀석, 참 볼품없지요? 그리고 인간의 몸뚱이, 세포 하나하나는 저 혼자만의 철옹성이 아니라, 바로 이런 길고도 먼 진화의 선율에 섞여서 울려 퍼지는 하나의 음절에 지나지 않다는 사실을 알고 나면, 내게 닥친 불행에도 조금은 의연해져서 숨쉬기가 가벼워집니다. 20년을 병상에 누워 지내던 엘리자베스가 바로 그러했습니다.

차가운 첫 봄비가 내리고 몇 주가 지난 어느 날 그녀는 달팽이를 풀어주러 숲으로 갑니다. 그리고 담당의사에게 이런 구절이 담긴 편지를 씁니다.

오늘 또 비가 내렸습니다. 병에 안 걸렸다면 지금 무슨 일을 하고 싶을까 생각하면서 하루 종일 침대맡에서 창밖을 내다보고 있었습니다. …… 오늘은 달팽이를 풀어주기에 아주 좋은 날입니다.

병에서 회복된 엘리자베스는 1년 동안 달팽이를 지켜보며 써내려간 메모와 도서관에서 빌려본 자료들을 모아 책으로 냈고, 그 책은 《월든》에 버금간다는 평을 받습니다. 하지만 이런 영광이야 쏟아지려면 쏟아지라지요. 엘리자베스는 "비록 물리적인 세계에서 인간보다 훨씬 더 느리게 이동하지만 진화라는 차원에서 보면 인간보다 훨씬 더 빠른" 달팽이를 지켜보면서 그의 "타고난 느린 걸음걸이와 고독한 삶은 아무것도 보이지 않던 어둠의 시간 속에서 헤매던 나를 인간세계를 넘어선 더 큰 세계로 이끌어 준 진정한 스승"이라고 찬사를 보냅니다. 그리고 그녀는 이렇게 일기에 씁니다.

나만의 속도로 할 수 있는 많은 것들, 달팽이를 절대로 잊어서는 안 돼. 녀석을 언제고 마음속에 담아둘 테야.

자, 그렇다면 류머티즘이라는 진단을 받은 나는 그 후에 어찌되었냐고요? 보시다시피 아주 펄펄 나는 새처럼 세상을 누비고 다닙니다. 어쩌면 오진이었을지도 모릅니다. 하지만 자주자주 아파서 드러눕는 걸 보면 내 몸이 그리 건강체가 아닌 게 틀림없습니다. 그러나 무럭무럭 자랄 일만 기다리고 있던 그 시절에 세상의 무대 중앙에서 밀려나 비스듬한 각도로 인간과 사물을 지켜봐야 했던 경험은 내게 아주 소중합니다. 늙은 의사의 '마님병 류머티즘'이라는 진단이 나의 달팽이였습니다.

인간이 저들에게
다시 배워야겠구나

콘라트 로렌츠(Konrad Lorenz, 1903~1989)는 동물의 행동을 끈질기게 관찰하고 연구하는 학자입니다. 그런데 그 실험의 자세가 흥미롭습니다. 그는 먼저 자기가 실험대상으로 택한 동물을 처음부터 길들입니다. 길들인다는 말은 그리 기분 좋은 말이 아니지만 어찌 되었거나 동물을 이해하려면 동물과 친해져야 하고 또 그러려면 동물에게 '난 너랑 전혀 다를 바 없는 동물이다'라는 걸 인식시켜줘야 할 테지요. 이 과정을 거쳐 인간을 자기와 똑같은 존재로 받아들인 동물은 인간과 허물없이 지내고 행동하고 반응하게 될 것입니다. 그때 인간은 동물의 지극히 자연스러운 행동을 편견이 거의 없는 눈으로 바라보게 될 테니까요.

콘라트 로렌츠의 책은 여러 권 번역되어 있는데, 그중에《야생 거위와 보낸 일 년》을 아주 재미있게 읽었습니다. 그가 다른 새가 아닌 야생거위를 관찰실험 대상으로 택한 이유는 그들이 인간처럼 끈끈한 가족관계를 형성하고 있기 때문입니다.

로렌츠와 그의 연구소 직원들은 가장 먼저 야생 거위와 친해지기 위해서 그야말로 '야생'의 삶을 지내게 됩니다. 비가 오나 눈이 오나 햇볕이 내리쬐나 그들의 하루에 푹 젖어 지냅니다. 거위들이 '이 녀석(사람)들은 나랑 조금 생김새가 다르지만 거위는 거위인가 보다' 하고 착각할 것만 같습니다. 책에는 백 장이 넘는 사진도 실려 있는데 무엇보다 젊디젊은 연구원들이 야생 거위와 혼연일체가 되는 모습이 처음에는 우습다가도 그 진지한 탐구열에 크게 감동하게 됩니다.

야생거위 부부가 알을 품다가 실패했을 때, 먼저 부모 곁을 떠난 새끼 거위가 여전히 독신일 경우에는 알을 잃은 부모 곁으로 돌아와 함께 지낸다고 합니다. 그리고 배우자를 떠나보내 홀몸이 된 거위도 제 부모를 찾아가서 함께 지낸다고 합니다.

사람들은 흔히 "어미 새가 새끼에게 나는 법을 가르쳐 준다"고 말을 하지요. 하지만 로렌츠는 이게 정말 터무니없는 인간의 억측이라고 꼬집습니다. 새끼는 처음부터 하늘을 나는 능력을 갖고 태어난다고 합니다. 다만, 어미 새가 직접 몸으로 하는 행동을 보면서 새끼는 '지금은 날 때' '지금은 좀 참아야 할 때' '지금은 저쪽으로 날 때' '지금은 이쪽으로 날 때' 이런 식으로 멋지게 '잘' 날게 된다는 것입니다. 어미 새의 행동을 모방하면서 자기도 전문가가 되는 것입니다. 먹이를 가리는 것도 그와 같다고 합니다. 인간의 손에서 부화한 거위의 경우 사료를 먹고 자랐는데 그 거위에게서 부화한 새끼 거위 역시 사료를 먹는다고 합니다. '엄마가 무엇을 먹느냐!'를 가만히 지켜보던 새끼들이 그걸 따라 한다는 것이지요.

이 모방본능이 참 무섭습니다. 인간들은 자식들에게 이래라저래라 잔소리를 쉼 없이 늘어놓습니다. 그게 다 늬들 나중에 잘되길 바라는 마음이라고 하면서요. 인간들은 대체로 '말'로 자식을 대하고 가르칩니다. 하지만 정작 자식들은 부모의 '행동'을 보고 배운다는 걸 모릅니다.

백 마디 말이 필요 없습니다. 그저 자식들이 되었으면 하는 바람직한 인간의 모습을 부모가 보여주는 게 최고의 교육법이라는 걸 야생거위의 모방본능에서 느낄 수 있었습니다.

나와는 전혀 다른 차원의 존재를 알아간다는 것은 정말 세상의 비밀을 알아채는 일이 아닐 수 없습니다. 지식과 이성의 차원에서 인간인 내가 저 한갓 야생거위와 수준이 같을 수는 없을 겁니다. 야생거위가 인터넷을 할 줄 알겠습니까, 제2차 세계대전에 대해 알겠습니까. 역사를 알겠으며, 붓다를 알겠으며, 예수그리스도를 알겠습니까, 자유와 정의와 진리와 예술을 알겠습니까!

하지만 그 이전에 피가 뛰고 희로애락을 절감하는 감성을 가진 점에서 동물과 인간은 거의 차이가 없다고 하지요. 그래서 동물의 입장을 잘 이해하는 사람일수록 인간에 대한 사랑을 더 깊이 품을 수 있는 것인가 봅니다.

뱀을 괴롭히는 아이들에게 붓다가 그랬다지요?

"만약 너희를 누군가 괴롭히면, 너희는 기분 좋겠니?"

"아니요."

아이들이 이렇게 대답하자 그는 말했습니다.

"그래, 바로 그거야! 지금 저 뱀은 얼마나 아프고 또 너희가 무섭겠니? 그러니까 그러지 마!"

그 간단한 말에 생명에 대한 가장 깊은 울림이 담겨 있음을 로렌츠의 야생 거위에서 다시 한 번 확인했습니다.

베이컨을
굽지 못한 아침

2008년 서울은 그 어느 때보다 뜨거웠습니다. 미국산 쇠고기 수입과 관련하여 안전성 문제와 아울러 굴욕적인 협정체결에 대한 분노가 촛불시위로 이어졌습니다. 주부들이 유모차를 끌고 나오고 중고등학생까지 가세하는 등 수많은 시민들이 합세하여 미국산 쇠고기 수입반대를 외쳐댔습니다. 하지만 질 좋은 쇠고기를 싸게 먹을 기막힌 기회를 왜 저렇게 반대하는지 모르겠다며 싸늘하다 못해 서슬 푸른 눈길을 보내는 사람들도 있었습니다. 심지어 국회의원들은 직접 미국산 쇠고기를 맛나게 먹는 쇼를 연출하며 홍보에 열을 올리기도 했습니다.

지금까지도 미국산 쇠고기 수입과 관련해서는 찬반 이견이 분분합니다. 그럼에도 어찌 되었거나 미국산 쇠고기는 한반도에 무사히 착륙하였고, 알게 모르게 이 나라 사람들 식탁을 점령했습니다.

결론부터 말하면, 나는 그때 이후 육식을 절대적으로 줄이게 되었습니다. 그전부터 막연하게 육식에 대해 편안하지 않았는데 계기가 된 셈이지요. 그저 불자(佛子)라는 이유 때문만은 아니었습니다. 옛날같으면 단백질 섭취를 위해 꼭 필요할 때에 잡아서 먹던 고기였지만 너무 먹어서 병이 생기는 오늘날, 사람들은 안 먹어도 되는 고기까지 먹어치우느라 안 죽여도 될 동물을 죽이며 병까지 얻고 있습니다. 무슨 포한이라도 맺혔는지 고기를 먹어대는 사람들을 보면서 나라도 한 입 덜 먹어야겠다는 막연한 생각을 품고 있었습니다. 그러던 차에 벌어진 미국산 쇠고기 수입 반대 시위는 내게 미국산 쇠고기뿐만 아니라 모든 육류에 대해 식탐을 절대적으로 줄이는 계기가 되었습니다. 물론 시위 때문만은 아니었습니다. 좀더 결정적인 계기는 당시 읽었던 한 권의 책입니다.

동물보호단체에서 일하고 있던 게일 A. 아이스니츠는 1989년 티모시 워커라는 사람에게 편지를 받습니다. 플로리다 주 바토우에 있는 도살장에서 산 채로 소의 껍질을 벗긴다는 사실을 고발하는 편지였습니다. 편지에는 두려움과 고통에 발버둥치는 동물들의 껍질을 벗겨야 하는 도살장 직원들의 생명도 위험한데 수많은 연방정부 관료들에게 이 문제를 제기했지만 여느 도살장에서 늘 벌어지는 일이라는 답변을 들어야 했다는 하소연도 들어있습니다.

편지를 받은 게일은 일단 전화로 사실을 확인합니다. 하지만 미국 농무부에서는 "해당 도살장에서는 어떤 소도 산 채로 도살하지 않는다"는 대답을 들려줄 뿐이었습니다. 그리하여 게일은 당시로써는 위험

천만하고 엉뚱하게까지 여겨질 일을 저지르기로 결심합니다. 직접 도살장을 찾아가 어떤 일이 벌어지고 있는지를 확인하기로 한 것이지요.

미국에는 자비로운 도살법(Humane Slaughter Act)이라는 게 있다고 합니다. 즉, 도살장에 끌려간 모든 동물들은 해체과정이 이루어지는 라인 위로 사슬에 묶여 끌어올려지기 전에, 전문적인 훈련을 받은 사람이 효과적인 기절 장치를 사용해 한번에 의식을 잃게 만들어야 한다는 조항의 법입니다. 산목숨을 죽이는데 자비라는 말이 가당키나 하겠느냐마는 육식 위주의 식사를 하는 미국에서 그나마 다행이다 싶습니다.

하지만 전 세계인을 상대로 하는 돈벌이에 환장한 축산업자들과 육가공업자들에게 자비로운 도살법이라니요! 게일은 책에서 말합니다. 매년 1억 100만 마리의 돼지를 도살하고, 3700만 마리의 소와 송아지를, 400만 마리가 넘는 말과 염소와 양을, 그리고 80억 마리가 넘는 닭과 칠면조를 도축해야 하는 축산업자들이 어찌 도살장의 작업라인을 단 1초라도 멈출 수가 있겠냐고요. '자비' 같은 건 그야말로 개나 물어가라고 해야 할 판입니다.

가축들이 잔혹하게 죽어가는 과정에는 사람의 희생도 따릅니다. 그 일을 해내는 자들은 불법 이민을 온 남미계 노동자들로, 이들은 하루에 수백 마리의 가축을 도살합니다. 그런데 그들은 '무조건 더 많이 죽여라'는 상부의 지시에 따라 의식이 또렷하게 살아 있고 심지어는 불안하게 발버둥치는 살아 있는 동물들을 산채로 가죽을 벗기거나 토막을 내야 합니다.

"거꾸로 매달린 소가 의식이 완전히 깨어나서 두리번거리다 사람과 시선을 또렷하게 맞춘다. 그리고 소리 내어 울고, 숨을 곳을 찾는다"라고 증언하는 도살장의 일꾼들은 이런 말도 들려줍니다.

항의하였다가는 '항의하러 올 만큼 한가한가? 못 하겠으면 관둬! 일하려는 값싼 일꾼들이 줄을 섰으니까'라는 대답을 들어야 하고 더 참혹한 작업라인으로 내려가는 징벌도 감수해야 한다. 사실 우리는 너무나 바쁘다. 숨 돌릴 틈이 없다. 심지어 화장실에 갈 시간도 없어서 작업장에서 그대로 용변을 볼 정도이다.

이 정도면 자비로운 도살법 실행 여부의 문제는 차치하고라도, 가축의 피와 털과 구더기와 인부들의 용변이 한데 엉킨 그곳의 위생 상태와 관리감독을 따져야 하겠습니다만, 아! 더 이상 말하기 싫습니다.

'벌써 오래전 일이야. 미국이 그동안 검역시스템을 잘 보완했겠지.'

1997년이라는 판권의 숫자를 보면서 나는 치미는 분노를 억지로 이렇게나마 달랬습니다. 하지만 저자는 '한국 독자에게 주는 메시지'라는 글에서 이렇게 일침을 놓습니다. "다시 시장을 개방하는 한국인들에게 한 마디 경고하고 싶습니다. 미 농무부는 세계에서 가장 안전한 식품을 공급할 수 있도록 자신들이 도살장을 관리하고 있다고 주장하지만 그것은 사실이 아닙니다"라고.

오로지 인간에게 먹히려고 인위적으로 태어난 동물들, 그 처참한 사육과 도살의 과정들, 낮은 임금으로 도살장에서 일하는 인부들의 위태로운 육체와 심성, 절대로 현장을 방문하지 않는 화이트칼라의 고급관리들.

소뿐이겠습니까. 돼지와 닭은 또 어떻습니까. 근사한 연인과 고급

레스토랑에서 나이프와 포크를 반짝거리며 썰어댔던 송아지 스테이크는 얼마나 잔혹한 과정 끝에 만들어진 만찬인지 아시나요. 끊임없이 새끼를 낳기 위해 어미 돼지는 자궁을 비워야 하고, 젖을 말려야 하고, 살을 더 찌워서도 안 되고….

건강을 위해 먹어댔던 고기들이 알고 봤더니 비극 덩어리였습니다. 농장이 아니라 공장에서 가축이 만들어지고, 그 고깃덩이를 생산해내기 위해 가난한 나라 사람들은 끊임없이 살육을 저질러야 하고, 수많은 가축들을 먹이기 위해 숲이 베어지고 목초지가 만들어지고, 저개발 국가 사람들을 충분히 먹일 수 있는 식량들이 가축들의 사료로 낭비되고, 그래서 환경파괴에 따른 재앙을 그 사람들이 또 옴팍 뒤집어써야 하고…. 대체 이 웃지 못할 아이러니의 과정에서 진정 행복할 수 있는 자는 누구일까요?

모쪼록 저렴한 가격에 고기를 맘껏 먹을 수 있다는 광고에 속지 말기를 바랄 뿐입니다. 고기가 저렴하게 팔리려면 얼마나 많은 동물이 처참하게 사육되고 도살되어야 하는지, 저렴하게 팔리려면 보이지 않는 곳의 얼마나 많은 사람들이 손해를 감수해야 하는지, 저렴하게 팔려면 인간의 몸에 좋지 않은 값싼 것들이 그 손해분을 충당해야 한다는 사실을 알아야 합니다.

게일 A. 아이스니츠의 책은 내게 엄청난 고통을 안겨주었습니다. 책 한 권을 이보다 더 힘들게 읽을 수도 없습니다. 울렁증을 다독이며 밤새 뒤척거리고 일어난 아침, 나는 감히 베이컨을 구워서 아침 식탁에 올릴 엄두를 내지 못했습니다.

결국 인간이 동물보다 못하다는
불편한 진실

세계 거의 대부분의 종교에서는 동물에 대해 그리 우호적이지 않습니다. 인간보다 열등하고, 인간의 먹이가 될 운명이며, 게으르고 화잘 내고 걸핏하면 싸우는 자들이 죽어서 다음 생에 동물의 몸을 받는다고 말이지요. 하지만 정말일까요? 동물이 사람의 글을 모르는 게 천만다행이다 싶습니다.

늑대라는 동물. 아니, 늑대에게는 '동물'이라는 이름보다 '짐승'이라는 이름이 더 어울립니다. 뭔가 살캉하게 느껴지는 욕정, 노란 눈빛에 감추고 있는 살기와 술수, 밤마다 울어대어 뭇 생명체들을 공포에 사로잡히게 하는 늑대.

그런데 늑대 입장에서 이보다 더 억울할 데가 없겠습니다. 어쩌다 늑대는 이런 사악하고 잔인한 짐승으로 전락해버렸는지요. 지금으로부터 거의 50여 년 전쯤에 늑대에 관한 책이 캐나다에서 나왔습니다. 팔리 모왓이라는 캐나다 자연학자가 쓴 책입니다.

어리바리한 이 사내는 세상에서 가장 편한 직업을 찾다가 전공을 살려 공무원 자리 하나를 차지했고, 어쩌다 캐나다 아북극(亞北極) 툰드라 지대에 가서 저 가공할 살인마 늑대를 멸절시키기 위한 늑대 보고서를 작성하라는 명을 받습니다.

여차하면 늑대의 머리에 쏘아댈 성능 좋은 사냥총과 총탄, 달려드는 늑대를 향해 뿌려댈 최루탄까지 단단히 중무장하고 인적이 끊어진 곳에 내던져진 모왓. 늑대와 어서 마주치기를 바라는 마음 하나와 행여 늑대에게 잡아먹히지나 않을까 하는 마음 하나가 서로 쌈박질을 합니다. 느긋하게 누워 있던 늑대와 두 눈이 찌릿 마주치는 순간, 그의 늑대 보고서는 첫 페이지를 채워가게 됩니다.

사람들이 책에서 혹은 입소문으로 실어 나르는 말들이 얼마나 진실할까요? 미국에 가보지 않은 사람이 가본 사람보다 미국에 대해 더 많은 말을 한다지요? 사람들이 늑대에 대해 지어낸 그 사악하고 잔인하다는 이미지는 그야말로 인간이 만들어낸 생각에 지나지 않았습니다. 단 한 번도 늑대에 대해 진지하게 알아볼 생각도 하지 않고 인간은 저들끼리 늑대는 빨간 두건을 쓴 소녀를 잡아먹는 못된 놈이라며 지탄받아 마땅하다고들 난리를 쳤지요.

팔리 모왓이 툰드라 지대에 파견된 것은 순록 수천 마리가 늑대에게 떼죽음을 당한 사건 때문이었습니다. 늑대를 없애지 않으면 순록의 씨가 말라버릴 것이요, 인간의 수입도 줄어듦은 물론 인간의 목숨까지도 위험해지니 늑대는 인류의 적이라는 판단 때문이었습니다.

하지만 모왓이 간신히 늑대의 굴 근처에 텐트를 치고 살펴본 바, 늑대는 인간세상의 저급한 편견과는 아무 상관도 없이 그저 하루하루 살아가는 또 하나의 생명체였습니다. 평생 일부일처로 지내며 새끼들을 사랑으로 보살피고, 먹이를 구하러 정기적으로 굴을 나가는 수컷 늑대, 온종일 새끼들의 장난에 온몸을 내맡기고 돌보는 암컷 늑대 그리고 곁살이로 지내며 새끼 늑대들을 대신 돌보는 또 한 마리의 늑대…. 인간이 훔쳐본 늑대 가족의 삶은 인간세상의 단란한 가족 그 이상도 이하도 아니었습니다.

게다가 늑대가 살육을 일삼는다는 것도 인간의 착각이었다지요. 늑대의 밥이라는 순록이 사실 늑대보다 더 빨리 달리는 동물인데, 평소에는 평원에 늑대 가족과 순록 떼가 그냥 어우러져 살다가 배고파지면 늑대들이 순록 떼를 슬쩍 건드려보고 그중에 가장 나약한 녀석이 늑대의 밥이 된다는 것입니다.

그러니 늑대는 배고플 때 한 마리를 잡아먹고 발우공양 하듯이 그 한 마리를 깨끗하게 먹어치우는 녀석이라는 겁니다. '순록이 늑대를 먹여주면 늑대는 순록을 튼튼하게 해준다'는 인디언의 말처럼, 야생의 세계에서 늑대의 사냥은 정당한 밥벌이고 순록 또한 늑대 '덕분'에 건강하게 적자생존의 고리를 유지해나간다는 것입니다. 석 달 열흘 뒤에 먹을 고기까지 마련하느라 미리미리 수많은 가축들을 도살하는 인간에 비하면 차라리 양심적인 녀석입니다.

늑대는 자신들을 죽이려고 찾아온 팔리 모왓을 그냥 이웃으로 받아들입니다. 서로에게 피해를 주지 않으니 굳이 밀어낼 것도 아니요, 그렇다고 잡아먹을 일도 아니었던 게지요. 팔리 모왓은 늑대 굴 근처에서 1년을 지켜보다가 인간이란 '짐승'이 얼마나 사악한 편견 덩어리인지를 깨닫게 됩니다. 대체 늑대에 대한 잘못된 정보는 누가 퍼뜨린 것인지요. 결국은 돈을 좀 더 벌려는 늑대 사냥꾼들의 수작과 농간에 지나지 않았던 것입니다. 그 결과 지금으로부터 400년 전쯤 북미대륙에서 인간과 거의 비슷한 숫자를 보였던 늑대들은 멸종 위기에 놓이게 되었습니다.

그렇다고 저자인 팔리 모왓이 1년의 관찰 끝에 편견에서 벗어나 새롭게 태어난 것은 아닙니다. 기막힌 절정은 마지막에 등장합니다. 늑대를 쏘려고 준비한 수많은 총탄을 단 한 발도 쏘지 못한 채 임무를 마치고 떠나던 날, 그는 늑대 굴을 찾습니다. 그런데 자신을 데리러 날아온 비행기 소리에 놀라 몸을 움츠린 늑대를 보고 녀석들이 자신을 공격할지 모른다는 두려움에 사로잡힙니다. 순간 자기가 총을 갖고 오지 않은 사실을 깨닫고 식은땀을 흘립니다.

그토록 늑대에 대해 잘 알게 되었다고 자부하면서도 팔리 모왓의 이 두려움은 대체 뭘까요? 늑대는 두려워서 움츠렸을 뿐인데 인간은 겁에 질린 동물을 총으로 쏠 생각만 합니다. 이 또한 인간의 본능적인 자기방어이련만, 1년을 두고 늑대를 관찰했으면서도 여전히 '사악하고 잔인한 늑대'라는 생각에서 벗어나지 못하는 자신을 발견하고 허탈해하는 내용으로 이 책은 끝이 납니다.

시종일관 재기 넘치는 문체로 늑대를 만나는 인간의 어리바리한 모습을 그려내서 읽는 내내 낄낄 터져 나오는 웃음을 참지 못하다가 허를 찔리는 순간이었습니다. 동물을 상대로 벌인 돈키호테 같은 저자의 행동이 꼭 내 모습인 것 같아 몰래 흘리는 자조적인 웃음이었을 수도 있겠습니다.

책장을 덮는데 왜 그리 마음이 신산해지는지 모르겠더군요. 이번 생에서 못되고 잔인하고 비열하게 산 존재는 틀림없이 그 과보로 다음 생에 '인간'의 몸을 받게 된다고 경전의 구절을 수정해야 하는지도 모르겠습니다.

4장에서 소개하는 책들

와리스 디리, 《사막의 꽃》, 이다희 옮김, 섬앤섬, 2005

조지 오웰, 《코끼리를 쏘다》, 박경서 옮김, 실천문학사, 2003

로힌턴 미스트리, 《적절한 균형》, 손석주 옮김, 아시아, 2009

존 하워드 그리핀, 《블랙 라이크 미》, 하윤숙 옮김, 살림, 2009

김근태, 《남영동》, 중원문화, 2007

마이크 마커시, 《알리, 아메리카를 쏘다》, 차익종 옮김, 당대, 2003

테드 알렌, 시드니 고든, 《닥터 노먼 베쑨》, 천희상 옮김, 실천문학사, 2001

임수진, 《커피밭 사람들: 라틴아메리카 커피노동자, 그들 삶의 기록》, 그린비, 2011

김진숙, 《소금꽃나무》, 후마니타스, 2011

알베르 까뮈, 《페스트》, 김화영 옮김, 책세상, 1998

슈테판 츠바이크, 《다른 의견을 가질 권리》, 안인희 옮김, 바오, 2009

프리모 레비, 《이것이 인간인가》, 이현경 옮김, 돌베개, 2007

chapter 4
오만한 세상에 훅을 날리다

와리스 디리,
아프리카 여성의 삶을 들려주다

사막에도 꽃이 핀다는군요. 일 년 내내 비가 오지 않을 때가 많은 메마른 사막에도 아주 이따금 비가 내립니다. 그럴 때면 생명체가 살지 않던 그 대지에 붉은빛을 띤 화사한 노란 꽃이 피어난다고 합니다. 그 꽃 이름은 와리스.

엄마가 지어준 내 이름은 신비로운 자연 현상에서 따 온 것이다. '와리스'는 사막의 꽃이라는 뜻이다. 사막의 꽃은 그 어떤 생물도 살아남기 힘든 메마른 땅에서 피어난다. 우리나라에는 일 년 내내 비가 오지 않을 때도 있다. 그러다 마침내 비가 내려 먼지 자욱한 땅을 씻어내리면 기적처럼 꽃이 피어난다. 사막의 꽃은 붉은빛이 도는 화사한 노랑인데 그래서 내가 좋아하는 색깔은 늘 노랑이다.

이 여자, 와리스 디리라는 이 껑다리 흑인 여자모델은 국적이 소말리아입니다. '소말리아'라는 네 음절이 주저 없이 이 책을 사게 만들었습니다. 내게 소말리아라는 나라는 가난과 질병, 굶주림, 기근, 폭염과 사막, 가뭄, 내전 등과 같이 극단적이고 부정적인 이미지로만 각인되어 있던 곳이었습니다. 그런데 그 나라 출신의 웬 늘씬한 모델이라니….

책을 펼치자 소말리아 유목민 출신의 슈퍼모델 와리스 디리는 다소 건조하지만 아름다운 사막의 삶을 들려주기 시작합니다.

매일 밤 집으로 돌아와 동물들을 우리에 넣으면 다시 우유를 짤 시간이다. 낙타의 목에는 나무로 만든 종을 걸어놓는데 해질녘에 우유를 짜면서 듣는 은은한 나무 종소리는 유목민들에게 아름다운 음악과 다름없다. 종소리는 어둠이 내린 후 집을 찾아야 하는 나그네에게 늘 등대 같은 역할을 한다. 하루도 빠짐없이 저녁일을 하다 보면 크고 둥근 사막의 하늘이 어두워지고 밝은 별이 떠오른다. 양을 우리에 몰아넣을 시간이다. 어떤 나라에서는 이 별을 사랑의 별(금성, Venus)이라고 부르지만 우리나라에서는 양을 감추는 별(maqual hidhid)이라고 부른다.

사막 유목민들의 질기고도 강인한 생존과 귀소본능, 가축들의 목에서 딸랑거리며 울리는 방울소리와 둥근 하늘에서 쏟아지는 별빛…. 여행의 마지막을 사막으로 정해놓고 있는 내게는 귀가 번쩍 뜨이는 내용입니다. 하지만 메마르고 척박한 땅에서 살림을 하고 자식을 낳고 길러야 하는 사막의 여자들이 이런 나의 속내를 듣는다면 얼마나 기막혀할까 내심 걱정이 앞섭니다.

와리스 디리는 이내 아프리카 사막에서 자행되는 여성 할례를 고발합니다. 아주 어린 시절, 유목민 집안에서 와리스 디리는 부모를 도와 낙타를 치고 가축들을 돌보며 종종 물을 찾아서 사막을 헤매야 했던 소녀였습니다. 자기도 언젠가는 이성을 만나 결혼을 할 테고, 그러기 전에 엄마나 언니처럼 매우 아픈 어떤 경험을 거쳐야만 하리라고 막연히 짐작했습니다. 사막은 사람을 강인하고 질기게 만들고 자연에 순응하게 만들지만 사람끼리, 남녀끼리의 관계에는 그리 호의적이지 않았습니다. 흔히들 딸은 살림밑천이라고들 하지요. 일손이 부족할 때에는 일을 시키다가 아쉬울 때에 팔아치울 수 있다는 말의 다른 표현인 것이지요. 사막에서 메마르고 고된 삶을 살아야 하는 유목민에게는 부동산도 은행저축도 꿈과 같은 이야기입니다. 그런 그들에게 믿을 만한 재산이라고는 낙타와 여자일 것입니다.

평생 사람들과 지내면서 우유를 제공하다가 어느 때는 제 살을 고스란히 내어주고 또 어느 때는 시장으로 끌려가 화폐로 바꿔치기되는 가축들. 어려서는 집안일을 돕다가 초경이 시작되면 낙타를 많이 지닌 사내에게 팔려가서 친정 살림에 보탬이 되어야 하는 여자들.

살림밑천인 만큼 딸들은 관리가 잘 되어야 했습니다. 그래야 비싼 값을 받을 수 있으니까요. 사막의 어느 지점에선가 나타난 사내와 연분이라도 생긴다면 상품의 가치는 떨어지게 마련이니 애초에 단속해야겠기에 부모는 어린 딸의 성기를 잘라내고 꿰매버립니다. 이다음 결혼 첫날밤에 남편이 그 꿰맨 부분을 잘라내도록 말입니다.

정신을 차렸을 때는 다 끝난 줄 알았지만 가장 끔찍한 부분이 남아 있었다. 안대가 벗겨지자 죽음의 여인 옆에 쌓인 아카시아 나무의 가시들이 보였다. 가시로 살에 구멍을 여러 개 뚫은 다음 그 구멍을 희고 질긴 실로 엮어 꿰맸다 …… 나는 고개를 돌려 바위 쪽을 보았다. 마치 바위 위에서 가축을 도살한 것처럼 피가 흥건히 고여 있었다. 잘려나간 내 살, 내 성기가 바위 위에서 가만히 햇빛을 받으며 말라가고 있었다. …… 오줌을 누기 시작하자 피부가 타들어가는 듯이 따가웠다. 집시여인은 오줌과 월경이 빠져나올 구멍을 겨우 성냥개비 들어갈 만큼만 남겨두고 꿰맨 것이다. 결혼하기 전까지 성행위를 막는 기막힌 착상이다. 그럼 남자는 신부가 처녀라는 것을 보장받을 수 있다. …… 그제야 처음으로 상처를 볼 수 있었다. 가운데로 난 지퍼 같은 흉터를 제외하고는 매끈한 살로 덮여있었다. 지퍼는 물론 닫혀 있었다. 내 성기는 어떤 남자도 뚫고 들어올 수 없는 장벽 같았다. 그러나 결혼 첫날밤이 되면 남편은 칼로 그 장벽을 찢거나 강제로 들이밀 것이다.

할례를 하지 않은 여성은 불결하다고 여기며 지금도 해마다 200만 명의 여성들이 이런 죽음의 의식을 행하고 있습니다. 수많은 여성들이 불결한 시술과 사후처리로 인해 끔찍한 질병을 앓고 심지어는 목숨 잃는 일도 비일비재하다고 합니다. 4천년의 역사를 지닌 아프리카 이슬람의 종교적 행위라고 한다지만 정작 코란 그 어디에도 이런 시술을 행하라는 구절이 없다고 합니다. 걸핏하면 종교를 내세워 여성의 몸을 천시하고 혹사하는 사람들의 어리석음을 어떻게 고쳐야 좋을지 모르겠습니다.

할례를 당한 숱한 여성들이 마치 죄인처럼 쉬쉬하던 이야기를 담담하게 풀어내어 전 세계에 아프리카 여성들의 현실을 고발한 와리스 디리의 용기가 참 아름답습니다.

훗날, 아무리 당당한 호인이라 하여도 결코 드러내지 못할, 육체 가장 은밀한 부분의 가장 아픈 상처를 털어놓을 때의 그녀를 상상해봅니다. 할례를 당한 수많은 여성들이 그러했듯이 그저 자기도 입 다물고 살면 그만일 텐데. 기자들에게 홀렸을까요, 영웅심리에 휘말렸을까요? 와리스 디리는 무엇인가 말하지 않으면 견딜 수 없었을 것입니다. 제 나라를 벗어나 밖에서 살아보니까 '당연히 그렇게 살아야만 하는 것'이 '반드시 그렇게 살지 않아도 된다'는 쪽으로 생각의 전환이 일어난 것이고, '그렇다면 왜 그렇게 살아야만 했던 것일까'를 막연히 궁금해하다가 그녀는 결국 입을 연 것입니다. 그게 궁금해서 그녀는 입을 열었을 것입니다.

와리스 디리는 2004년 세계 여성의 상 인권상을 수상하였습니다. 여성들의 인간성 회복을 위해 활동하는 숱한 여성들이 있습니다만 말그대로 와리스 디리는 '여자가 사람으로 살 권리'를 제기하였습니다.

"아, 난 왜 이렇게 살아야 하는 거지?"라는 생각은 누구에게나 들 것입니다. 자기가 놓인 환경에 처음부터 기쁘게 순응해서 살아가는 사람은 어쩌면 이 세상에 아무도 없을 것입니다.

숱한 사람들은 내 어머니가 그렇게 살아왔고, 내 어머니의 어머니가 그렇게 살아왔고, 내 이웃과 친척이 그렇게 살아왔고 또 그렇게 살아가니까 나도 그냥 그렇게 산다고 생각합니다. 그리고 그런 삶이 평생토록 '이건 아니잖아' 하는 불만과 의아함을 안겨주는데도 자기 역시 다른 이에게 그런 삶을 강요하게 됩니다.

하지만 우리 중 일부는 평생을 앙가슴만 치며 살려 들지 않습니다. 그들은 자기에게 불리하고 불편하고 고통을 주는 관습을 탓하고만 있지 않고 탈출합니다. 이런 일탈행위는 그 사람을 영웅으로 만들기도 하지만 대부분 무지막지한 공포와 불안에 몰아넣기도 하고, 심한 절망과 무기력에 빠지게도 합니다.

그런데 와리스 디리는 제 나라의 관습과 부족의 못된 전통에 절망하기에 너무나 건강했고 긍정적이고 쾌활했습니다. 물론 그녀에게 처음부터 화려한 모델의 세계가 펼쳐진 건 아니었습니다. 외교관인 이모부의 가정부로 런던에 첫발을 내딛고, 혹독한 4년의 가정부 시절을 마친 그녀는 일가친척이라는 피붙이 하나 없이 영어도 읽거나 말할 줄 모르는 무지렁이 불법체류자였습니다.

하지만 모델로서 우뚝 서기까지 그녀가 헤쳐나가야 했던 숱한 사건들을 보자니, 자기 앞에 펼쳐진 삶의 양지를 향해 맘껏 희망을 빨아들인 그녀의 질기고 유쾌한 생명력에 혀를 내두르게 됩니다. 배운 것 없고 가진 것 없고 서구의 미인 기준으로 보자면 전혀 판이한 겉모습을 가진 세계의 최빈국 여자가 저 기세등등하고 오만하고 실리적인 서구 패션계에서 우뚝 서기까지의 과정은, 걸핏하면 포기하고 무너져 내리곤 하는 내게 많은 일깨움을 주었습니다.

분명 어린 시절 살아냈던 사막이라는 환경이 그녀 삶을 건강하게 만들어주었을 테지요. 물 한 방울 없는 사막에서 살아가야 하는 사람을 생각하자면 내가 지금 처한 이 현실은 그야말로 대리석 궁전 속 황후의 삶이지 싶습니다. 소말리아 유목민이었던 와리스 디리는 서구 사람들에게 이렇게 말합니다.

나는 물을 찾을 때까지 며칠을 걷고 또 걷곤 했다. 물이 없이는 돌아가 보았자 아무 소용이 없었기 때문이다. 빈손으로 집으로 돌아가면 안 된다는 사실을 우리는 알고 있었다. 그러면 희망이 없어져 버린다. 우리는 뭐라도 찾을 때까지 멈출 수 없었다. 할 수 없다는 핑계는 아무도 들어주지 않았다. 엄마가 물을 찾아오라고 하면 물을 찾아야 했다. 내가 처음 서구에 왔을 때 가장 놀란 것은 사람들이 "두통 때문에 일을 못하겠다"는 식의 불평을 늘어놓는 것이었다. 나는 그런 사람들을 보면 말한다. "정말 힘든 일이 뭔지 보여줄까요. 그러면 다시는 이 일이 힘들다고 불평하지 않을 텐데….″

인생을 살아내자니 너무 걸리는 게 많아서 도저히 한 발자국도 앞으로 내디딜 수 없다는 당신에게 이런 삶도 있었음을 보여주고 싶습니다. 지금 이 세상 어딘가에는 사막에서 물을 찾아내야 하는 소녀도 있으며, 4천 년의 피맺힌 관습을 거부하는 여인도 있다는 사실을 말이지요.

그 참,
뻘쭘한 총질을 했네 그려

조지 오웰은 지배자의 신분인 영국인으로 피지배국 인도에 태어나서, 역시 피지배국인 버마에 파견된 인도제국의 경찰로 살다가 유럽으로 건너가 작가의 길로 들어선 인물입니다. 당시 '세련되고 우아하고 문명인인 영국인'들이 보기에 인도와 버마 사람들은 거의 야수와 다를 바 없는 존재일 뿐이었습니다.

하지만 저들은 야성(野性)의 본능을 두려워했습니다. 제복을 갖춰입고 사람들을 겁주거나 후려칠 총이나 채찍을 늘 지녔고 언제나 '미개한 민중'들에게 위압적인 시선을 보내야 했습니다. 젊디젊은 조지 오웰은 특히나 직업이 경찰이었습니다. 사법권이 미치지 않는 지역에서는 법을 집행할 권리를 가진 '나리'였던 것이지요. 폼 나게 제복을 차려입은 것까지는 좋았지만 정작 그가 훌륭하게 해결할 일은 별로 없었던 듯합니다.

그런데 어느 날, 사육하던 코끼리가 우리를 뛰쳐나가 짐꾼인 쿨리를 짓밟고 사람들의 대나무 오두막을 부수는 행패를 부리니 그 코끼리를 어떻게 좀 처리해달라는 민원이 들어왔습니다. 하여, 이 젊은 대영제국민이자 인도 경찰인 조지 오웰은 사건 현장으로 출동했습니다. 하지만 그가 도착했을 때는 이미 코끼리가 성깔을 부릴 대로 다 부린 뒤 제정신으로 돌아온 때였습니다. 이제는 흙탕물에 몸을 뒹굴며 냠냠 풀을 뜯고 흙을 먹는 저 사랑스럽고 천진난만하기까지 한 코끼리를 아무나 살살 달래서 우리에 집어넣으면 '상황 끝!'이었습니다.

그는 그렇게 하려 했습니다.

혹시 코끼리가 자기를 보고 달려들면 겁을 줄 심산으로 챙겨온 총도 허리춤에 그냥 찬 채 그렇게 하려고 나름 결론을 내린 뒤 경찰서로 돌아가려고 몸을 돌렸습니다. 뒤돌아선 순간, 그는 지금까지 자기를 졸졸 따라온 2천 명의 버마 사람들과 눈이 마주쳤습니다. 그토록 위압적이고 강한 힘을 과시하는 지배자가 수적으로는 결코 대적할 수 없을 정도의 피지배자들을, 더구나 '저 애송이가 총이라도 쏠 수는 있을까' '저 백인 녀석이 지금 코끼리를 보더니 겁이라도 집어먹은 건 아닐까' 하며 눈동자를 반짝이고 지켜보고 있는 피지배자들을 마주하고 선 것입니다.

그에게는 코끼리에 대한 적대감이 전혀 없었습니다. 싱거울 정도로 아무렇지도 않은 상황에서 그는 '뭔가를 보여줘야 한다'는 압박을 느꼈고 총을 꺼내 코끼리를 쐈습니다. 그는 정말이지, 정말이지 코끼리를 쏘고 싶지 않았습니다. 쏠 일도 없었던 것이지요. 그의 책 속에는 몇 번이나 '정말이지 나는 코끼리를 쏘고 싶지 않았다'라는 문장이 등장합니다. 하지만 저 '미개한 원주민'들을 다스리기 위해 제국주의가 만든 매뉴얼에 따라 저들에게 뭔가 보여줘야 하는 지배자는 이 황당한 아수라판에서 진짜 허수아비요 어릿광대인 쪽은 자기였음을 깨닫게 됩니다.

쏘고 싶지 않으면 안 쏘면 되는 거 아닌가요?

그런데 쏘지 않으면 낯이 서지 않을 거 같아서, 그 민망함, 그 뻘쭘함을 견딜 수 없을 것 같아서, 바보 취급을 받지 않기 위해서, 오직 그 이유 때문에 흙에 얼굴을 부벼대는 코끼리를 쏴야 했던 그는 경찰복을 벗고 유럽으로 건너가 방랑자가 되고 작가가 됩니다.

남을 지배하는 사람, 남을 가르쳐야 직성이 풀리는 사람, 제 마음의 주인도 되지 못하면서 남에게 영향을 끼치고 싶어 안달인 사람. 이런 사람들은 무지몽매한 대중을 깨우치겠노라고 일장연설을 하지만, 따지고 보면 정작 자신이 제 말에 속아 청중들 앞에서 어릿광대 노릇을 하는 건 아닌지요.

애송이 백인 청년 조지 오웰이 보기에 200년 묵은 대영제국은 고작 그런 허상과 위선덩어리였을 뿐입니다.

세상의 균형을 위해
죽어야 하는 사람들

인도 여행 중이던 어느 날 오후, 갠지스 강의 가트로 가던 길에 보았던 일입니다. 릭샤에 탄 나는 끔찍한 교통체증에 갇혀서 뜨거운 태양을 견디고 있었습니다. 그때 길가 상점 앞에서 뭔가 후닥닥거리며 고함치는 소리가 들려왔습니다. 남자 둘이 싸우고 있었습니다. 한 남자는 새하얀 옷을 위아래로 차려입은 풍채 좋은 모습으로 근사한 자가용에서 내린 듯했고, 또 한 남자는 검게 그을리고 삐쩍 마른 몸으로 짐을 잔뜩 실은 자전거를 붙잡고 있었습니다. 처음에는 고성이 오갔습니다. 그렇게 몇 마디 말이 험하게 오가더니 느닷없이 흰옷의 풍채 좋은 남자가 자전거 남자의 얼굴을 무자비하게 후려갈겼습니다.

얻어맞은 남자는 너무나 억울한 듯 검은 얼굴에 눈의 흰자위가 도드라지도록 눈을 퍼렇게 뜨고 자가용 주인에게 거칠게 항의했습니다.

하지만 그뿐이었습니다. 그 남자는 자기를 때린 남자에게 손을 대지 못했습니다. '손을 대지 않았다'가 아니라 '못했다'가 그날 내 가슴에 남은 느낌입니다.

폭력을 행사한 남자는 기세등등하게 차를 타고 사라졌고, 남은 남자는 분함을 삭이지 못한 채 씩씩거리며 허공을 향해 소리치다가 자전거를 타고 사라졌습니다. 구경하던 사람들도 곧 흩어졌습니다.

나는 릭샤에서 내려 갠지스 강가로 내려갔습니다. 가트에는 오후의 마지막 햇살 아래 빨래가 미지근하게 말라가고 있었습니다. 뒤늦은 순례객들이 허둥지둥 갠지스 강물에 몸을 담그고, 어설픈 예언자들이 관광객들을 유혹하고, 묵직한 카메라를 맨 사람들이 바삐 셔터를 누르는 가운데, 나는 오물을 피해 쭈그려 앉았습니다. 개들도 한가롭게 졸고 있었고, 관광객을 부르던 예언자와 수행자들도 잠시 위엄을 내려놓고 잡담을 즐기고 있습니다. 인도에 오면 누구나 반드시 들르는 갠지스 강가의 오후 풍경입니다.

인도를 찾는 어떤 사람들은 말합니다. 가난한 사람들의 눈에서 맑은 영혼의 기운을 느낀다는 둥, 거지의 구걸마저도 사람들에게 가르침을 안겨준다는 둥, 아이들의 해맑은 미소가 어떻다는 둥…. 그리고 그걸 느낌으로써 뭔가 정화되는 듯하다고들 말합니다. 종교의 나라, 신들의 땅이 인도라고 하지만 인도를 여행하는 내내 나는 두 발 달리지 않은 종교가 두 발 가진 사람들의 땅에서 어떤 힘을 가지고 있는지, 어떤 영향을 미치는지 그리고 어떤 후유증을 남기는지 '진짜로' 궁금해졌습니다.

인도에 관해서 수다스러울 정도로 수많은 말과 글이 있지만 정작 그 속에는 인도가 없었습니다. 하지만 로힌턴 미스트리의 장편소설 《적절한 균형》을 읽으면서 나는 그제야 인도를 내 두 발바닥으로 차박차박 밟은 것 같은 포만감을 느꼈습니다.

《적절한 균형》은 1975년에서 1977년 사이 인디라 간디가 선포한 국가비상사태 체제 아래에서 인도 하층민들이 어떻게 살다갔는지를 그린 소설입니다. 일자리를 잡기 위해 도시로 몰려들고, 빈민촌에 둥지를 틀고, 저항하고 뻗대다가 늘씬하게 얻어맞고, 정관수술을 받고, 다리가 썩어가고, 그러다 목숨까지 잃지만 그 모든 일들을 겪을 수밖에 없는 하층민들과 불가촉천민이나 시크교도 등 소수 약자들에게는 가족도, 미래도, 인생도 쓰레기와 다를 바 없습니다. 삶 자체가 천하고 무가치하게 여겨집니다. 그러나 권력을 잡고 약자를 대상으로 주머니를 미리부터 두둑하게 챙긴 자들은 다릅니다. 이들은 자신들의 부와 명예와 권력이 신의 뜻이라 주장합니다. 그리고 억울함을 호소하는 이에게는 그것도 '신의 뜻'이니 다음 생을 기약하자고 어깨를 두드려 줍니다.

이게 인생이라고 그들은 속삭입니다. 덧없는 세상이기 때문에 정의와 합법도 덧없는 게 당연하며, 적당히 시간이 흐르면서 불법과 합법, 정당함과 부당함이 뒤섞여야 세상이 균형을 맞추고 또 그렇게 세상이 유지된다고 그들은 생각합니다. 사람 숫자가 너무 많으니 적당히 죽어줘야 세상은 유지될 것이요, 알아서 죽어주지 않으면 누군가가 죽여줘야 적절한 균형이 갖춰질 것이며, 세상은 그렇게 창조되었으니 아무리 억울해도 넓은 안목으로 바라보며 참아내야 한다는 참으로 기묘한 생각들.

결국 이런 부조리와 모순을 이겨내지 못한 주인공 마넥은 불행하게 삶을 마칩니다. 그리고 부조리와 모순의 희생양이 된 이들은 늘 그래 왔듯이 '대체 무슨 일이 일어나기는 했냐?'며 씩씩하게 삶을 이어간다는 것이 소설의 기막히게 슬픈 결말입니다.

인생은 늘 그렇게 3천 년의 관습대로 살아지게 마련이라는 것이지요. 소설을 읽자니 팔만대장경에서 숱하게 만나 내 머릿속에 차곡차곡 게 저장되어 있던 그윽한 문장들이 자꾸만 튕겨 나옵니다. 고요한 법당에서 읽는 경전들이 시장바닥 사람의 삶과 연관이 있기는 한 걸까요? 종교적으로 완성된 삶이란 어떤 모습일까요? 구원을 받거나 깨달음을 얻는 자와 이런 세상의 부조리는 어떤 관계일까요? 아니, 종교는 대체 뭘까요? 인간의 운명을 짓궂게 구겨놓고는 종교를 운운하고 있으니 차라리 신, 성자… 이런 게 없다면 우리 인생이 더 질박하게 이어지지는 않았을까요? 세상은 늘 그렇게 돌아가고 중생도 늘 그렇게 헤매는데 진리를 펼친 붓다는 지금 부재중입니다.

한가했던 녹야원의 정경과 열망과 기원으로 복닥거렸던 갠지스 강가의 풍경이 겹쳐지면서 그렇게 인도 여행을 마쳤더랬지요. 그리고 시간이 흘러 로힌턴 미스트리가 내게 인도를 다시 보여주었습니다.

울림이 깊은 독서였습니다.

상대방의 신발을
신어보았나요

살다 보면 누군가와 다툴 일이 반드시 생깁니다. 그런데 터무니없이 오해를 받거나 일방적으로 싸움에서 밀릴 때면 나도 모르게 이런 말을 하게 됩니다.

"당신이 내 입장 되어봐!"

입장을 바꿔놓고 생각하면 풀리지 않을 갈등은 거의 없습니다. 역지사지라는 건 정말 세상을 살아가는 데에 가장 필요한 미덕입니다.

역지사지(易地思之)는 영어로 "Putting oneself in another's shoes." 즉, '다른 이의 신발을 신어본다'는 뜻으로 직역되는데, 이때 슈즈(shoes)는 어떤 사람이 서 있는 자리 즉 입장이나 처지를 표현합니다. 미국의 소설가 하퍼 리는 그의 소설 《앵무새 죽이기》에서 이런 명문장을 남겼습니다.

그 사람의 신발을 신고서 그 주변을 돌아다녀보기 전까지는 그 사람을 결코 알 수 없다.(You never really know a man until you stand in his shoes and walk around in them.)

남의 입장이 되어본다는 건 상대방을 전폭적으로 이해할 수 있는 가장 좋은 길입니다. 하지만 역지사지의 좋은 점은 다른 데에 있습니다. 그건 바로 자기 자신이 객관적으로 들여다보인다는 것입니다. 자신이 얼마나 편견과 선입견에 사로잡혔고, 제 말만 진리라고 들이대고 있었는지가 한눈에 보인다는 말이지요. 남의 입장이 되어본다는 역지사지가 결국은 자신을 제대로 보게 해주는 장치라는 것은, 존 하워드 그리핀의 《블랙 라이크 미》를 읽고 나서 내가 얻은 '진리'입니다.

아프리카 흑인들이 노예선을 타고 미국 사우스캐롤라이나 찰스턴 항구에 도착한 이후 지금까지 400년의 세월이 흘렀습니다. 1865년 노예제가 폐지된 이후 미국 사회에서는 더 이상 '흑인=노예'가 아니게 되었지만, 당시 백인들의 뇌리에는 '흑인이란 도덕심도 없고, 수치심도 모르며, 아무리 가르쳐도 머리가 깨이지 않을 뿐만 아니라 아무 데서나 성교를 해대는 동물 같은 존재이기에 같은 인간으로 받아들일 수 없다'는 인식이 너무나 깊이 새겨져 있었습니다.

1959년 10월 28일 마흔 살의 백인 남자 존 하워드 그리핀은 남부 흑인의 자살이 늘고 있다는 신문기사를 보고 난 뒤 차별당하며 살아가는 자의 느낌이 어떤지 알고 싶어졌습니다.

'백인이 남부에서 흑인으로 살아가려면 어떤 준비가 필요할까? 자기 힘으로 어떻게 할 수도 없는 피부색 때문에 차별을 받는다는 것은 어떤 것일까?'

그래서 그는 흑인이 되어보기로 결심하고 전문가의 도움을 받아 색소 변화를 일으키는 약을 먹고 강한 자외선을 쬡니다. 마지막으로 머리까지 밀어버린 뒤 완벽한 흑인 중년 남성으로 다시 태어납니다. 그는 이제 흑인에 대한 차별이 심하다는 미국 남부로 여행을 떠납니다.

사실 그리핀은 피부색만 바꾸었을 뿐이지 직업이나 재정상태 등 모든 것이 그대로였습니다. 하지만 그는 첫날부터 매우 놀라운 체험을 하게 됩니다. 백인들 중에 그리핀을 한 사람의 의젓한 성인 남자로 존중하는 사람이 없었기 때문입니다. 심지어 매일 아침 즐겁게 인사를 나누던 백인들은 그의 목소리며 몸짓은 그대로이건만 오직 피부색이 검다는 이유 하나만으로 오랜 친구(고객)를 알아보지 못하고 그를 전염병자 보듯 대했습니다. 그는 식당에서 쫓겨나고, 버스에서 백인 여성에게 호의를 베풀었다가 모욕을 당했고, 화장실이 급해도 흑인전용 칸을 찾기 위해 안간힘을 다하며 뛰어다녀야 했습니다. 심지어 백인 청소년들의 공격을 피해 쫓겨 다녀야 했을 뿐만 아니라, 한군데에 잠시 머물러 있어도 순찰차의 의심을 받아야 했습니다.

나는 몹시 피곤했지만 자리에서 일어나 그 자리를 떠나면서 대체 흑인이 쉴 만한 곳은 어디 있을까 생각했다. 버스를 타기 전에는 계속 걸어야 했다. 그러나 설령 특별한 용무가 없더라도 계속 움직여야 했다. 인도 연석 위에 앉아 있으면 순찰차가 지나면서 거기서 뭘 하고 있느냐고 묻는다.

문전박대나 의심은 그나마 부딪치지만 않으면 그냥저냥 넘어갈 수도 있었겠지만 그리핀은 뜻밖에도 혐오가 가득 담긴 증오의 시선을 한몸에 받고 당황하고 맙니다.

여자는 예의 없이 아무렇게나 답하고는 매우 혐오스런 눈빛으로 나를 쳐다보았다. 내가 지금 흑인이 흔히 '증오의 시선'이라 일컫는 시선을 받고 있는 것을 알 수 있었다. …… 어디선가 또 다른 증오의 시선이 날아왔고 자석에 이끌리듯 내 관심이 그쪽으로 향했다. 그는 …… 나를 뚫어지게 바라보았다. 어떤 말로도 이처럼 오금이 저릴 만큼 무시무시한 공포를 다 표현할 수는 없을 것이다. 이처럼 노골적인 증오 앞에 서면 마음이 아파서 어찌할 바를 모를 것이다. 이런 증오가 위협을 안겨주기 때문이 아니라 이런 증오가 인간에게 너무도 비인간적인 모습으로 나타나기 때문이다. 이 속에서 어떤 광기 같은 것을 보게 된다.

사람이 사람에게 차별받는다는 것을 이보다 더 지독하게 체험할 수가 있을까요? 그리핀은 평소 그토록 친절하고 세련되고 우아하고 따뜻하던 백인 남녀가 흑인에게 이유 없이 퍼붓는 혐오와 증오의 시선에 당황하고 겁을 먹고 충격에 빠집니다. 그가 직접 몸으로 만난 흑인 중에는 그런 차별을 받아야 할 이유가 전혀 없는 사람이 대다수였기 때문입니다.

"흑인은 한결같이 위험천만한 존재라서 가까이 가지 말라"는 백인들의 우려는 사실이 아니었습니다. '흑인 그리핀'이 체험한 결과 정작 더 위험하고 폭력적인 사람들은 백인들이었고, 잔인하고 몰지각하고 비윤리적이고 무지하고 편협한 사람들도 바로 백인들이었습니다. 그런데 "흑인의 하루 일상은 온통 자신의 열등한 지위를 계속 확인받는 일로 이뤄져 있다"는 사실을 깨달은 그리핀이 피부색이 검다는 이유로 백주에 차별을 당하는 건 그나마 참을 만했습니다. 그가 가장 견디기 어려웠던 것은 백인들의 이중적인 태도였습니다. 피치 못할 사정으로 늦은 시각 고속도로에서 히치하이킹을 했을 때 그를 태운 백인 남자들의 행동은 흑백의 피부색을 떠나 인간적인 모멸감을 있는 대로 안겨주었습니다.

이들이 나를 차에 태워준 이유는 얼마 안 가서 분명해졌다. 두 사람만 제외하고는 모두 포르노 사진이나 책을 집어들 듯 나를 차에 태웠다. 단, 이 경우는 말로 하는 포르노라는 것만 달랐다. 겉치레일망정 흑인에게는 자존감이나 인격 같은 것도 보일 필요가 없다는 식이었다. 시각적인 요소가 개입되었다. 우선 밤이고 차 안이었기 때문에 잘 보이지 않았다. 사람은 어둠 속에서 자기를 드러내는 법이다. 어둠은 마치 익명성이 보장되는 것 같은 착각을 안겨주며 밝은 대낮에 비해 자기를 드러내기 쉽다. 부끄러운 줄도 모르고 모든 것을 툭 털어놓고 말하는 사람이 있는가 하면 수치심도 없이 미묘하게 접근해 오는 이도 있었다. 모든 이가 흑인의 성생활에 대해 병적인 호기심을 드러냈으며 흑인에 대해 정형화된 이미지를 갖고 있었다. 흑인은 성기가 엄청나게 크고, 매우 다양한 성적 경험을 가졌으며 지칠 줄 모르는 섹스 머신이라고 여겼다. 백인들은 감히 엄두도 내지 못한 '특별한' 행위를 흑인은 모두 다 경험한다고 여기는 듯했다. 이들과 대화를 나누다 보면 저 깊은 퇴폐의 늪에 빠져 허우적거리게 된다.

제법 부유하고 사회적으로도 높은 자리에 오른 것으로 보이는 백인 남자도 예외는 아니었습니다. "당신 아내도 백인 남자랑 해 본 일이 있을 것"이라면서 "이 지역의 모든 백인 남자는 흑인 소녀를 무척 밝히며, 그 역시 집안일이나 회사 일로 흑인을 고용한 적이 많은데", "확실히 말해 두지만 나는 그럴 때마다 꼭 그 여자들하고 잠자리를 한 다음에야 일자리를 줘요"라고 당당하게 그리핀에게 일러줍니다. 교양 있는 '흑인' 그리핀이 어떻게 대꾸해야 할지 몰라 머뭇거리자 백인 남자는 이내 차 안에서 주고받은 이야기는 절대로 입 밖에 내지 말 것이요, 흑인 하나쯤 죽여서 늪지대에 던져버려도 아무도 모를 거라는 협박을 한 뒤에 그를 길가에 내려두고 떠납니다.

"인간의 본성에서 가장 품위 없는 측면을 흑인들에게 아무렇지도 않게 내보이면서 어떻게 자기가 원래부터 우월한 존재인 것처럼 자신을 속일 수 있는지 그리고 백인 남자의 이런 본성을 낱낱이 봐버린 흑인이라면 백인 남자가 흑인의 '비도덕성' 운운하는 소리가 얼마나 미친 소리처럼 공허하게 들릴 것인지" 그는 묻고 또 묻습니다.

아마 그리핀이 피부색깔을 검게 하지 않았다면 평생 이 백인남자들의 이면을 보지 못하였을 테지요. 그의 흑인체험은 40여 일로 끝을 맺습니다. 그는 백인들의 이 같은 태도를 직접 겪다가 깊은 혼란과 슬픔에 사로잡힌 나머지 수도원에 들어가 안정을 취하기까지 하였습니다. 이 체험기가 책으로 나오자 미국 사회는 큰 충격을 받았으며, 이 시대의 고전이요 필독서로 극찬을 받았습니다.

백인 사회에서는 그리핀을 불러서 흑인사회에 가해지는 차별에 대한 실상을 듣고 반성합니다. 그런데 이 자리에서 그리핀은 또다시 백인들의 이중성을 경험합니다. 백인들은 흑인들에게 묻지 않고 백인인 그리핀에게 흑인사회를 묻기 때문입니다.

나보다 흑인이 훨씬 더 잘 아는 사실인데도 이런 사실이 흑인의 입에서 나오면 백인이 이를 참고 듣지 못하기 때문에 내가 대신 백인에게 이 사실을 말해주는 일이 있다. 그레고리(흑인)와 나는 일전에 이런 일을 갖고 실험한 적이 있었다. 우리는 같은 학교 학생을 상대로 본질적으로 같은 내용의 강의를 하기로 했다. 나는 '사실을 있는 그대로 이야기했다'면서 박수갈채를 받았고, 그레고리는 같은 내용을 말했는데도 어색한 침묵에 휩싸여야 했다.

그리핀은 참으로 의아해합니다. 그리고 백인들에게 권합니다. 지금 자신에게 던지는 흑인에 대한 물음을 옆자리에 있는 흑인에게 물으라고. 하지만 백인들에게는 그게 영 쉽지 않습니다.

왜 이들 도시에서는 내게 물어보려 했던 질문을 직접 그 지역 흑인 지도자에게 묻지 않는가? … 나는 백인에게 초대를 받는다. 때로는 해당 지역 흑인이 함께하는 자리에서도 백인은 내게 질문을 던지는데, 실제 질문 내용은 그 자리에 함께한 흑인이 훨씬 더 잘 대답할 만한 내용이다. 해당 지역 흑인은 지역 사정을 잘 알지만 나는 그렇지 못하다. 이런 일이 흑인에게는 늘 모욕으로 받아들여지며, 백인은 이것이 모욕이라는 것을 짐작조차 하지 못한다. 이런 일이 있을 때마다 흑인은 생각한다. 백인은 문을 닫아걸고 백인의 뛰어난 문제해결 능력을 가져다 상황을 해결하는 편이 더 낫다고 여긴다고. 이런 방식 때문에 흑인은 백인이 뼛속 깊숙이까지 인종차별주의가 배어 있다고 여기며 이 때문에 백인이 흑인을 이해할 수 있다는 희망은 결코 없다고 믿게 된다. 또한 흑인 삶에 영향을 미치는 문제가 흑인과 의논조차 하지 않는 백인에 의해 처리되는 것을 지켜보면서 흑인은 한 올의 자신감조차 가지지 못한다.

뼛속까지 새겨진 생각을 바꾸기란 쉽지 않습니다. 상대방의 입장이 되어보기 전에는 자신이 지금 어떤 편견과 선입견과 고정관념을 가지고 상대방을 대하는지 알지 못합니다. 상대방이 자신과 조금이라도 다르면 사람들은 이내 딱 금을 긋습니다. 내 편, 네 편! 이렇게 편을 가르고 금을 그으면 이제 나와 다른 저쪽 편을 사정없이 공격합니다. 그쪽이 나보다 조금이라도 나은 점을 견디지 못하고 깎아내리려 하고, 단점이 발견되면 그게 유난히 크게 보입니다. 그리고 또 다시 이렇게 콱 결론을 내려버립니다.

"쟤는 나랑 달라. 안 맞아."

하지만 곰곰이 생각해보면, 나랑 맞지 않는 타자가 과연 세상에 실재할까요? 그는 그의 빛깔과 본성대로 존재하는 또 다른 '나'일 뿐인 존재 아닐까요? 혹독한 체험을 끝낸 그리핀도 이렇게 말하고 있습니다.

우리가 서로 진심 어린 대화를 나누기 전에 먼저 머리로 인식하고 그런 다음 마음속 깊이 감정적인 차원에서 깨달아야 하는 것이 있다. 바로 '타자'는 없다는 것. '타자'란 중요한 본질적인 면에서 바로 '우리 자신'일 뿐이라는 사실을 깨달아야 한다.

이젠 그렇지 않다고 하지만 여전히 이 세상에는 편견이 범람하고 있고 편가르기가 횡행하고 있습니다. 참 어리석은 사람들입니다. 그야말로 누워서 제 얼굴에 침을 뱉는 꼴이며, 거울을 보고 손가락질하는 바와 다르지 않습니다. 그리핀의 체험은 타자를 설정하고 바라보는 '나'라는 존재의 어리석음에 커다란 느낌표를 붙여주었습니다.

세상은 그때
깊이 잠들어 있었다

1985년 9월 4일 민주화운동청년연합(민청련) 전 의장이었던 김근태는 남영동 치안본부 대공분실로 끌려갑니다. 전두환 정권 아래에서 민주화를 외쳤다는 것은 죽을 각오를 하지 않으면 할 수 없는 일입니다. 시시각각 조여오는 감시와 협박의 두려움 속에서 그는 잠적하거나 어딘가로 도피할까도 생각하였으나 "민주운동단체의 대표라는 자존심이 그것을 허락하지 않았고, 무엇보다 피신으로 인한 긴장과 불안을 감당하기 어렵다는 생각" 그리고 최악의 경우 여느 사상범들의 경우에서 보듯이 "감옥에서 마음을 수련하는 시기로 삼자는 은밀하면서도 야무진 계획조차" 품고 있었습니다. 하지만 그 지옥 같던 시간이 흐른 뒤 그는 말합니다.

나 자신을 위해서는 물론, 우리 모두를 위해서, 아니 정치군부를 위해서도 피신했어야 했습니다.

고문기술자들조차도 "더 이상 두고 볼 수가 없다. 어떻게 해서든 여기를 떠나라. 정말 큰일 나겠다"라며 울먹였을 정도의 지독한 고문을 받을 줄은 아무도 몰랐습니다. 그리고 지난 12월 30일 새벽에 고인이 된 그를 떠올리자니 "피신했어야 했다"는 말이 너무나 묵직하게 가슴을 쳤습니다.

그는 자신이 받았던 열 차례의 고문에 대하여 아주 상세하게 기록하였습니다. 제일 처음 발가벗겨진 채 물고문으로 시작하여, 몇 차례의 물고문으로 혼절시킨 뒤에 전기고문이 이어집니다. 물과 불의 그 절묘한 만남은 멀쩡한 정신을 가진 한 인간을 도륙했습니다.

1985년 9월 4일 새벽에 남영동으로 끌려간 그는 9월 20일까지 모두 열 차례에 걸쳐 물고문과 전기고문을 당합니다. 그리고 20일 마지막 고문이 끝난 뒤 25일까지 고문자들이 원하는 대로 동료들의 이름을 들먹이면서 진술서를 쓰고 베끼고 '소설'을 만들어낸 뒤 새벽 5시 30분에 20분간 집중폭행을 당한 끝에 고문을 '졸업'할 수 있었습니다.

온전한 이성과 담박한 육체를 가진 한 인간이 무력으로 꺾인다는 것은 대체 어떤 느낌일까요? 뚝뚝 꺾이는 한 인간의 생기(生氣)를 그는 이렇게 자세하게 설명해주고 있습니다.

그 비명들은, 사람들이 바뀌면서 계속되던 비명은 송곳같이, 혹은 날카로운 비수처럼 번쩍거리는 그런 것이 아니었습니다. 돼지기름처럼 끈적끈적하고 비계처럼 미끄덩미끄덩한 것이었습니다. 살가죽에 달라붙은 그 비명은 결코 지워질 수 없는 그런 것이었습니다. 멱이 따진, 흐느껴대는, 낮고 음산한 울려 퍼짐이었습니다. 무슨 슬픔이나 비장한 느낌이 들기는커녕 속이 완전히 뒤집히고 귓구멍을 틀어막아도 파고들어왔기에 참으로 견딜 수 없는 것이었습니다.

물론 처음에 그는 이런 비명소리, 울면서 애걸복걸하는 것이 미워지기도 했다고 고백합니다. 늠름하고 의연하게 버텨내지 못하는 젊은이에 대한 안쓰러움이 곧이어 자신에게 가해질 위해에 대한 두려움과 뒤섞여 그는 갈팡질팡하였다고 말합니다.

하지만 무엇보다도 견디기 어려웠던 것은 엉뚱하게도 라디오 소리였다고 그는 말합니다.

그러나 정말 미웠던 것은 구걸하는 것 같은 비명소리가 아니었습니다. 라디오 소리였습니다. 고문당하는 비명소리를 덮어씌우기 위해, 감추기 위해 일부러 크게 틀어 놓은 그 라디오 소리, 그 라디오 속에서 천하태평으로 지껄이고 있는 남자 여자 아나운서들의 그 수다를 도저히 참을 수가 없었습니다. 인간에게 파괴가 감행되는 이 밤중에, 오늘, 저 시적이고자 하는 아나운서의 목소리를 도저히 용서할 수 없었습니다.

며칠 후 구치소로 이감된 뒤 면회 온 아내에게 발뒤꿈치의 상처를 보여주면서 군사정권 아래 자행되고 있는 이 엄청난 인권유린의 사태가 세상에 폭로됩니다. 하지만 그의 몸속에는 이미 그때부터 죽음이 뿌리내리고 있었습니다. 훗날 정치인으로 활동할 때 그에게서 여느 정치인들에게 흔히 볼 수 있는 넘치는 기백이 느껴지지 않았던 것도 바로 그 때문이었습니다.

'생때같다'란 말이 있습니다. 사전에는 그저 '몸이 튼튼하고 건강하다'라고 설명하고 있지만 '생때'라는 말 속에는 그 어떤 형용사로도 다 설명할 수 없는 생명력이 넘쳐 있습니다. 그것은 푸르고 시퍼렇고 새빨갛고 찬란합니다. 싱싱하다 못해 비릿할 정도이고, 세상의 그 어떤 이론으로도 설명할 수 없고, 그 어떤 흥정으로도 맞바꿀 수 없는 유일한 것입니다.

한 인간을, 자신들의 탐욕과 불의에 저항하는 한 인간을 도륙하고 그의 생기를 꺾은 고문기술자들은 바로 그 '생때'를 범한 자들입니다. 세상이 무너져도, 인간과 신과 부처가 다 망해도 오직 홀로 청청하게 빛을 발해야 할 '그것'을 범한 자들입니다. 그런데 고문행위는 차라리 '예술'이었다는 고문기술자는 양떼를 치는 '목사님'이 되었고, 그 모든 책임을 짊어져야 할 사람은 백담사에서 마음공부를 하고 간혹 법문도 하였다지요.

지금도 세상은 불의(不義)의 힘이 셉니다. 그건 의롭지 못한 것을 향해 "안 됩니다"라는 소리 내기를 두려워하기 때문입니다. 그들인들 그 목소리를 내기 쉬웠을까요? 나와 똑같이 내 한 목숨 보전코자 전전긍긍하는 중생인데요. 하지만 세상이 안위의 잠에 깊이 빠져 있을 때, 아닌 건 아니라고 소리치는 이들이 있어 세상은 그나마 살 만한 곳이었습니다. 그들이 피를 흘리며 간신히 차려놓은 밥상에 숟가락을 슬며시 얹는 비겁한 나…. 독후감을 마쳐야겠습니다.

오만한 세상에
훅을 날리다

"난 권투선수라고 하기엔 너무 아름다워!"라는, 자아도취성 발언을 서슴지 않는 청년이 있었습니다. 두 주먹 말고는 내세울 것이라고는 하나도 없는 흑인 청년 캐시어스 클레이가 겁도 없이 이런 말을 내뱉을 때, 근엄하고 '젠틀'한 백인 남성들이 지배하던 1960년대 초반의 미국사회는 난감해했습니다.

하지만 백인들의 미국은 끄떡하지 않았습니다. 그래봤자 그자는 노예의 후손이요, 검둥이 복서에 지나지 않았으니까요. 당시 권투는 가진 것이 몸뚱이뿐인 젊은이들이 돈과 명성을 거머쥘 수 있는 거의 유일한 운동경기였습니다. 백인 도박사들은 가난한 흑인들을 링 위로 불러내서 처절한 싸움을 붙이고 자기들의 주머니를 불렸습니다. 아무리 실력이 좋은 선수라도 백인들의 취향과 기호에 어긋나거나 성깔을 부리면 내처져 폐인으로 삶을 마감해야 했던 시절, 캐시어스 클레이는 그런 백인들에게 좀처럼 길들지 않는 야생마였습니다. 도대체 백인들을 무서워할 줄 몰랐습니다.

1964년 2월 25일 세계 헤비급 챔피언인 소니 리스턴과 난타전을 벌이다가 7회 공이 울렸음에도 그가 링 안으로 나오지 못하자 클레이는 이렇게 외쳤습니다.

"모두 증인이 되시오! 내가 가장 위대한 자요!"

챔피언이 되자마자 그가 터뜨린 말은 '나는 기독교도가 아닙니다. 알라를 믿습니다. 나는 당신들이 원하는 챔피언이 되지는 않을 것입니다'였습니다. 그는 블랙무슬림단체인 이슬람네이션에 가입하고 있었던 것입니다. 그러지 않아도 눈엣가시 같았던 그를 길들일 길은 오직 하나, 전쟁이 벌어지고 있는 베트남에 보내버리는 일이었습니다. 언제는 검둥이라고 놀려대고 차별하며 국민의 일원으로 인정하지 않던 국가가 이번에는 나라를 위해 국민의 의무를 다하라고 전쟁터로 내보내려 하자 클레이는 단호하게 거절합니다.

"난 베트콩이랑 싸울 일이 없어요."

'그 나라가 어디에 붙었는지도 난 모르겠고, 내게 조금도 해를 끼치지 않은 그곳 사람들한테 총질을 해댈 이유가 없다'는 것이 그의 변명이었지만 그의 참전거부는 미국 대륙에서 소수와 주변인이 '자기 됨'의 길을 찾고 제 목소리를 내게 하는 기폭제가 되었습니다. 베트남전을 반대하는 시위가 전역에서 벌어졌고 수많은 인사들이 속속 그 대열에 참여하였습니다. 하지만 대부분이 결코 손해 보지 않는 선에서 행동한 반면 클레이는 모든 것을 잃었습니다. 헤비급 챔피언 벨트를 박탈당하였고 링 위에서 쫓겨났습니다. 그렇게 FBI의 감시와 도청 아래 3년이 넘는 핍박의 세월을 보내면서도 그는 흑인으로서의 자존심과 무슬림으로서의 소신을 굽히지 않았습니다.

그 후 나비처럼 날아서 벌처럼 쏘아 챔피언 벨트를 되찾고야 만 클레이. 세월은 흘러 1996년 애틀랜타 올림픽 개막식에서 덜덜 떠는 손으로 성화를 들어 올려 성화대에 불을 붙이려 애를 쓴 파킨슨병 환자 클레이.

오늘날 캐시어스 클레이라는 미국식 이름을 아는 사람은 거의 없습니다. 전 세계인들은 오직 무하마드 알리라는, 흑인 민권운동과 이슬람운동을 통해 얻은 영광스러운 이름으로 그를 기억합니다. 알리는 저항하는 자들의 살아있는 영웅입니다.

▲ 닥터 노먼 베쑨, 테드 알렌, 시드니 고든

큰 의사의
생명의 칼, 정의의 칼

위인이니 입지전적 인물이니 영웅이니 하며 찬양받고 숭배받는 인물들이 있습니다. 그들은 대체로 뜻하는 바가 분명하였고 오로지 자신의 의지로 그 길을 걸어갔으며 세속의 영화에 자신의 양심을 팔지 않고 그로 인한 그 어떤 대가도 달게 받은 사람들입니다.

1890년 캐나다에서 태어나 1939년 중국의 전쟁터에서 패혈증으로 죽어간 닥터 노먼 베쑨은 그 대표적인 인물이라 해도 손색이 없을 듯합니다. 그리스도교 신앙이 독실한 가정에서 장남으로 태어난 그는 호기심과 의욕이 넘쳐나는 청년시절을 보냅니다. 그러다 결핵에 걸려 시한부 인생의 나락으로 떨어지지만 선천적으로 삶을 사랑하는 열정 덕분인지 기적적으로 살아나서 새로운 삶을 살아갑니다.

끊임없이 연구하고 궁리하고 발명하여 결핵에 관한 한 의료 역사에 새로운 장을 열게 되지만 한 가지 의문이 그에게 샘솟습니다. 이렇게 끊임없이 의료기술이 발달하고 의료기기도 좋아지고 있는데 왜 아픈 사람들의 숫자가 줄어들지 않느냐는 것입니다.

그렇습니다. 그것은 바로 '가난'이라는 원인 때문이었습니다. 닥터 베쑨은 "환자 차트에 환자의 병명을 '폐결핵'이라고 써넣어야 할지 또는 '경제적 빈곤'이라고 써넣어야 할지"를 고민하면서 서서히 사람과 사회와 제도 속으로 눈길을 돌리게 됩니다.

그리고 당시로서는 매우 급진적이라 할 수 있는 사회주의적 의료보장제도를 주장하고 가난한 사람의 치료에 헌신적으로 몰두합니다. 그러다 마침내 전쟁터로 뛰어듭니다. 1930년대의 스페인과 중국의 전쟁터로 말이지요.

모든 전쟁에는 명분이 없습니다. 몇몇 부유한 권력자들의 이권다툼에 지나지 않는 것이지요. 하지만 그 전쟁터에 끌려나가서 총알받이가 되는 이들은 가난하고 힘없는 사람들입니다. 닥터 베쑨은 전쟁터의 최전선을 따라 이동하면서 부상병들을 치료해나갑니다. 지금처럼 혈액은행이 있지도 않고 진료이동시스템이 전무하던 시절, 한두 시간 사이에 생사가 결정 나는 병사들이 그의 앞으로 몰려들었습니다.

그는 제 입으로 자신이 공산주의자라고 말하였습니다. 그렇다면 그는 사상가이고 이념가이고 운동가였을까요? 아니면 색깔론자들이 흔히 말하듯 그는 빨갱이였을까요? 아닙니다. 그렇지 않았습니다. 그는 처음부터 끝까지 사람을 살리는 의사였습니다. 그는 사람을 살리기 위해 그야말로 혼신의 힘을 쏟았습니다. 심지어 70여 시간이 넘도록 단 한 순간도 쉬지 않고 백 명이 넘는 부상자를 수술하기도 한 닥터 베쑨의 머릿속에는 오직 다친 사람, 죽어가는 사람, 사람, 사람뿐이었습니다. 보다 못해 장교들이 '휴식명령'을 내리지만 그는 불복합니다. 그는 삶의 마지막까지 다치고 아픈 약자들을 살려내었습니다. 전쟁터에서 사람을 살리다 그는 도리어 병을 얻어 숨을 거둡니다.

세상에서 사람보다 아니 생명보다 더 큰 의미와 가치를 가진 것은 없습니다. 이 사실을 누구나 잘 알지만 이 지구 상에 동서고금 전쟁과 질병과 죽음이 없었던 적은 없었습니다.

전쟁과 질병과 죽음. 이것들은 생명의 반대말이기도 하지만 생명의 종착점이기도 합니다. 우리는 누구나 가장 온전한 죽음을 맞이할 권리가 있습니다. 하지만 타인에 의해, 실체를 정확히 알 수 없는 모호한 세력에 의해 맞이하는 죽음 앞에 인간의 존엄성, 생명의 절대성은 파괴됩니다. 닥터 노먼 베쑨은 모두가 거역하는 인간의 존엄성을 마지막까지 지킨 사람입니다. 사람의 병을 치료하는 자가 의사라지만, 그는 나아가 사람을 살리고 인간 존엄을 살린 의사였습니다.

의사에게 너무 큰 것을 요구할 수는 없을 것입니다. 하지만 "질병을 돌보되 사람을 돌보지 못하는 의사를 작은 의사(小醫)라 하고, 사람을 돌보되 사회를 돌보지 못하는 의사를 보통의 의사(中醫)라 하며, 질병과 사람, 사회를 통일적으로 파악하여 그 모두를 고치는 의사를 큰의사(大醫)라 한다"는 이 책 추천사는 이기심이 극단적으로 팽배해져 생명이 내동댕이쳐진 이 현실을 풀어가는 열쇠가 되지 않을까 합니다.

어떻게 살아야 할지, 어떤 직업을 가져야 할지 고민이라면 닥터 노먼 베쑨의 삶을 조금 훔쳐보아도 좋겠습니다. 그리고 돈 잘 버는 직업인 의사선생님들이라면 더더욱 한번은 읽어봐 주었으면 하는 삶입니다.

연탄불 양은냄비 커피와
커피밭 사람들 이야기

어렸을 때 시골에서 부모님은 아주 큰 잡화점을 운영했습니다. 기업체의 커다란 트럭이 주기적으로 와서 집 앞 도로에 물건을 태산처럼 부렸고 너무 바쁠 때에는 서울의 큰 도매점에서 비행기로 물건을 공수해올 때도 있었습니다.

어느 날 전화가 울렸습니다.

"○○상회죠? 강릉비행장인데 화물 찾아가세요."

아버지는 근래 서울에 주문한 화물이 없다고 했지만 전화기 너머 비행장에서는 이렇게 대답하였습니다.

"아, 몰라요. 상자 하나인데… 이런 화물 가져갈 집이 거기밖에 더 있어요?"

아무튼 가져가라니 가져올 밖에요. 요즘의 라면박스보다 곱절 정도 큰 박스 하나였던 것으로 기억합니다. 박스를 열어보고 깜짝 놀랐습니다. 미군들이나 마시던 원두커피 MJB. 미군부대로 가야 할 그 '에무제비' 잘 갈아진 원두커피 상자가 우리 집으로 흘러들어온 것입니다.

그날 이후 우리 집에는 원두커피 냄새가 아침마다 풍겨 나왔습니다. 아주 작은 노란 양은냄비에 물을 붓고 원두 한 스푼을 넣습니다. 연탄집게를 살짝 벌려 연탄불 위에 비스듬하게 놓은 뒤 원두 알맹이와 물이 담긴 양은냄비를 올려놓으면 금세 짤짤 끓습니다. 그 작은 냄비에서 아버지 몫의 딱 1인분의 물과 원두는 그렇게 짤짤 끓었고, 양은냄비 바닥에 끓여지는 그 모습 때문인지 아버지는 딸에게 커피를 주문할 때면 "얘, 커피 한잔 짤짤 끓여다오"라고 말씀하시곤 했습니다. 훗날 동서식품의 인스턴트커피를 마실 때에도 '짤짤 끓여서'라는 관용구는 빠지지 않았습니다.

원두를 철망으로 거르고 설탕을 적당히 섞어 아버지에게 한 잔 내어드린 뒤 남은 걸 쪽쪽 따라서 나도 마셨습니다. 시멘트 부뚜막에 걸터앉아서 연탄화덕에서 풍기는 일산화탄소를 맡아가며 마시던 그 커피의 맛과 향기는 지금도 잊을 수 없습니다.

70년대가 막 시작하던 시절, 그것도 서울에서 뚝 떨어진 강원도 바닷가 마을의 한 잡화점에서 피곤에 절어 떠지지 않는 아버지의 눈을 한잔의 원두커피가 열어주었습니다. 그리고 그 이후 내 인생에 커피는 물이나 공기와도 같은 존재가 되어버렸습니다.

요즘 거리에 나가보면 커피전문점이 참 많이도 들어섰지요. 외국에서 커피를 공부하고 돌아온 사람들, 전문적으로 바리스타 교육을 받은 사람들, 대단한 미식가들이 커피의 품격을 한껏 높여놓았고, 거기다 어찌나 멋지게 실내장식을 해놓았는지 정말 환상 그 자체입니다. 개인이 운영하는 커피전문점, 국내외 유수의 체인점, 모두가 더할 나위 없이 멋지기만 합니다.

하지만 묘하게도 나는 요즘 커피 맛을 잃었습니다. 그 이유를 모르겠습니다. 커피가 맛이 없어졌습니다. 비싸고 화려하고 어려워졌습니다. 게다가 무지막지하게 늘어나는 수요로 인해 커피농사 짓느라 파괴되는 자연을 걱정해야 하고, 원산지 커피밭 사람들의 열악한 노동환경과 임금까지 걱정해야 할 처지에 놓였습니다.

"지구가 한 바퀴 자전하는 24시간 동안 세계 곳곳에서 17억 잔의 커피가 소비된다"는 라틴아메리카 전문가의 말에 기가 팍 질립니다. 아르바이트로 한 시간을 죽자고 일해도 그 시급이 커피 한 잔 값에 불과한 요즘. 그래도 이건 형편이 낫다고 합니다. 남미의 커피농장에서 새벽 다섯 시부터 커피를 따는 노동자들은 하루 죽자고 일해서 받는 돈으로 서울 시내 커피전문점의 커피 한 잔도 못 사 먹는다고 합니다.

코스타리카의 커피농장을 찾아가 불량 인부로 살면서 커피노동자의 삶을 취재한 지리학자 임수진 박사의 글을 읽었습니다. 걸음마를 배울 때부터 커피를 따온 사람들, 커피 수확철이면 철새처럼 날아오는 이웃나라 니카라과의 사람들, 농장 한 곳의 일이 끝나면 또 다른 농장을 찾아 떠나고, 악착같이 돈을 모아 고국에 두고 온 아이들의 운동화를 사는 사람들, 코스타리카 사람들은 니카라과 사람들을 '쥐'라고 부르며 경멸하지만, 이 가난한 두 나라의 커피 밭 사람들에게는 공공의 놀림감이 또 있으니 대대로 그곳에서 살아온 인디오들입니다.

이들에 대한 글을 읽자니 우리가 지금 마시는 이 원두커피에 참 많은 표정이 담겨 있어 놀랍습니다. 그리고 이 커피가 너무 여러 겹의 옷을 입고 있어서 놀랍습니다. 자본이라는 옷, 화려함이라는 옷, 인테리어라는 옷, 바리스타라는 옷, 게다가 그 옷들 사이사이로 업자들이 잘라내지 못한 빈곤이라는 천조각도 비어져 나옵니다. 너무 많은 옷을 껴입고 있어 어쩌면 우리는 '진짜 커피'를 전혀 마시지 못하고 있는 게 아닐까 하는 생각도 듭니다.

'착한 커피'가 대안이라고 하지만 그조차도 걷어낸 진짜 커피를 마시고 싶습니다.

강물에 던질
마지막 빵이라도 있다면

살면서 때때로 절망에 사로잡힐 때가 있었습니다. 너무 힘들고 막막해서 '그냥 다 포기해버릴까?' '그냥 손을 놓아버릴까?'라는 생각을 했던 때도 있었습니다. "마지막 빵을 강물에 던져야 희망이 생긴다"라던가요. 영국의 종교학자 카렌 암스트롱의 자서전에서 읽었던 아주 절묘한 표현이 딱 어울리는 순간이었습니다. 하여, 나도 희망이란 걸 좀 기대해보고 싶어 마지막 빵을 강물에 던져보려 했던 적도 있었습니다. 하지만 이런 맙소사! 내 빵 바구니에는 빵이 수북하게 쌓여 있었습니다. 그 이후로 나는 '힘들다' '고되다' '어떻게 하지?' 이런 말은 할지언정 '포기할래'라거나 '이젠 끝이야'라는 말을 하지 못하게 되었습니다. 그러기에 나는 양손에 든든한 패를 잔뜩 쥐고 있었고 내 바구니에는 빵이 수북하게 쌓여 있었던 것입니다.

아, 오래전 이런 일도 생각납니다. 1982년 동국대학교에 막 입학했을 때입니다. 당시에는 버스를 탈 때 미리 학생회수권을 준비한 뒤 내릴 때 버스안내양에게 줬던 시절입니다. 돌이켜보니 퍽도 오래된 일이로군요. 그런데 어느 날, "학생증 내봐요"라는 퉁명한 소리가 터져 나왔습니다. 버스를 꽉 채울 정도로 수많은 학생들이 있었는데 버스안내양이 하필 내가 내미는 학생회수권을 받으려 하지 않고 내게 학생증을 보여달라는 것이었습니다. 막 입학했던 때라 아직 학생증이 나오기 전이었지만 책을 가슴에 안고 있었고 동국대 후문 정류장에서 첫 강의 시간에 맞춰 학생들과 함께 내리는 내가 뭐 그리 문제 될 것도 아니었습니다.

"신입생이라 학생증이 아직 나오지 않았어요."

내 대답이 안내양에게는 역효과를 일으켰던지 갑자기 그녀는 내 손목을 붙잡고 성인요금을 다 내기 전에는 버스에서 내려주지 않겠다고 했습니다. 얼핏 보아도 내 나이 정도? 창피하기도 하고, 안내양이 괘씸하기도 해서 그 손을 억세게 뿌리쳤습니다. 의외로 안내양의 손은 쉽게 풀렸고, 나는 있는 대로 화가 난 채 버스에서 내렸던 기억이 납니다.

그날 종일 그리고 한동안 안내양이 무례하고 재수 없다는 생각뿐이었습니다. 그런데 한 해 두 해 흘러가다 보니 대체 그녀는 왜 내게 그랬을까, 이게 궁금해지는 겁니다. 그리고 또 그렇게 몇 해를 지나며 이따금 그 일이 떠오르면 그녀의 심정이 아주 '조금' 느껴졌습니다.

누구에게나 청춘은 싱싱하고 탐스럽습니다. 하지만 어떤 청춘이 가슴에 책을 안고 캠퍼스를 활보할 때 어떤 청춘은 '오라이'를 외치며 기름에 절어갑니다. 어떤 청춘은 고독한 인생에 절규하며 마지막 빵을 강물에 던지겠다고 아우성이지만 어떤 청춘은 처음부터 바닥에 구멍이 난 빵 바구니를 안고서 강물에 던질 마지막 빵이라도 있으면 좋겠다고 눈물짓습니다.

김진숙.

이 이름이 가뭄에 콩 나는 것보다 더 가물게 언론에 등장할 때 "참 대단한 사람이다." "그런데 이제 몸 생각해서 그만 했으면." 딱 이 정도 생각뿐이었습니다. 그의 글을 모은 《소금꽃나무》를 읽으면서 처음에는 피곤한 몸을 침대에 누이고 느긋하게 책장을 열었다가 일어나 앉아서 읽었고, 소파에 기대어 읽다가 끝내 온몸을 웅크리고 마지막 페이지를 넘겼습니다. 서너 페이지를 연달아 읽지 못하겠더군요.

그의 책에는 사람들이 쏟아져 나옵니다. 처음부터 많은 것을 박탈당한 채 삶을 시작했던 사람들. 하지만 사람답게 살고픈 희망을 품고 육신을 움직여 밥벌이에 나선 사람들. 그 노동자들의 육신에 얹혀서 풍요를 구가하게 된 이 시대의 사람들. 돈이란 것이, 밥이란 것이 손가락 끝에서 나오는 것이 아니라 몸뚱이를 놀려서 비지땀을 쏟아내는 사지에서 나오는 것이요, 그 땀이 허연 소금꽃이 되어 그 꽃을 이고선 등짝에서 돈과 밥이 나오는 것임을 보여주는 사람들.

하지만 시대가 저들에게서 가져가는 것은 완성된 제품뿐이요, 소금꽃은 보지 못하고 있습니다. '삐까번쩍'하고 잘 빠진 제품에 값을 올릴 생각만 할 뿐, 물건을 만드느라 등짝이 휜 사람들은 안중에도 없습니다. 저들은 육신을 착취당하고 그 무엇보다 생명을 착취당하고 있습니다. 희망이 보일 리 없습니다. 그래서 희망을 찾아 그는 85호 크레인으로 올라갔습니다.

민주노총 부산지역 지도위원이라는 그의 타이틀은 내게 낯섭니다. 하지만 인간답게 일하고 일한 만큼 대우를 받아서 인간다운 삶을 누리고픈 소망은 내게 너무나 익숙합니다. 내가 바로 그 소망을 품고 사는 사람이기 때문입니다.

책을 읽은 소감이 가슴 속에서 뭔가에 꽉 막힌 채 나오지 못해 목구멍만 웅웅 울어버리던 주말과 주초 내내 하늘에서 큰비가 내렸습니다. 아파트 베란다 이중 유리문 안에서 빗소리를 들으며 '부산에도 큰비가 내린다는데….' 일면식도 없는 그이 걱정을 했습니다.

거부하라,
그래야 사람이다

탐욕과 분노, 무지의 불이 활활 타오르고 있습니다. 그 불은 세상을 불태우고 있습니다. 불교에서 바라보는 이 세상은 바로 이처럼 활활 불타오르는 집과 같습니다. 그런데 이 세상을 불난 집 못잖게 감옥살이로 보는 이가 있습니다. 바로 프랑스의 소설가 알베르 카뮈입니다.

그의 소설 《페스트》는 본래 '감옥살이'라는 제목으로 구상되었다고 합니다. 핍박받고 궁지로 내몰리고 불가항력적인 사건으로 가득 찬 곳이 바로 이 세상이요, 카뮈는 이런 감옥살이 세상을, '페스트'라는 무서운 전염병에 걸렸지만 탈출구가 없는 '오랑 시(市)'에 비유하였습니다. 우리는 그 속에서 어떻게든 살아가야 할 운명인데, 인간들은 극한 상황에 처하면 대체로 세 가지 태도 중 하나를 취한다고 작가는 말합니다.

이 일은 나와는 상관없는 일이니 피하면 그만이라는 '도피적 태도'가 그 첫째요, 이런 재앙은 신의 징벌인데 그럼에도 신의 사랑을 의심해서는 안 된다고 보는 '초월적 태도'가 그 둘째요, 마지막으로는 어찌 되었거나 지금 닥친 재앙에 반항하고 싸워야 한다는 '반항적 태도'가 그 세 번째입니다.

소설은 이런 각각의 태도를 지닌 인간들이 어떻게 현실을 헤쳐가는지를 극적으로 보여줍니다. 도피적 태도를 취하여 어떻게든 전염병이 창궐한 도시를 빠져나가려고 애쓰던 신문기자는 도망칠 수 있는 천재일우의 기회에 '지금 벌어지고 있는 이 비극이 결코 나와 무관한 것이 아니다'라고 깨닫고 의사를 돕는 일에 적극 나섭니다.

신의 뜻이라며 시민들에게 기도하자고 외치던 신부는 어린아이가 페스트에 걸려 처참하게 죽어가는 모습을 보고 큰 충격에 사로잡히지만, 그는 끝까지 신을 부정하지 않고 기도합니다. 신부는 이렇게 강변합니다.

"우리 힘에는 넘치는 일이니 반항심이 생길 법도 하지만 아마도 우리는 우리가 이해할 수 없는 것을 사랑해야 할지도 모릅니다."

하지만 주인공인 의사 리유는 묻습니다.

"나는 사랑이라는 것에 대해서 달리 생각합니다. 어린애들마저 주리를 틀도록 창조해놓은 세상이라면 나는 죽어도 거부하겠습니다."

다른 사람이 도피하거나 신을 부르며 기도하는 동안 리유는 불가항력적인 페스트에 대항해 병든 자를 치료하겠다고 나섭니다. 설혹 의사의 노력이 페스트라는 거대한 불행에 아무런 영향을 미치지 못한다 해도 인간이 운명처럼 짊어지고 다니는 불행의 그림자에 무릎을 꺾기보다는 반항하고 거부하는 일이야말로 가장 진실한 태도가 아니겠느냐는 것입니다.

카뮈 자신은 《페스트》가 '가장 반기독교적인 책'이라고 말했다지만 책을 읽고 난 나는 《페스트》야말로 가장 반운명론적인 책이라고 생각하게 되었습니다. 책을 읽는 내내 질병과 가난과 전쟁과 갈등과 죽음이라는 전염병이 창궐하는 인간의 땅, 인간의 시대에서 '사람으로 산다는 것이 과연 무엇인지'를 생각하느라 입맛마저 송두리째 잃어버렸습니다.

칼뱅은 한 인간을
살해하였다

사람들은 학문의 자유, 표현의 자유, 신앙의 자유를 외칩니다. 하지만 이런 걸 외친다는 자체가 자유롭지 못하다는 뜻이 되겠지요. 사람이란 처음부터 자유로운 존재요, 그 자유를 구속받거나 제한당하면 그때부터 고통이 시작됩니다. 사실 인간의 역사란 따지고 보면 자유를 쟁취하기 위한 몸부림이었다고 해도 지나치지 않습니다. 개개인은 처음부터 자유를 지니고 있건만 늘 누군가에게 빼앗겼었고, 자유를 되찾고자 하는 몸부림이 이 세상에 넘쳐나는 모든 문화와 문명을 만들어내었습니다. 인간이 자유롭게 생각하고 표현하는 것은 누구에게도 침해당할 수 없는 권리라 하겠습니다.

종교개혁은 신과의 소통이 소수 특권층에게만 허락되었다고 고집하던 세력들에게 분연히 맞서 피로써 쟁취해낸 '신앙'의 자유입니다.

그런데 이 자유에도 문제가 생겼습니다.

프랑스 출신의 종교개혁가이자 신학자이며 프로테스탄트 교회의 개혁주의 신앙과 신학을 수립한 칼뱅이 바로 그 문제의 정점에 섰습니다. 박해를 피해 스위스로 피신해 있던 그가 마침내 16세기 제네바를 한 손에 거머쥐게 되었습니다. 그런데 칼뱅은 그 자신이 그토록 혐오하던 구교의 교황이나 황제보다 더 무시무시한 힘으로 자유의 기운이 넘치던 제네바를 지배하였습니다. 종교의 자유를 외치던 시민들은 어마어마한 칼뱅의 권력 앞에 무릎을 꿇었고 사상의 자유도 빼앗기고 심지어 눈짓을 나누거나 나지막하게 속삭일 자유마저 강탈당했습니다.

칼뱅이 법이요, 법이 칼뱅이었습니다. "관청과 그 권한, 시 당국, 종교국, 대학, 재판소, 재정, 도덕, 목사, 각급 학교, 형리, 감옥, 기록과 대화, 심지어 은밀한 속삭임까지" 장악한 칼뱅에게 이의를 제기하는 일은 죽음을 자처하는 지름길이었고, 감히 맞서다가는 화형장의 장작더미 위에 올라서야 할 처지가 되었습니다. 칼뱅은 법을 넘어서 그 자신이 곧 '진리'요 세상을 끌어가는 '예언자'가 되었습니다. 칼뱅은 말했습니다.

"내가 가르치는 것을 나는 하나님에게서 얻는다. 이 사실이 나의 양심에 힘이 된다."
"하나님께서 내게 무엇이 옳고 무엇이 그른지 판단할 은총을 내리셨다."

하나님이 아닌 '자신'에게 사로잡힌 이 남자는 자기 생각에 조금이라도 이견을 보이는 걸 용납하지 않았습니다. "항의를 받으면, 칼뱅은 일종의 신경발작을 일으켜서 정신적 예민함이 육체로 전이되어 나타났고" 침착하게 학술적으로 이의를 제기하는 사람조차도 칼뱅에게는 "세계의 원수이고, 하나님의 원수"이며, "자기를 위협하며 덤비는 뱀이고, 자기를 향해 짖어대는 개이며, 야수, 악당, 사탄의 종"이라 불렀습니다. 칼뱅이 그은 질서의 선을 넘어서기란 처음부터 불가능해서 "칼뱅이 통치한 처음 5년 동안에 비교적 작은 이 도시에서 열세 명이 교수대에 매달리고, 열 명의 목이 잘리고, 서른다섯 명이 화형당하고, 일흔여섯 명이 추방당"했으며, "감방마다 죄수들로 가득 차서 간수장이 시 당국에 단 한 명의 죄수도 더 받을 수 없다고 통보하기에 이르렀다"고 하니, 칼뱅이 제네바에서 행한 공포정치의 분위기가 어땠는지 짐작이 갑니다.

그러다 어느 무명의 신학자 한 사람이 칼뱅의 종교적 견해에 이의를 제기하였습니다. 막 스무 살을 넘긴 미셸 세르베투스라는 이 남자는 자신의 신학적 견해를 완성하고자 하는 열망이 컸던지 칼뱅의 저서에 자신의 견해를 덧붙이며 토론을 요청했습니다. 순진한 건지, 순수한 건지 죽고 싶어서 정신 줄을 놓아버린 게 아니라면 참으로 맹랑하고 무모한 도전이었습니다. 하나님의 뜻을 지상에 실현하는 칼뱅에게 감히 신학적 견해를 따져 묻는 무례를 범한 것입니다. 칼뱅은 짜증이 날 대로 났습니다. 그는 동료에게 이렇게 말했습니다.

세르베투스는 개가 바위를 물어서 가장자리를 부스러뜨리듯이 내 책에 덤벼들어서 온갖 지저분한 말들로 그것을 더럽혔습니다.

칼뱅은 그를 내버려둘 수가 없었습니다. 칼뱅의 눈치를 보는 세상은 종교재판을 열어 그에게 "하나님을 모독했기 때문에 내일 산 채로 불태워지리라"는 판결문을 들려주었습니다.

그리하여 세르베투스는 사슬에 묶여 화형장으로 향합니다. 죽기 전에 칼뱅에게 용서를 구했더라면 어떻게 되었을까요? 하지만 그는 "자신은 부당하게 죽지만 하나님께 자신을 고소한 사람들을 불쌍히 여겨주십사 기도한다"는 경건한 대답을 하여, 저들을 더욱 분노케 하였습니다. 결국 신학자는 산 채로 화형당했습니다. 누군가의 재물을 훔쳤거나 살인을 저지른 것도 아니요, 그저 펜으로 다른 견해를 펼쳤을 뿐인데 하늘 아래 '자기와 다른 의견'을 용납하지 못하는 칼뱅은 종교권력의 힘으로 그를 살해하였던 것입니다.

새빨간 불이 그의 몸을 태울 때 칼뱅은 어디에 있었을까요? 그는 조용한 집안에서 창문을 닫고 머물러 있었습니다. 침묵 속에서 시간이 흐르기를 기다린 것은 칼뱅뿐만이 아니었습니다. 제네바의 수많은 인문주의자들 역시 "이건 아닌데…"라며 서재의 문을 닫고 그 안에서 탄식했을 뿐 아무도 앞에 나서지 못했습니다.

그런데 오직 한 사람, 세바스티안 카스텔리오가 이렇게 소리쳤습니다.

"한 인간을 불태워 죽인 일은 이념을 지킨 것이 아니라, 한 인간을 살해한 것이다."

'종교적 살인'이라고 소리치는 이 남자는 번역과 가정교사 일을 해서 겨우 처자식을 돌보는, 거처도 시민권도 없는 망명자인, 그야말로 공적인 영향력 면에서 보면 아무것도 아닌 모기 같은 존재입니다. 코끼리처럼 거대한 칼뱅과 비교한다면 말이지요. '코끼리 앞의 모기'인 카스텔리오는 칼뱅에게 공개적으로 이의를 제기합니다.

화형 당한 신학자가 이단자였다고 하지만 그가 이단자인지 아닌지의 기준은 어디에 있는가 따져볼 일입니다. '진리'에 비춰보고 '신의 뜻'에 비춰보면 답이 나올까요? 하지만 무엇이 진리인지, 신의 뜻을 과연 제대로 정확하게 읽어냈는지는 또 어찌 장담할 수 있을까요? 그렇다면 수많은 종교인들이 입에 거품을 물고 외쳐대는 '이단'이나 '외도'는 결국 자기 생각에 똑 맞아떨어지지 않는 자에게 쏘아대는 독화살이 아닐까요?

게다가 "개신교는 모든 사람에게 성서 해석에 대한 자유로운 권리를 인정하고 있는" 만큼 '이단자'라는 개념 자체가 어불성설이 아닌지요. 애초 구교회의 권위에 저항하여 생겨난 종교개혁의 선봉자 루터는 자신들에 의해 새롭게 재편되는 종교적 세계에서 '다른 의견을 가진 사람(Haereticis)'과 '말썽을 일으키는 사람(Seditiosis)'을 구분하여, "말썽을 일으키는 사람들은 종교적인 질서와 함께 사회 질서까지 변화시키려는 사람들을 가리키므로, 오직 이 말썽꾼들에 대해서만 당국이 억압할 권리를 가진다고 인정"했습니다.

그런데 종교적 이견을 가진 사람을 산 채로 화형을 시키는 벌을 내린 것은 이 경우가 최초입니다. 카스텔리오는 이에 대해 문제를 제기한 것입니다. 그는 말합니다.

이단자가 무엇인지를 생각해보면, 나는 우리 의견과 일치하지 않는 생각을 가진 모든 사람들을 우리가 이단자라 부른다는 사실을 발견하게 된다. 사람들은 자기 자신의 생각에 대해 혹은 자신의 생각이 옳다는 생각에 대해 너무나도 뚜렷한 확신을 가진 나머지 오만하게 다른 사람을 멸시하기에 이르렀다. 오늘날에는 거의 사람 수만큼이나 다양한 견해가 있건만 다른 사람이 자신과 견해가 같지 않다면 조금도 참으려 들지 않는다.

　사람들은 지독한 공포에 사로잡혔습니다. 저 애꿎은 신학자가 불에 태워졌듯이 카스텔리오 역시 장작더미 위에 설 날이 곧 다가오리라고 짐작했습니다. 사실 그랬습니다. 자신을 향해 저항의 목소리를 높인 이 사내를 칼뱅은 가만 내버려둘 수가 없었습니다. 하지만 매번 신학자들의 화형식을 치른다면 자기의 위신도 덩달아 연기처럼 사라질 것을 느꼈던지 칼뱅은 신중했습니다.

　카스텔리오는 보이게 또 보이지 않게 자신을 죄어오는 압박을 느끼기 시작합니다. 하지만 그는 공개적으로 칼뱅에게 묻습니다.

　당신은 스스로 기독교도로 자처하고, 복음서를 믿는다고 고백하며, 하나님을 믿고 그분의 의지를 실천한다고 자랑한다. 그러나 다른 사람들을 가르친다면서 어째서 자신은 가르치지 않는가? 어째서 남을 비방해서는 안 된다고 강단에서 가르치면서 당신이 쓴 책들은 비방으로 가득 차 있는가? 당신은 나의 오만을 꺾어버리겠다면서 그토록 거만하고 멋대로이고, 또 자신감에 넘친 태도로 마치 당신이 하나님의 심판석에 앉아서 하나님 심정의 비밀을 다 깨달은 것처럼 내게 유죄판결을 내리는가? …… 한 번쯤 당신 자신으로 돌아가서 너무 늦기 전에 자신을 돌아보라. 가능하다면 한순간만이라도 자신을 의심해보라. 그러면 수많은 사람들이 보는 것을 당신도 보게 될 것이다. 당신을 쇠하게 만드는 이 자기사랑을 그만두고, 다른 사람에 대한 미움, 특히 나 개인에 대한 미움을 중지하라. 우리 서로 너그럽게 겨루어보자.

그러나 칼뱅은 대꾸하지 않았습니다. 그는 거대한 권력의 커튼 뒤에 숨어서 단 한 줄의 떳떳한 반론도 내놓지 못한 채 이 사내의 입을 영원히 봉해버릴 궁리만 하느라 여념이 없었습니다. 카스텔리오는 설득의 글을 다시 한 번 보냅니다.

당신의 학설과 다른 학설을 가진 사람들이 항상 잘못을 범한다고 믿지 말고, 언제나 그들을 즉시 이단으로 몰아붙이지 말라. … 우리 둘 중 한쪽이 잘못이겠지만, 그렇기 때문에 우리는 더욱 서로 사랑해야 한다. 주님께서 잘못 생각하는 사람에게 진리를 보여주실 것이다. 우리가 확실하게 아는 것은, 기독교도에게는 사랑의 의무가 있다는 것이다. 그것을 실천하자. 그것을 실천함으로써 우리 적들의 입을 다물게 하자. 당신은 당신의 의견이 옳다고 생각하는가? 다른 사람들도 자기의 의견을 그렇게 생각한다.

이토록 감동적인 설득을 칼뱅은 어떻게 받아들였을까요? 어쩌면 그도 심장 한가운데에 움찔하는 고통을 느꼈을지도 모릅니다. 그는 자신을 드러내지 않고 신앙의 형제들을 동원해서 카스텔리오의 책이 인쇄되거나 출판되지 못하도록 막고, 강사 자리에 압력을 가합니다. 대놓고 압박을 가하다가는 오히려 자신의 명성에 먹칠을 가할 뿐이라는 걸 알았기 때문이겠지요.

하지만 종교재판에 고발되는 등 알게 모르게 카스텔리오에게는 압박이 가해져 옵니다. 그리고 서서히 자신을 죄어오는 침묵의 박해를 견디다 못해 1563년 12월 29일 세바스티안 카스텔리오는 숨을 거두고 맙니다. 48살의 신학자는 이렇게 지독한 박해에 따른 스트레스로 절명하고 맙니다. 살았더라면 그 역시 산채로 화형장에서 숨이 꺼지거나 당시 추방당한 신학자들처럼 굶어 죽거나 얼어 죽었을 테지요. 그럴 바에야 저 선량한 인문주의자의 목숨이 얼음장 같은 신권정치가의 손에 떨어지지 않은 것이 이 얼마나 다행입니까.

역사는 칼뱅만을 우리에게 남겨주었습니다. 우리 대부분은 칼뱅을 기억하고 있을 뿐, 카스텔리오에 대해서는 전혀 알지 못합니다. 그런 면에서 16세기 이 싸움의 승리자는 칼뱅입니다. 그러나 이 인문주의자 카스텔리오의 삶을 절절하게 그려낸 슈테판 츠바이크는 이렇게 말합니다.

언제나 승리자들의 기념비만을 바라보는 세상을 향해서, 수백만의 존재를 망가뜨리고 그 무덤 위에 자신들의 허망한 왕국을 세운 사람들이 인류의 진짜 영웅이 아니라, 폭력을 쓰지 않고 폭력을 당한 사람들이 진짜 영웅이라는 사실을 기억하게 해야 한다.

종교란 무엇일까요? 거듭 물을 수밖에 없습니다.

과연 종교란 무엇일까요? 우리는 정말 자유롭게 믿음의 생활을 하고 있는 것일까요? 죽음이나 내세, 구원과 구제의 위협에서 풀려나 온전히 자유롭게 신과 진리를 사유하고 갈망하고 있을까요? 자신들은 구원을 받았다고, 자신들은 깨달았다고, 그러면서 "너희는 아직

멀었으니 나처럼 되려면 오직 내 말을 들어야 한다"고 외쳐대는 사람
이 모쪼록 카스텔리오의 음성에 귀를 기울였으면 좋겠습니다.

"제발 너그럽게 남을 받아들이자, 그러면 나 자신이 보인다"고 외
치다 절명한 수백 년 전 이 남자의 음성은 절대 권력을 휘두르고 신의
섭리마저 쥐락펴락했던 권력자 앞에서 모기 울음소리도 되지 못했을
테지만, 나는 확신합니다. 모든 종교의 지향점이 바로 이 목소리 속에
있음을…. 이게 바로 세상 모든 종교인이 취해야만 할 자세임을….

뭉클해지는 이 감동이 카스텔리오의 삶 때문인지 아니면 그토록 아
름답게 그려낸 츠바이크의 글솜씨 때문인지 모르겠습니다. 다만, 그
런 목소리를 내는 사람도 세상에 있었다는 사실이 그렇게도 고마울
수가 없습니다. 종교의 독선을 넘어서 인간의 자유를 실현하고자 했
던 카스텔리오의 저 설득에 그저 감읍할 뿐입니다.

굴뚝으로 사라진
생명에 대한 예의

1940년에 문을 연 폴란드의 아우슈비츠 수용소는 일단 들어가면 나올 수 없는 곳입니다. 물론 방법이 아주 없는 것은 아닙니다. 가스실에 끌려들어갔다가 소각로로 곧장 운반되어 연기가 돼서 굴뚝을 통해 그곳을 빠져나오는 것입니다. 연기가 되어 굴뚝을 통해 빠져나오지 않는 한, 살아서는 걸어나올 수 없는 유대인 수용소가 아우슈비츠에만 세 군데 있었습니다. 이곳의 대학살 장치로 목숨을 잃은 사람은 대략 150만 명 이상이나, 누가 이곳에 수용되었는지 제대로 된 명부조차 작성되지 않았고, 독일군이 퇴각하면서 땅에 묻었던 시신들을 다시 불태우기도 하여 정확히 아우슈비츠에서 얼마나 많은 사람들이 죽어갔는지는 여전히 미지수입니다.

기차를 타고 실려 온 유대인들은 간수들 마음대로 오른쪽, 왼쪽으로 분류되는데, 어떤 사람은 수용소에 도착한 그날 저녁에 소각로로 걸어가야 했고, 어떤 사람은 용케 당일의 소각은 면했지만 강제노동에 시달리다 어느 날엔가는 이유 없이 소각로로 보내졌습니다.

화학자이자 유대인인 프리모 레비 역시 이 수용소를 피해가지 못했습니다. 그는 1943년 이탈리아 토리노를 점령한 독일군에 저항하는 반파시즘 빨치산 부대에 가담해 투쟁합니다. 하지만 동료의 배신으로 체포되었고 이후 폴란드의 아우슈비츠로 이송됩니다.

20대 청년 프리모 레비는 1년여를 갇혀서 모진 육체노동과 학대에 시달립니다. 그는 아우슈비츠에서 "나이, 사회적 지위, 출신, 언어, 문화와 습관이 전혀 다른 수천 명의 개인이 철조망 안에 갇힌 뒤 그곳에서 규칙적으로 되풀이되고 통제당하는, 만인에게 동등한 삶, 그 어떤 욕구도 충족되지 않는 삶에 종속되는 과정"을 목격하고 체험하고 기억합니다.

수용소가 아니라면 저들은 다들 평범하고 자잘한 일상에 하루를 보낼 사람들, 혹은 높은 지위와 막강한 재력으로 세상을 화려하게 헤엄치고 다닐 사람들, 연구소에서 실험에 몰두하거나 구둣방에서 구두수선을 하거나 부엌에서 맛있는 수프를 끓이거나 도서관에서 두꺼운 고전을 넘기며 번역에 몰두할 사람들일 것입니다.

그러나 엉뚱하게도, 정말 엉뚱하기 짝이 없게도 이 모든 사람들은 한순간에 "생존을 위한 투쟁 상태에 놓인 인간이라는 동물의 행동에서 본질적인 것이 무엇인지, 후천적으로 습득되는 것이 무엇인지를 입증하기 위해 만들어낼 수 있는 가장 정확한 실험장"인 아우슈비츠에 갇힌 뒤에는 정확하게 두 부류로 나뉩니다. 그것은 불행이라는 바다에 '익사한 자'와 눈치껏 재주껏 용케 '구조된 자'입니다. 익사한 자는 말 그대로 생존본능에 뒤처져 자연도태된 존재들이지요.

프리모 레비는 익사한 자와 구조된 자 사이를 아슬아슬하게 넘나들다가 대학에서 화학을 전공했다는 이유 '덕분'에 실험실에 배치되어 일단 죽음의 대열에서는 벗어납니다. 하지만 여전히 그는 인간이면서도 또 다른 인간으로부터 동물처럼 취급당하고, 머리가 빡빡 깎이고 비쩍 마른 짐승에 불과하여 전혀 생각이란 것을 하지 않는 존재 즉 '중성 단수명사'로만 존재합니다.

이 책의 백미는 아마도 프리모 레비가 죽을 배급받으러 부엌으로 가는 동안 단테의 신곡을 기억해내는 장면일 것입니다. 그나마 아직도 인간성을 그대로 지닌 선량한 간수 피콜로가 일부러 먼 길을 돌아가며 그에게 고전을 들려달라고 말하고 레비는 기억 속에서 아득하게 사라져버린 신곡의 구절을 기억해내려 애씁니다.

그대들이 타고난 본성을 가늠하시오.
짐승으로 살고자 태어나지 않았고
오히려 덕(德)과 지(知)를 따르기 위함이라오.

따뜻한 햇살을 받으며 이탈리아의 바닷가를 회상하면서 레비는 신곡의 구절을 기억하려 안간힘을 썼고, 그러다 안타깝게도 모든 문장을 다 기억해내기도 전에 수용소의 부엌에 도착하고야 말았습니다. 그는 다시 인간 아닌 존재로 전락했습니다.

수용소에서는 아무도 믿을 수 없고 어떤 질문도 할 수가 없었으며,

누군가에게 목숨을 구걸할 수도 없고 자기의 불행을 누구 탓으로 돌릴 수도 없었습니다. 철저하게 각자 알아서 살아남아야 하는 현장이었고, 불운을 타고난 사람은 자연도태될 수밖에 없었습니다.

그렇다면 우리는 이렇게 물을 수도 있습니다. 수많은 유대인들 중에 왜 나치에 저항하는 자가 없었느냐고. 하다못해 폭동이라도 일으켰어야 했지 않느냐고.

하지만 그는 말합니다. 유대인들은 저마다 제각각의 나라에서 끌려왔기 때문에 서로 통하는 언어들이 없었고, 너무 굶주리고 너무 헐벗었으며, '설마 이것이 멀쩡한 생사람을 죽이는 곳이랴' 싶은 마음이 들었을 거라고. 그래서 저들은 힘을 합쳐 공공의 적을 물리친다는 생각을 하기보다는 일단은 그저 살아남아야 한다는 생각에 매달렸을 뿐이라고.

한 국가가 문명화될수록, 비참한 사람은 너무 비참해지지 않도록, 힘 있는 사람은 지나치게 많은 힘을 갖지 못하도록 하는 지혜롭고 효과적인 법률들이 더욱더 많아진다. 그러나 수용소 안의 사정은 이와는 다르다. 여기서는 생존을 위한 투쟁을 한시도 쉴 수가 없다. 모두 절망적일 정도로, 잔인할 정도로 혼자이기 때문이다.

유대교, 랍비 등등은 이들을 구제할 수 없었으니, 이는 팔자 좋은 시절 이데올로기라는 화려한 밥상에 차려진 눈요깃감에 지나지 않았습니다. 그 시절 아우슈비츠는 그저 이유 없이 붙잡혀 온 자들이 저마다 재량껏 살아남으려 몸부림치고, 내가 살기 위해 옆 사람을 절벽으로 밀어내야만 했던 처절한 지옥 같은 삶의 현장이었을 뿐입니다.

　게다가 그는 '독일군'을 미워하지는 않는다고 말합니다. 인간이 인간에게 어쩌면 그토록 잔혹한 짓을 저지를 수 있는지, 그 사실이 무섭고 두려울 뿐이라는 것이지요. 다만, 전쟁이 끝난 뒤 600만 명의 유대인을 굴뚝의 연기로 날려버리고도 자기는 무죄라고 주장하는 아돌프 아이히만에게, 그는 모쪼록 오래 살아달라고 당부합니다.

　바람이 평원을 가로질러 자유로이 불어오고 (중략)

　인간은 고된 노동과 기쁨 속에 살아가고

　희망과 공포 속에서도 고귀한 자손들을 남긴다.

　그런데 어느 날 우리의 저승사자인 그대가 나타났고

　짐승처럼 우리들은 죽음의 쇠사슬에 묶여 버렸다.

　우리가 만난다면 그대는 과연 무슨 말을 할 수 있겠는가?

　여전히 신에게 하소연이라도 하겠는가?

　그럼 어느 신에게 말인가? (중략)

　오, 죽음의 화신이여

　우리는 그대에게 결코 한순간의 죽음을 바라지 않으며

　그 어느 누구보다도 오랫동안 장수하기를 바란다.

　단지 500만 년 동안만 불면으로 살아가기를 바랄 뿐이다.

　그리고 가스실에서 숨져간 모든 이들의 신음과 비명소리가

　매일 밤 그대를 방문해 강한 위로를 해주기를 바랄 뿐이다.

　　– 프리모 레비의 〈생각하지 않은 죄–아돌프 아이히만에게〉 중에서

사람을 태우는 검은 연기가 쉬지 않고 뿜어 나오는 굴뚝 아래에서 1년을 살아낸 프리모 레비는 불행인지 다행인지 성홍열에 걸립니다. 수용소의 연기가 되기 이전에 성홍열이 그를 저 세상으로 먼저 데려 갈 판입니다.

그런데 그는 살아남습니다. 도망치는 나치의 마지막 학살에서 살아 남은 7000여 명의 생존자에 끼게 된 것입니다. 전염병에 걸린 '덕분' 입니다. 그리고 덜컹 하고 열린 수용소의 문. 가둔 자와 갇힌 자의 경계가 순식간에 증발하고, 꿈인지 생시인지 모르게 찾아온 너무나 터무니없는 결말.

프리모 레비의 두 번째 생존투쟁은 이날부터 시작됩니다. 그는 이 땅에 살기 위해, 살아남기 위해 생생하게 기억을 이어갑니다.

그는 보았기 때문입니다. 인간을 죽이는 건 바로 인간이요, 부당한 행동을 하는 것도, 부당함을 당하는 것도 인간이라는 사실을. 그리하여 아우슈비츠라는 지옥의 현장을 생생하게 그려줌으로써 인간이 얼마나 인간 아닐 수 있으며, 그럼에도 불구하고 인간은 그 속에서 살아남으려 얼마나 비인간적으로 변해갈 수 있는지를 기술하기로 마음먹습니다. 그 어떤 감정도 섞이지 않은 담담한 어조로 1943년 12월에서 1945년 1월까지 그 자리에서 벌어진 인간의 행위를 기술합니다. 그 기록이 바로 《이것이 인간인가》입니다.

기억하고 기록하는 것은 살아남은 자의 슬픈 사명입니다. 이 길만이 수용소 굴뚝에서 연기로 사라져간 생명들에 대한 최소한의 예의일 것이요, 과거에도 벌어졌으니 미래에도 벌어질 것이 틀림없으리라는 경고입니다.

사람들은 우리의 이야기를 들어야 한다. 과거에 이런 일이 벌어졌다. 그러므로 그런 일은 다시 일어날 수 있다. 바로 이것이 우리가 말하고자 하는 핵심이다.

그런데 그의 당부는 서서히 잊힙니다. 시대는 이미 지나간 일을 들추고 불행한 기억들을 떠올리기가 버거웠던지 애써 기억에서 지우려고 합니다. 세상은 인간의 가장 잔혹한 본성을 생생하게 맛보아야 했던 그 시절에 대한 겸허한 회고와 반성은 애저녁에 걷어치우고 또다시 죽고 죽이고 또 죽고 죽이면서 비극을 무한반복해댑니다.

하지만 아무리 담담하게 토해내고 절절하게 고발하여도 그 자신 속에 시커멓게 굳어 있는 고통의 기억과 불안과 회의는 그를 더 이상 지탱시키지 못합니다. 시대의 무관심에 서서히 지쳐가던 프리모 레비는 인간성 말살의 기억을 담은 냉혹한 보고서를 우리에게 남기고 1987년 4월 11일 자택에서 자살하고 맙니다.

5장에서 소개하는 책들

폴 오스터, 《달의 궁전》, 황보석 옮김, 열린책들, 2000

김영갑, 《그 섬에 내가 있었네》, 휴먼앤북스, 2004

호시노 미치오, 《알래스카, 바람 같은 이야기》, 이규원 옮김, 청어람미디어, 2005

톰 버틀러 보던, 《내 인생의 탐나는 영혼의 책 50》, 오강남 옮김, 흐름출판, 2009

제레미 머서, 《시간이 멈춰선 파리의 고서점, 셰익스피어 & 컴퍼니》, 조동섭 옮김, 시공사, 2008

사뮈엘 베케트, 《고도를 기다리며》, 오증자 옮김, 민음사, 2000

조지 레오나르드, 《달인》, 강유원 옮김, 여름언덕, 2007

허수경, 《길모퉁이의 중국식당》, 문학동네, 2003

존 버거, 장모르, 《행운아: 어느 시골의사 이야기》, 김현우 옮김, 눈빛, 2004

chapter 5
청춘이여,
자기연민의 무게를 줄이세요

서서히 차오르는
달 같은 인생

인간이 최초로 달에 발자국을 찍은 1969년의 여름. 상상 속에서나 있을 법한 일이 실제로 이루어졌다며 온 세상이 환호하던 영광의 그해에 앞길이 구만리인 청년 포그는 어쩐지 자기에게는 더 이상 미래가 없을 것 같은 불길한 예감에 사로잡힙니다.

그는 저 혼자 한없이 쪼그라들어 갑니다. 가진 것이 하나 없는 빈털터리인데다 이미 마지막 혈육이던 삼촌마저 객지에서 세상을 떠났기에 지상에서 그와 피가 닿아 있는 존재는 아무도 남아 있지 않게 되었습니다. 이왕 이렇게 된 바에야 차라리 위태위태한 삶을 살아가면서 갈 수 있는 데까지 가보고 거기에 이르렀을 때 무슨 일이 벌어지는지 보고 싶어졌습니다.

벌이가 없었던 포그는 허름한 원룸의 집세도 밀리고 굶기를 밥 먹듯 하다가 끝내는 노숙자 신세로 전락합니다. 그래도 어쨌거나 살아야 했기에 앞을 보지 못하는 괴팍한 노인의 비서가 됩니다. 노인의 눈이 되어 책을 읽어주거나 산책을 나가서 세상에 존재하는 모든 것들을 노인에게 말해주는 일입니다. 노인의 지팡이가 이리저리 가리키는 데로 시선을 옮겨서 그곳에 자리한 사물에 대해 설명합니다. 그게 쓰레기통이거나 상점의 진열장, 출입구 등등 그 무엇이든 상관이 없습니다.

포그는 진땀을 흘립니다. 그는 그저 허무하고 무료하게 하루하루를 흘려 보내며 살아왔는데 이 괴팍한 노인은 공기 속에 둥둥 떠다니는 대기의 색깔에 대해서도 설명하라고 소리 지릅니다.

"빌어먹을! 그 대가리에 박힌 눈을 쓰란 말이야. 나는 아무것도 볼 수가 없는데 자네는 지금 '흔히 볼 수 있는 가로등', '아주 평범한 맨홀 뚜껑' 하면서 말도 안 되는 소리를 지껄이고 있어. 어떤 두 가지 물건도 똑같지는 않아."

그러자 묘한 일이 벌어집니다. 노인의 성화에 못 이겨 사물을 다시 바라보던 포그는 예전에는 아무 의미 없던 사사물물이 저마다 제각각의 빛깔과 의미를 지니고 그 공간을 차지하고 있음을 알아차립니다. 그리고 사람도 그처럼 누구나 제 몫의 삶의 무게를 견디며 지내고, 누구나 제 몫의 아픔을 지니고 있음을 눈치채게 됩니다.

포그는 뒤늦게 가족과 애인 그리고 다소의 재산을 얻지만 결국 하나씩 그의 곁을 떠나갑니다. 마지막 재산까지 잃고 난 뒤 정처 없이

청춘이여, 자기연민의 무게를 줄이세요

미국 대륙을 끝에서 끝까지 걸어갑니다. 그리고 도착한 어느 외진 바닷가 언덕에서 그는 사람들의 마을을 내려다봅니다. 세상의 끝에 도달하였다고 생각한 바로 그 지점에서 바라본 사람의 세상에 불이 켜지고 샛노란 보름달이 떠오릅니다.

너무 힘들 때면 갈 수 있는 데까지 자신을 내모는 것도 그리 나쁘지는 않을 듯합니다. 어둔 밤하늘에 떠오르는 보름달처럼, 이지러졌다 차오르는 달처럼 우리네 삶도 그와 같기 때문입니다. 그동안 너무 힘들게 삶을 끌어와 이젠 끝내고 싶다며 흐느끼는 친구에게 나는 포그의 중얼거림을 전하고 싶습니다.

"여기가 내 삶이 시작되는 곳이다."

사슴을 바라보는
샘물처럼

　나는 피사체가 됩니다. 나를 찍으려고 카메라 렌즈를 들이대는 남편 앞에서 꼼짝하지 않고 멈춰야 하는 피사체입니다. 처음에는 짜증도 났지만 그렇게 몇천 장 찍히다 보니 나름대로 피사체로서의 즐거움을 갖게 되었습니다. 샘물을 마시러 와서 샘을 들여다보는 사슴이 아니라 그 사슴을 가만히 바라보는 샘물의 시선을 갖게 된 것이지요. 한쪽 눈은 렌즈에 가려져 보이지 않고 집중하려고 감은 한쪽 눈을 바라보면서 나는 사진사에게 말을 건넵니다. 아니, 사진사의 생각을 읽어봅니다.

　아마추어 사진사와 더 아마추어 모델인 나. 사진을 찍는 재미보다 사진 찍히는 맛, 피사체만이 느끼는 맛을 아주 조금은 알아가게 되는 요즘, 역시나 사진 찍기를 좋아하는 친구가 내게 책을 한 권 안겨줬습니다. 《그 섬에 내가 있었네》라는 사진작가 김영갑의 책이었습니다.

산다는 일이 싱거워지면 나는 들녘으로 바다로 나간다. 그래도 간이 맞지 않으면 섬 밖의 마라도로 간다. 외로움 속에 며칠이고 나 자신을 내버려둔다.

책은 바람을 잔뜩 안은 사진으로 앞머리를 한참 장식하더니 난데 없이 산다는 일이 싱겁다는 둥 간이 맞지 않다는 둥 하면서 내게 말을 걸어왔습니다.

사실 이 책을 만나던 그때 나는 집안을 가득 채우고 있던 쇼파 세트 와 식탁을 친척집에 막 나눠주고 난 뒤였습니다. 아버지의 유품과도 같아서 내가 맡고 있던 가재도구였습니다. 그런데 트럭에 실려 떠나 갈 때 가만 보고 있자니 참 기분이 묘하더군요. 대체 내가 지니고 있 던 아버지의 유품은 무엇이었을까요? 그건 물건이었을 뿐인데 난 그 물건을 지니고서 아버지의 무엇을 가슴에 담고 있었을까요? 떠나가 신 지 이미 10년….

갑자기 싱거워졌습니다. 맛없어졌습니다. 요즘 내게 더 고민인 것 은, 삶이 맛없다는 건 조금 알겠고, 간이 맞지 않다는 것도 조금 느끼 겠는데, 딱 내 입맛에 맞는 맛이 무엇인지를 모른다는 것입니다. 그 저 하루하루 목구멍으로 꿀꺽꿀꺽 시간을 삼키며 지내기는 하지만 그 24시간이 건건하고 씁쓰름하고 달착지근한데 아무튼 간이 맞지 않아 서 숟가락을 내려놓을 생각만 하고 있었던 것입니다. 그런 나에게 사 진작가 김영갑은 자기 삶을 들려주기 시작했습니다.

그의 삶은 치열하였습니다. 태생적으로 끈끈한 가족의 정을 거부하고 낯선 곳 제주도에 자기를 내려놓습니다.

바람이 종일 머물며 춤을 추다 꼬리를 내리는 곳.

태풍을 가장 먼저 영접하는 곳.

'뭍의 것'들에게 두려움에 가득 찬 시선을 쉽게 거두지 않는 곳.

그는 오직 자기의 일을 하기 위해서 바람 많은 곳에 바람 같던 삶을 내려놓았습니다. 자기의 일이란 바로 사진을 찍는 일이었습니다. 온전히 자기 의지로 자기가 선택한 삶을 걸어가기 위해 그리고 그런 삶을 살아감에 자칫 세상의 온갖 유혹에 흔들리고 자기가 길들길 원하게 될까 봐 작가는 무지스러울 정도로 세상과 단절을 선언하였습니다.

그 길을 가자.

무소의 뿔처럼 혼자서 가자.

작가는 자발적인 '제 삶 살기'를 선택하였습니다.

섬에 정착하기 전에도 일 년에 한두 번씩 섬을 드나들며 사진 작업을 했다. 그런데 작업하는 방식을 바꾸지 않으면 나만의 시각으로 섬을 이야기할 수 없겠다는 생각이 들어 아예 섬에 눌러앉아 버렸다. 내가 원하는 사진만을 찍으며 생활하는 그 자체로 만족한다. 사진작가로, 예술가로 인정받아야 할 이유도 없어졌다. 찍고 싶은 사진만을 찍으며 살아가는 사진장이로 만족하면 그만이다.

정착을 하고 나니 보인 걸까요? 그는 얼마나 많은 사람들이 자연과 멀어지고 둔감해졌는지를 지적합니다. 사진을 찍는 사람들이 온갖 장비를 다 갖추고 제주도와 마라도를 찾지만 정작 그들은 섬을 담아가려는 것이 아니라 자기가 찍고 싶은 그림을 머릿속에 그려놓고 그 그림을 찾느라 정작 섬을 보지 못한다고 말이지요.

사람들은 책을 읽건 영화를 보건 사람을 만나건 있는 그대로를 온전히 받아들이려 하지 않고 자기 방식대로 재단하고 자기 방식대로 변형시킵니다. 이런 지적을 여러 번 받았기에 언젠가 한 번은 사람을 만나 내 방식대로 그를 대하지 않고 있는 그대로의 사람을 있는 그대로 받아들이는 연습을 해본 적이 있는데 참 좋았습니다. 그 속에서 나 자신도 만날 수 있었고 감정을 읽을 수도 있었습니다.

분명 이 사진작가는 자신의 방식으로 제주도를 찍으려 하기보다는 있는 그대로의 제주도가 보여주는 모습에 자신을 그저 훤히 노출시켰을 것입니다. 그리고 이런 방식을 통해 작가는 제주도에서 사진을 찍으면서 세상을 읽는 방법, 세상을 만나는 방법, 세상의 진실한 순간을 영원히 남기는 방법을 배운 것 같습니다. 이 같은 자세는 '삽시간의 황홀'이란 말로 등장합니다. '삽시간의 황홀.' 참 절묘한 표현 아닙니까? 삽시간의 황홀한 순간을 얻으려면 얼마나 적극적으로 자신을 수동적인 기다림의 상태로 몰아가야 할까요. 창작하는 이에게는 어쩌면 이런 자세가 가장 필요할지도 모를 일입니다.

그런데 그의 마지막도 삽시간에 찾아옵니다.

그토록 치열하게 작가의 삶을 살아가던 작가는 어느 날 자신이 루게릭병에 걸렸음을 알게 됩니다. 책의 마지막은 작가의 투병생활을 보여주고 있습니다. 그는 살기 위해서 뭍으로 부지런히 왕래하며 참 열심히 조리했습니다. 하지만 병은 그를 살려두지 않았습니다.

얼마나 아팠을까요?

얼마나 힘들었을까요?

얼마나 그런 자신이 비참하였을까요?

세상과 타협하지 않고 세상에 길들기를 거부한 사람이었기에 불치병 진단을 받은 그는 더욱 난감하였을 것입니다. 살고 싶다는 의지도 강했지만 살 수 없다는 현실은 더 강했습니다.

제 의지로 제 길을 선택하여 줄기차게 그 길을 걸어가던 사람이 결국 날개를 접어야 하는 시점에서 그는 고백합니다. 그동안 자신은 자연 속에서 행복과 불행의 중심을 잘 잡은 줄 알았고, 영혼이 구원받고 자유로워진 줄 알았지만 그렇지 않았다고⋯.

적어도 웃으면서 떠나갈 수 있을 줄 알았지만 평상심을 잃고 휘청대는 자신을 발견하자 그는 고민 끝에 사진갤러리를 꾸미는 일을 시작합니다. 그 일에 몰입해 있는 동안은 평상심을 잃지 않았고 잠자리가 편안했다고 합니다. 책의 마지막은 이렇게 끝을 맺습니다.

살고 싶다고 해서 살아지는 것도 아니요, 죽고 싶다 해서 쉽사리 죽어지는 것도 아니다. 기적은 내 안에서 일어난다. 내 안에 있는 생명의 기운을, 희망의 끈을 나는 놓지 않는다. 사람의 능력 밖의 세계를 나는 믿는다.

사람 사는 게 간이 맞지 않고 싱거울 때 바다로 나간다고 시작하였던 이 책은, 사람 사는 게 간이 맞지 않고 싱거운 게 그러고 싶어서 그리 되는 것도 아니고 그게 싫다고 해서 또 피할 수 있는 것도 아니라고 말해주는 듯합니다.

47살의 사진작가는 그렇게 제 삶을 내려놓았습니다. 제 삶의 끈을 놓았습니다. 아니, 남들보다 더 강하게 끈을 쥐고 있던 손아귀의 힘이 저절로 스르르 풀려버리고 말았습니다. 이제 그의 피사체였던 제주도의 바람과 나무와 야생화와 온갖 풍광들만이 남아 그의 삶을 전합니다.

'삽시간의 황홀'을 영원히 남기려는 작가 앞에서 피사체로 마주 서 있던 제주도가 바라본 그는 과연 무엇이었을까요? 샘물이 바라본 사슴은 무엇이었을까요?

책을 덮을 즈음 연달아 올라오는 태풍 소식에 세상이 들썩들썩합니다. 섬 구석구석을 바람처럼 떠돌고 있을 그를 만나러 제주도에 가기에 참 좋은 계절은 바로 이런 때가 아닐까 합니다.

알래스카가
들려주는 자연의 이치

중학생 남자아이 하나가 어느 날 물었습니다.

"산이나 바다 같은 그런 '자연'이랑 '자연스럽게'라고 할 때의 '자연'은 말이 똑같잖아요. 그럼 이 두 '자연'은 같은 건가요?"

같은 말이라는 나의 대답에 녀석이 신기한 표정입니다. 그 얼굴을 바라보자니 우리가 자연을 얼마나 자연스럽지 않게 받아들이고 얼마나 자연스럽지 않게 대하는지 새삼 느끼게 됩니다.

우리가 알고 있는 자연의 이치란 어떤 것일까요? 자연은 정의롭지도 않고, 고상하지도 않습니다. 자연은 의지가 없습니다. 속된 말로 자연은 그저 제 생긴 대로 그냥 펼쳐져 있을 뿐입니다. 그런 자연을 가지고 인간은 온갖 미사여구를 동원하면서 자연에서 배워야 한다느니, 자연으로 돌아가라느니 외쳐댑니다. 정말 자연에서 어떤 일이 벌어지는지도 잘 모른 채 제 방식대로 자연을 규정짓고 말로만 자연을 숭배하는 것도 도시인들의 무지와 교만이 아닐까 합니다.

1977년 겨울 일본 청년 호시노 미치오는 알래스카로 향합니다. 오래전 일본 동경의 한 헌책방에서 알래스카의 어느 마을을 찍은 사진 한 장을 발견하고 넋을 빼앗기고 말았는데 그게 계기가 된 것입니다.

청년은 그 사진 속 마을이라 짐작되는 곳의 마을 추장 앞으로 편지를 보내고, 편지를 보냈다는 사실을 까맣게 잊어버릴 즈음 답장을 받습니다. 그리하여 일본을 떠나 1977년 겨울 미국 시애틀에서 하우스보이로 일하면서 알래스카행을 준비합니다.

문명세계를 등지는 젊은 남자의 속마음이 어떨까요? 그는 출발 날짜가 확정되었을 때 마침 아주 후진 변두리 재즈클럽에서 덱스터 고든이라는 테너색소폰 주자의 연주가 있음을 알게 되고, 공연을 보기 위해 출발을 연기합니다. 그리고 지저분하기 짝이 없는 재즈클럽의 화장실에서 덱스터 고든과 나란히 서서 소변을 보고 난 뒤에 알래스카행 비행기에 오릅니다. 그는 마침내 온통 겨울 뿐인, 몹시 추울 때는 영하 60도를 훌쩍 넘는 그 새하얀 고장에서 짐을 풀게 됩니다.

사진작가인 그는 알래스카에 정착한 뒤 그곳의 풍광과 야생동물, 알래스카 사람들의 사진을 찍으며 살아갑니다. 그리고 자신의 사진과 글을 통해서 거친 눈보라와 야생동물들과 부대끼며 터득해가는 자연의 생리를 세상에 들려줍니다.

자연은 우리가 당연하게 여겨온 것에 의외성을 안겨주기도 합니다. 그는 말합니다.

자연은 정말 그렇게 교과서대로 움직일까? 의외로 우연성이 지배하는 부분이 있는 것은 아닐까? 어쩌면 자연은 약한 자까지도 포용해버리는 넉넉한 품을 가지고 있을 거라는 생각이 든다.

그가 들려주는 새틀라이트 무스 이야기를 볼까요?

알래스카의 가을은 무스(moose, 사슴과 동물)의 번식기입니다. 수컷 한 마리가 암컷 무리를 거느리고 사는데, 암컷이 수컷을 받아들이는 때는 번식기 끝 무렵의 아주 짧은 시간이라고 합니다. 수컷은 교미하기를 기다리는 동안 다른 수컷들을 물리쳐야 하고 또 많은 암컷들과 짧은 시간에 힘겹게 번식의 사명을 치르느라 아무것도 먹지 못하므로, 이 시기에만 체중의 약 20퍼센트를 잃을 정도라고 합니다. 하지만 이런 고통스러운 과정을 거쳐야 번식에 성공하고 살아남으니 과연 강한 자만이 살아남고 자손을 남긴다는 자연의 이치 앞에 숙연해지기까지 합니다.

그런데 '새틀라이트 무스'라는 녀석이 있습니다. 평소 너무 약해서 싸움 상대도 되지 못하는 별 볼 일 없는 수컷입니다. 그런데 이 녀석이 언제나 암컷들 주변을 빙빙 돌다가 수컷 두 마리가 영역을 놓고 뿔을 부딪치며 싸우는 사이에 슬쩍 암컷 무리로 들어와 교미를 해버린 뒤 영역을 빠져나간다고 합니다.

약육강식이 자연의 이치라고 하지만 새틀라이트 무스가 보여주는 절묘한 생존의 법칙을 보자니 약육강식이니 적자생존이니 하며 자연을 규정짓던 말들이 어쩌면 인위적이고 현학적이기까지 한 말장난이 아니었나 싶습니다.

알래스카의 자연을 보고하는 호시노 미치오의 글과 사진은 '카리부의 여행을 찾아서'라는 대목에서 절정을 이룹니다.

카리부는 얼핏 보아 순록처럼 생겼습니다. 남쪽 삼림지대에서 월동한 뒤에 수십 마리, 수백 마리씩 떼를 지어 1000킬로미터나 되는 여로를 거쳐 북극권으로 모여듭니다. 이곳에서 새끼를 낳은 뒤에 거대한 무리를 이루어 북극의 들판을 돌아다니다가 다시 남쪽으로 여행길에 오른다고 합니다. 한 해를 그렇게 순환하며 살아가는 동물의 이동행로를 찾아서 사진에 담고 싶었던 미치오는 두 달 정도 고립지대에 홀로 머물면서 그들이 기적처럼 불쑥 나타나기만을 기다리며 지냅니다.

그가 무리지어 이동하는 카리부를 이렇게 고대하게 된 것은 어느 해인가 한밤중에 미친 듯이 휘몰아치는 바람 속에서 동물 수천수만 마리의 발소리를 듣고 그들을 목격한 뒤입니다. 그 태고의 짜릿한 감동에 전율한 뒤로 해마다 카리부의 행렬을 만나기를 원하게 된 것이지요.

7월의 어느 날 오후, 수만 마리의 카리부가 서로를 부르는 화음에 세상이 울리더니 서서히 모습을 드러냈습니다. 기다리고 기다리던 장관을 목격하게 된 호시노 미치오는 몸이 달아오릅니다. 어떻게 하면 이 멋진 광경을 렌즈에 담을 수 있을지를 고민하니 입안이 바싹 말라갑니다. 그는 카메라를 들고 조바심을 태우며 사방을 두리번거립니다. 그렇게 안절부절못하다 결국, 촬영을 포기합니다. 카메라를 내던지고 맙니다.

언젠가는 거짓말 같은 전설이 될지도 모르는 이 광경을 내 기억 속에 남겨두고 싶었다. 시야는 온통 카리부의 바다였다. 자연은 인간을 위해서 혹은 그 누구를 위해서가 아니라 자기 존재를 위하여 숨을 쉬고 있었다. 나는 그 바다 속에서 수만 마리의 카리부가 울려내는 발굽소리에 그저 귀를 기울이고 있었다.

알래스카를 사랑한 호시노 미치오는 1996년 8월 8일 쿠릴 호반에서 잠을 자던 중 불곰의 습격을 받아 43세의 나이로 세상을 떠납니다. 그의 책 속에는 누가 곰의 습격을 받았다거나 곰과 마주쳤다는 이야기가 간혹 등장하는데 이것이 그의 운명이 될 줄 어찌 알았을까요.

도시와 자본과 기계문명을 떠나지 못하는 현대인들에게 알래스카의 자연을 가장 자연스럽게 보여주고 싶어 하던 그는 그 마지막조차도 야생의 자연에서는 너무나 자연스런 마침표를 찍습니다.

자연은 참 아름답습니다. 적어도 사진작가의 사진 속에서는…. 하지만 실제로 내가 몸으로 만나고 부딪치는 자연은 그리 친절하거나 곰살맞지는 않습니다. 자연은 정직하고 또 유순합니다. 자연은 고집을 부리지 않습니다. 그저 담담히 법칙을 따를 뿐입니다. 자연재해란 것은 인간에게 분노한 자연의 복수가 아니라 인간의 행위 끝에 따라붙는 자연스런 결과요, 당연한 귀결입니다.

지금 알래스카는 알코올 중독이니, 개발이니 하는 문제를 앓고 있다고 하지요. 자연을 자연스럽게 받아들이지 못하는 세상이 알래스카를 현대 도시문명의 질병 속으로 몰아넣은 건 아닌가 합니다. 어서 현명한 해답을 내놓지 않는다면 그리고 그 해답대로 순순히 인간들이 따라 가주지 않는다면 호시노 미치오의 책 속에 담겨 있는 이 마술 같은 풍광은 머지않아 전설이 되고 말 것입니다.

청춘이여, 자기연민의 무게를 줄이세요

눈을 떴는지 감았는지도 구분이 되지 않을 정도로 습하고 탁한 이 한국의 대기 속에서 어느 하루 호시노 미치오의 책을 만난 나는 알래스카의 시퍼런 생기에 가슴앓이를 하게 되었습니다. 이러다 나도 그처럼 비행기를 타고 날아가서 오래된 재즈가수의 연주를 들은 뒤 얼음의 나라로 사라지는 건 아닐까 더럭 겁이 나서 부랴부랴 책을 덮었습니다.

자기연민의 무게를
줄이세요

라디오에서 3분, 아니 정확히 말해 2분 40초로 진행하는 나의 책 소개 프로그램은 번개보다 더 빨라서 관심을 기울여 듣지 않으면 놓치기 쉽습니다. 많게는 하루에 여섯 차례, 적을 때는 네 차례 같은 내용이 되풀이되지만 그래도 듣지 못하게 될 때가 많습니다.

처음 〈YTN 지식카페 라디오 북클럽〉을 방송할 때가 생각납니다. 일주일에 한 번 녹음하러 방송국에 들르는 내게 어느 날 담당 피디가 방송에서 다뤘던 책 하나를 두고 말했습니다.

"이 책이요, 사람들이 전화를 많이 했어요. 그것도 여성보다 남성들이…. 딱 자기 얘기라는 거예요."

한숨을 폭 내쉬면서 어쩌면 그렇게 자기를 콕 집어서 이야기를 들려주는 것 같느냐는 청취자의 전화. 나도 의외였습니다. 사람들의 마음이 얼마나 무거운 짐을 안고 있는지를 알게 되었고, 얼마나 그 짐을 벗어버리고 싶어 하는지도 알게 되었습니다. 그런데 무겁게 짊어진 그 짐은 다름 아닌 자기연민이라는 짐이었습니다. 많은 사람들이 자기 이야기라고 생각했다는 그 책 속으로 들어가 볼까요?

로스앤젤레스 소재 캘리포니아 대학(UCLA)에서 인류학을 공부하는 학생 카를로스 카스타네다는 어느 날 답사 여행을 떠났다가 멕시코 국경 가까운 곳에서 돈 후안 마투스라는 이름의 인디언 노인을 만납니다. 인디언 노인 돈 후안은 젊은 카스타네다에게 자기가 아는 것을 말해주겠노라고 하였고, 이후 젊은 인류학도는 '브루호'라는 병을 고치는 무당의 길에 들어서서 10년간의 수습과정에 들어섰습니다. 그리고 이때 노인에게서 배운 다양한 지식과 경험의 세계를 박사학위 논문으로 완성합니다.

카스타네다가 노인에게서 배운 것은 약초로 병을 고치는 방법만이 아니었습니다. 약물보다 더 중요한 것이 있으니, 그건 바로 무력증에서 벗어나기 위해 따라야만 하는 '원칙들'에 대한 것이었습니다. 아마 젊은 카스타네다가 인디언 노인을 만났을 당시 여자친구의 이별통보 때문에 몹시 힘들어했었나 봅니다. 굳이 내색하지는 않았지만 노인은 무기력한 상실감에 젖은 젊은이의 마음을 꿰뚫어보았고, 그에게 세상 살아가는 법을 일러줍니다.

무엇보다도 충격적인 내용은, 인디언 노인 돈 후안이 언제나 '개인사는 쓰레기'라고 말했다는 것입니다. "개인의 과거는 건드리지 말고 그냥 과거로 내버려두며", 자기 자신을 지나치게 연민하지 말라고 일러줍니다.

"자신을 대단한 존재로 여기며 살면 명예나 체면이 상실되는 시기에 쉽게 감정이 상하여 나약해지며", 자기를 중요하게 여기기에 어쩔 수 없이 불안감을 가지고 살게 되므로 일상이 단조롭고 권태로울 수밖에 없다는 것입니다. 그리고 어쩌면 자기 자신에 대한 이러한 생각들은 "다른 사람들의 생각이 만들어낸 그의 정체성"일 수도 있으며, 이렇게 남이 만들어낸 정체성에 휘말리다 보니 "다른 사람들에게 늘 자신을 설명해주어야 하고", 이런 삶을 반복하다 보면 지루하기 짝이 없는 삶을 살게 된다는 것입니다.

자기 자신을 대단한 존재라고 여기며 살다 보니 타인과의 사소한 어긋남에 화를 내고, 자신에게 실망하고 세상에 분노하게 되며, 결국 자기연민의 무게에 짓눌려 그 늪에서 벗어나지 못하게 된다는 것이 인디언 노인의 설명입니다.

이런 자기연민의 늪에서 벗어나는 방법으로 노인은 카스타네다에게 식물에게 말을 건네는 연습을 하게 합니다. 그렇게 하면 "공평하고 무심한 하늘 아래 식물들도 결국 그와 동등한 존재라는 사실"을 깨달을 것이요, 그러면 이 세상이 얼마나 경이롭고 신비한지를 알게 되며, 자신만의 좁은 세계에서 나와서 세상에 걸맞은 책임을 짊어지는 전사가 된다는 것입니다.

자기에게 무자비할 것. 그리고 자기연민, 자기중심의 무게를 줄여서 가볍고 유연한 '지식의 사람' '전사의 삶'을 살 것을 인디언 노인에게 배운 카스타네다는 그 후 이 가르침을 엮어서 《익스틀란 기행》이라는 책을 펴냅니다.

조그마한 자극에도 불끈 성을 내고 길길이 날뛰는 사람, 이미 헤어진 사람에게 여전히 미련을 품고 있는 사람, 자기 자신만 들여다보면서 한숨을 내쉬며 길이 보이지 않는다고 우울해하는 사람들이 귀 기울여 들을 만한 지혜입니다.

"불평하는 것은 부질없는 일이야. 지금부터 중요한 것은 자네의 인생전략을 세우는 걸세"라고 말하는 인디언 노인은 또 이렇게도 말합니다. "자기가 영원히 죽지 않을 것처럼 사는 사람은 보잘것없는 삶을 살 수밖에 없다. 이런 사람들은 '형편없는 생각과 기분'을 갖지 않을 수 없다"라고 말이지요.

돈 후안에 따르면 "큰 죄란 삶 자체가 좋은 것이 아니라고 생각하는 것"이요, "실패를 하든지 성공을 하든지 우리는 이 세상이 기가 막힌 세상이라는 사실에서 눈을 돌리지 말고 세상이 주는 도전에 꿋꿋하게 맞서야 한다"고 합니다. 카스타네다는 이후 영적인 삶을 살면서 집필활동을 하며 일생을 살다 갑니다.

카스타네다에게 삶의 가르침을 전해준 돈 후안이 실존인물이 아니라는 논란도 일어났다고 하지만 어찌 되었거나 《익스틀란 기행》의 저자 카스타네다는 이 이야기가 허구가 아니라고 말했습니다.

자기연민에 빠진 젊은 카스타네다를 일깨우는 돈 후안의 이야기가 감동적이라 서둘러 검색해보았지만 이 책은 아직 국내에 소개되지 않았습니다. 오래전에 카스타네다의 책이 번역되기는 했지만 구입도 할 수 없고 도서관에서도 빌릴 수 없는 형편입니다. 책 내용이 좋아서 방송에서 소개한 뒤에 이 책의 제목을 확인하는 전화를 받으면서 무척 미안했습니다. 그리고 미안한 가운데서도 그저 "당신이 최고다" "당신은 사랑받기 위해 태어났다"라는 칭찬보다 "왜 당신이 최고여야 하는가? 당신은 그저 수많은 생명체 중에 단 한 사람일 뿐이다. 당신만큼 고통을 겪는 사람은 숱하게 많다. 그러니 제발 누군가 당신을 가엾게 여겨주기를 바라며 웅크리고 있는 어깨를 쫙 펴라!"는 따가울 정도의 솔직한 조언에 사람들이 더 힘을 얻기도 한다는 걸 새삼 깨달았습니다.

《익스틀란 기행》을 소개하고 있는 사람은 톰 버틀러 보던이라고 하는, 영국과 호주에서 활동 중인 인성계발분야의 전문 집필가입니다. 그는 세상에 쏟아진 수많은 책 중에 사람들의 마음을 위로하고 번뇌에 지친 영혼을 반짝반짝하게 닦아줄 책 50권을 안내하고 있는데 참고해볼 만합니다. 더러는 한국에 번역되어 있기도 하고, 더러는 이미 확실하게 독자를 확보하고 있는 책들도 있습니다.

정신을 계발하는 데에는 특별한 교육이 필요한 것 같지는 않습니다. 세상에서 가장 자연스러운 자세와 생각으로 돌아가는 것, 이것이 바로 영성(靈性)이라고 한답니다. 어떻게 하면 영혼을 맑게 간직할 수 있는지 저자가 권하는 책을 통해 안내받으면 아주 좋을 것 같습니다.

청춘이여, 자기연민의 무게를 줄이세요

세상의 별관을 밝히는
서점의 불빛

　비가 출출히 내리는 어느 일요일 저녁 무렵, 캐나다의 전도유망한 사회부 기자 제레미 머서는 센 강 근처에서 '셰익스피어 앤 컴퍼니'라는 간판이 달린 서점을 발견합니다. 그 서점은 1919년 책을 사랑한 여성 실비아 비치에게서 시작합니다. 그녀가 이 서점을 연 이래 에즈라 파운드, 제임스 조이스, 헤밍웨이 등 당대 최고 작가들의 방문이 이어졌고, 특히 이곳에서 제임스 조이스의 소설 『율리시스』 초판본을 출간한 것은 특기할 만한 '사건'입니다.

　그 후 제2차 세계대전이 끝나고 실비아 비치는 은퇴합니다. 그로부터 10년 후에 이 서점에서 그리 멀지 않은 센 강변, 노트르담 맞은편 건물에 방랑자이며 공산주의자인 미국인 시인 조지 휘트먼이 서점을 여는데, 조지는 자기 서점을 '셰익스피어 앤 컴퍼니'의 전통을 잇는 공간으로 꾸며갑니다. 그리고 이 서점은 전 세계 수많은 방랑 젊은이들의 은신처가 되고 쉼터가 됩니다.

파리를 소개하는 관광안내책자에도 빠짐없이 등장하여 수많은 관광객들의 발길이 끊이지 않는 이 서점을 비가 내리는 일요일 저녁에 제레미 머서가 발견하게 된 것이지요. 그는 처음에는 비를 그을 겸, 궁금증도 일고 해서 겸사겸사 들어갑니다. 사실 저자는 지금 한가한 여행객의 입장이 아니었습니다. 범죄를 다룬 책을 집필하는 과정에 도움을 준 어느 범죄자의 실명을 책 속에 공개하는 바람에 생명에 위협을 받게 되어 무작정 파리로 도망쳐왔기 때문입니다. 사회부 기자 시절에는 승승장구 잘 나가던 몸이었지만 정작 도망자 신세가 되어버리니 모아놓은 돈 한 푼 없어 파리에서도 어딘가 공짜로 먹여주고 재워주는 곳을 찾아야 할 서글픈 신세가 되어버린 지금. 그는 때마침 서점에서 벌어지는 홍차 파티에 즉석에서 초대를 받았고, 그의 서점 생활은 이렇게 시작됩니다.

조지의 서점은 말이 서점이지 그야말로 무주공산(無主空山)이 따로 없습니다. 직원이 있기는 하지만 서점의 문을 열고 닫는 일, 책 판 돈을 관리하는 일 등 모두가 그 서점에서 공짜로 먹고 자는 나그네들의 몫입니다. 오갈 데 없는 젊은 여행객이나 작가 지망생들이 자기 이력서 한 장만 제대로 쓰면 맘껏 숙식하며 지낼 수 있기 때문입니다.

그들의 변변찮은 침대는 독일어 문고 사이라거나 러시아 소설 책장 근처, 또는 고서실에 마련되었고, 그렇게 이 서점을 거쳐 간 식객이 지금까지 무려 4만 명에 이른다고 합니다. 사정이 그러니 서점의 관리는 엉망진창입니다. 서점의 캐쉬박스는 근처 좀도둑들이 주기적으로 털어갔고, 사람들은 이곳에서 책을 슬쩍 한 뒤에 다른 서점에 팔아 빵값을 벌기도 했습니다. 하지만 서점 주인 조지는 아랑곳하지 않습니다. 그는 한술 더 떠서 이렇게 말합니다.

"가장 슬픈 일은 도둑들 대부분이 자기가 훔친 책들을 읽지 않는다는 거야. 그냥 다른 서점으로 가서 책을 팔아 빨리 돈을 손에 쥐려고만 하지."

애초 이런 낭만적인 세계와는 동떨어져 살아온 캐나다 기자 출신 제레미 역시 마법에 이끌린 듯 서점에서의 생활을 시작하고, 서점 주인 조지 곁에서 1년여를 머물면서 자유로운 정신을 지닌 사람이 세상에서 가장 순수하고 이상적인 공동체를 어떻게 이끌어가는지를 지켜봅니다. 그의 즐거운 체험과 진지한 관찰은 훗날 한 권의 책으로 엮입니다. 제레미는 조지의 신임을 얻어 서점의 운영과 관리에 적극적으로 뛰어듭니다. 하지만 전직 기자 출신인 그에게는 뜨내기 철학자와 신파조의 낭만 걸인들에게 대책 없이 휘둘리는 서점의 현실이 못마땅하고 안타깝기 짝이 없습니다. 하여 조지에게 면담을 요청한 제레미는 그의 조촐한 부엌에 마주 앉습니다. 타고난 반골기질을 저 자신도 어쩌지 못하는 서점 주인 조지 휘트먼이 제레미와 마주 앉아 나눈 이야기가 절묘합니다.

냉장고에 차가운 칭다오 맥주 두 병이 있었고, 우리는 3층 살림집에서 저무는 석양빛으로 색을 갈아입는 노트르담 대성당을 바라보았다. 조지의 시선은 먼 곳을 향했다. 처음 만났을 때 보았던 그 표정이었다. 나는 지난 1월 비 오는 일요일에 셰익스피어 앤 컴퍼니를 발견한 게 얼마나 행운이었는지 모른다고 말했다. 조지는 내가 더는 말을 못하게 막았다.

"있잖은가, 내가 항상 이곳에 대해 꿈꾸는 게 있어. 저 건너 노트르담을 보면, 이 서점이 저 교회의 별관이라는 생각이 들곤 하거든. 저곳에 맞지 않는 사람들을 위한 별관."

책을 읽는 내내 딱히 밑줄을 그을 만한 교훈적인 문장을 한 곳도 찾아내지 못하였지만 조지의 이 말이 그 이유를 말해줍니다. 폭포처럼 쏟아지는 판에 박힌 교훈들은 저 센 강에 던져버려라. 왜 꼭 교훈을 얻으려고 하느냐. 책 속에 빈틈없이 박힌 문자 중 하나로 살다가 생을 마치고 싶어서 그러느냐.

어쩌면 우리는 이 세계의 퍼즐 조각 하나쯤은 되어야 한다는 강박관념에, 어떻게든 끼워 맞춰지려고 온갖 빈자리에 자신을 집어넣으려 안간힘을 쓰고 있는지도 모릅니다. 하지만 그런 조직과 서열에서 한번쯤 튕겨 나와 볼 일입니다. 자신은 세상이라는 '저 교회'에 맞지 않은 사람일지도 모릅니다. 그리고 세상 어디쯤엔가는 그런 미운오리새끼 같은 사람들을 위한 별관이 어둔 밤에도 노란 불을 밝히고 문을 열어놓고 있을지도 모릅니다. 어쩌면 나의 이 독서도 '그곳'에 맞지 않는 나를 향한 위로일지도요.

인생이 대체
말이 된다고 생각해?

고도를 기다리는 사람은 블라디미르, 우리의 주인공입니다. 그 블라디미르 옆에서 함께 고도를 기다리며 시간을 보내고 있는 에스트라공은 고도의 존재에 관심도 없지만 그것 말고는 뭐 달리 할 일이 없는 터라 그저 함께 기다려주는 또 하나의 주인공입니다. 블라디미르와 에스트라공의 대화는 쉬지 않습니다. 하지만 그 내용이란 것이 도대체 아무런 의미도 없을뿐더러, 전혀 앞뒤 맞지 않는 말을 주섬거릴 뿐입니다. 그러다 그들은 갑자기 자기들의 대화에 맥이 풀려버립니다. 그리고는 말합니다.

"이제 가자."

하지만 일어서지 않습니다. 꿈쩍도 하지 않습니다.

그렇다면 쓸데없는 대화는 왜 나누었고, 떠나지도 않을 거면서 '가자'는 말은 왜 했고, 진짜로 목을 맬 것도 아니면서 목을 매자는 말은 왜 했냐고 따지니 블라디미르의 볼품없는 상대자 에스트라공이 대답합니다.

"우린 늘 이렇게 뭔가를 찾아내는 거야. 그래서 살아있다는 걸 실감하게 되는구나."

그거라도 하지 않으면 시간이 가지 않고, 그거라도 해야 우리가 살아 있음을 확인할 수 있으니까요. 인간이 버둥대며 살아가는 모습들은 마치 이 두 사람의 무의미한 몸짓이나 말과 다르지 않습니다. 그러면서 끊임없이 물어댑니다.

'나 잘했지요?'

'이만하면 살아갈 가치가 있지요?'

'내가 필요한 줄 이제 알았지요?'

우리는 언제까지 그리고 누구에게 이렇게 우리가 살아 있음을 확인해야 할까요? 그건 바로 '고도가 올 때까지'라고 블라디미르는 말합니다. 아무튼 사람들은 뭔지 잘 모르는 '고도'가 오면 행복해질 것이라 여기며 살아갑니다.

그런데 고도가 오기는 할까요? 온답니다.

언제요? 내일이요.

자, 그렇다면 그 내일은 10월 14일의 다음 날인 10월 15일인가요, 아니면 아직 오지 않은, 올지도 오지 않을지도 모를 그 어떤 미지의 날일까요?

게다가 더 웃긴 것은, 고도가 직접 자기 입으로 '내일 갈게'라고 말한 게 아니라 전언(傳言)이라는 사실입니다. 어느 소년이 불쑥 나타나서 일러줍니다.

"고도가 내일 온다고 알려주래요."

블라디미르는 연일 같은 소년에게서 같은 전갈을 받아 짜증이 나지만 소년은 언제나 매번 오늘 처음으로 당신을 봤다고 말합니다. 재미있습니다. 우리는 태초에 무엇이, 어떤 일이 있었더라는 소식을 전해 듣습니다. '전해' 듣습니다. 그것도 매번. 전해주는 소년은 전해줄 뿐이지 그 어떤 책임도 없습니다. 전해주라고 시킨 고도가 어떻게 생겼냐고 묻자 모호하게 답을 흐립니다.

"아마도…."

블라디미르는 소년에게 꼭 좀 전해주라며 부탁합니다.

"내가 어제도, 그제도 당신을 이곳에서 기다렸으니 내일은 꼭 와주십시오."

소년은 꼭 전해주겠다며 약속하고 떠나가지만 다음 날은 당신을 처음 본다고 대답합니다.

이 기막힌 장치에 혀를 내두를 뿐입니다.

한편 나이를 알 수 없는 럭키라는 사람은 절대로 무거운 짐을 내려놓지 않습니다. 럭키의 목에 밧줄을 매고 그를 거칠게 끌고 다니는 포조는 럭키의 이런 모습에 대해 대답합니다.

"그는 내려놓기 싫어서 들고 있소. 내게 감동을 주려는 게지요. 내가 자기를 버릴까 봐 두려워서…."

깡마르고 지성적인 외모에 박학다식하기 이를 데 없는 럭키와 교활하고 어리석고 다분히 현실적이며 쾌락적인 포조는 두 사람이 아닙니다. 한몸입니다. 어쩌면 우리가 절대선이라고 부르는 어떤 미지의 존재의 내면적인 실상이 바로 포조일지도 모릅니다.

아무튼 인간은 그 있지도 않은 미지의 어떤 존재에게 사랑받기 위해서 스스로 제 목을 밧줄로 매어 끌려다니고 짐을 내려놓지 않습니다. 저 스스로 멈추어도 되고, 저 스스로 노래해도 되고, 저 스스로 누워도 되고, 저 스스로 생각해도 되는데 그러면 그 미지의 존재에게 미움을 살까 봐 그렇게 하지도 못합니다.

"그건 여러분 각자가 생각하고 판단하시기 바랍니다"라는 말이 세상에서 가장 어렵다고 하는 사람들이 꼭 럭키 같습니다.

1969년의 노벨문학상은 아일랜드인인 사뮈엘 베케트에게 돌아갔습니다. 《고도를 기다리며》는 처음 출간되었을 때의 썰렁한 반응과는 달리 1년 뒤 무대에 올라가며 세계연극계에 충격에 가까운 폭발적인 반응을 불러일으켰고, 마침내 베케트에게 노벨문학상이라는 영광을 안겨주었습니다. 그런데 베케트는 노벨문학상 수상과 관련한 그 어떤 인터뷰도 하지 않았고 시상식에조차 불참하였습니다. 자의로 혹은 타의에 의해 노벨상을 거부한 사람들도 있지만 이렇게 무응답으로 일관한 수상자도 보기 드뭅니다. 무신론자이자 부조리극의 대가답습니다. 자기 인생이 노벨상이라는 '고도'를 기다리고 있었던 것은 아니라는 묵언의 암시일까요? 베케트가 시상식장에 나타나지 않은 이유는 고도가 오기만을 기다리며 시간을 죽이고 사는 이런 사람들을 향한 극단적인 조롱처럼 보입니다.

그럼에도 이 작품을 책으로 혹은 연극으로 만난 사람들은 자꾸 옆

자리 사람에게 묻습니다.

"아, 정말 돌아버리겠네. 대체 고도가 누군데 주인공들은 저렇게 기다리는 거야?"

"정말 약속을 하기는 한 걸까?"

"블라디미르와 에스트라공은 나중에 어떻게 될까?"

"그래도 저렇게들 기다리니 분명 오기는 할 거야, 그렇지?"

"대체 뭘 의미하는 거야! 누가 좀 속 시원하게 설명해줬으면 좋겠어."

아하! 이 사람들.

도대체 60억 인구가 꿈틀거리며 사는 이 삶이 그럼 말이 되는 방식으로 흘러왔단 말인가요? 말도 안 되는 게 세상이고, 지금껏 그렇게 살아왔으면서 그걸 보란 듯이 펼쳐 보이니 사람들은 답답해 죽겠다며 말이 되게 말해달라고 몸부림을 치는군요.

나는 슬며시 고개를 젖히며 이렇게 놀리고 싶은 충동에 사로잡혔습니다.

"고도는 내일 온다고 합니다. 누가 그러더라구요."

당신, 기꺼이
흰 띠를 맬 수 있겠는가

세상 사람들은 크게 네 부류로 나뉩니다. 채찍질의 기미만 보여도 기수의 뜻을 감지하여 달리는 탁월한 말과 같은 사람. 채찍이 닿기 직전에 잘 달리는 좋은 말과 같은 사람. 채찍이 닿아야 달리기 시작하는 빈약한 말과 같은 사람. 채찍의 고통이 뼈에 사무친 다음에야 달리기 시작하는 나쁜 말과 같은 사람.

자신이 첫 번째 말에 해당한다고 자신할 사람은 거의 없습니다. 많은 사람들이 세 번째와 네 번째 말에 해당하는 것이 사실입니다. 나 자신도 발등에 불이 떨어지고 코가 석 자나 빠져도 그게 위기인 줄을 알아차리지 못하는 위인입니다. 그런데도 지금 내가 하고 있는 분야에서 최고가 되고 달인이 되고 싶은 생각을 마음 한켠에 가지고 있으니 이걸 기특하다고 해야 할지 주제넘다고 해야 할지 잘 모르겠습니다.

하지만 《달인》이라는 간단명료한 제목의 이 책을 읽고 안심했습니다. 책에서는 첫 번째 말과 같은 사람만이 달인이 되는 것이 아니라고 강조합니다. 오히려 자기 재능에 속아 넘어가서 중도에 포기하는 경우가 더 많다는 것입니다. '때로는 미련함이 미덕'이라고까지 말합니다. '때로는'이라는 단어에 주의할 필요가 있습니다. 미련한 사람이 달인이 되는 것이 아니라 목표를 정확히 설정하고 우직하게 그 길을 걸어가면서 그 중간에 치고 들어오는 온갖 변덕과 침체와 우쭐댐을 견뎌낼 미련함이라는 것입니다.

거두절미하고 말하자면, 누구나 달인이 될 수 있습니다. 단, '누구 같은' 달인이 아닌, 자기 분야에서 자기 방식으로 달인이 되는 것입니다. 롤모델을 두거나 멘토를 가까이할 수는 있지만 달인이 되려면 처음부터 끝까지 결국은 자기의 몸과 마음과 정신으로 이루어야 합니다. 그러려면 자기가 무엇을 이루고 싶은지, 무엇을 가장 하고 싶은지가 우선 명확해야 합니다. 그리고 그 목표에 도달하는 지름길이나 우회로를 찾기에 급급하면 안 되고, 책상 앞에서 머리로만 생각하지 말고 직접 몸으로 나서야 합니다.

언제?

바로 지금!

이렇게 말하고 나면 늘 염려스러운 면이 없지 않습니다. 뭐든 충동적으로 저지르기 좋아하는 성격의 사람들은 언제나 생각이 떠오르는 그 즉시 행동에 옮기고, 그러다 사나흘을 넘기지 못하고 포기하기 때문입니다. 그렇다면 달인이 되기 위한 다음의 다섯 가지 조건을 한번 생각해보는 건 어떨까요?

첫째, 스승을 만나라. 한 스승에게서 다른 스승으로 옮겨 다니지 마라.

둘째, 연습하고 또 연습하라. 달인이 되기 위해 연습하고, 달인이 되었거든 다시 연습을 시작하라. 달인은 연습하는 사람이다.

셋째, 스승과 기본에 기꺼이 복종하라. 이제 됐다 싶거든 기본으로 되돌아 가라.

넷째, 자기가 이루고자 하는 일을 마음속에 구체적으로 그려라. 그저 막연히 실천하는 것이 아니라 무엇을 어떤 동작으로 할 것인지를 마음속으로 그리고 그대로 움직여라.

다섯째, 한계를 넘어서라.

이중에서 스승을 만나라는 첫 번째 조건은 참 흥미롭습니다. 일생을 살면서 자신의 삶에 경종을 울린 사람을 한 명도 만나지 못했다면 이보다 가난한 삶이 또 있을까요? 스승은 학교 선생님일 수도 있고, 직장 상사일 수도, 선배일 수도 있습니다.

그런데 자신이 어떤 길에 노련한 전문가, 즉 달인이 되겠다고 결심했다면 그 분야에서 제자들을 잘 가르치는 사람을 찾아야 합니다. 누가 그런 사람인지 어떻게 알겠느냐고요? 저자는 말합니다.

선생을 제대로 보려면 배우고 있는 학생들을 보면 된다. 학생은 선생의 작품이다. 될 수 있으면 선생을 택하기 전에 그가 가르치는 수업에 참석해보라. 수업을 참관하면서 학생들을 유심히 살펴보라.

재빠르게 기술을 익히는 제자들 중에는 도중에 포기하는 경우가 많습니다. 이 글 앞머리에 언급한 네 종류의 말 가운데 가장 재능이 뛰어난 말이 최악의 말일 수도 있는 것이지요. 훌륭한 스승을 만났다면 그 스승에게서 끝장을 보는 것도 좋은 방법이라고 저자는 말합니다. 그리고 스승이 일러주는 대로 끝없이 연습하고 또 연습해야 합니다. 연습의 중요성은 아무리 강조해도 지나치지 않으니, 저자는 연습을 강조한 것으로 아주 유명한 일화 하나를 들려줍니다.

캐딜락을 타고 콘서트를 보러 가던 텍사스 출신 청년 둘이 뉴욕의 저지 이스트사이드에서 길을 잃었다. 그들은 차를 멈추고 수염을 기른 노인에게 물었다.

"카네기 홀에 가려면 어떻게 해야 합니까?"

노인이 대답했다.

"연습!"

연습의 중요성은 늙은 무예가의 말 속에도 등장합니다. "달인은 다른 사람들보다 5분 이상 매트에 더 머무르는 사람이다." 연습을 하지 않고서 자기 분야에서 완성을 이룬다는 것은 불가능합니다. 그러니 달인이란 바로 연습하는 사람이요, 그의 길은 연습이며, 새로이 검은 띠를 딴 이도 다음날이면 또다시 매트 위를 뒹굴어야 하는 것입니다.

달인의 길이 이러하다면, 달인의 길에는 당연히 함정이 있습니다. 지나친 집착과 성과주의가 그것이요, 경쟁이 부재하거나 지나침도 함정이며, 게으름은 특히 우리를 길 위에 아예 드러눕게 할 악마요, 세상의 평가에 귀 기울이는 것도 그리고 연습을 습관들이지 않고 띄엄띄엄 하는 것도 함정입니다. 저자는 이런 함정들을 조심해야 한다고 강조합니다. 함정을 피할 수만 있다면 달인이 되는 것은 그리 어렵지 않을 것이요, 이런 함정이 있음을 아는 것만 해도 그에게는 아주 소중한 공부가 될 것입니다.

책을 읽으면서 참 열심히도 밑줄을 그었습니다. 사실 나는 자기계발서에는 그다지 곱지 않은 시선을 보내왔습니다. 마치 내가 충분히 계발되었기라도 한 양 말입니다. 게다가 조지 레오나르드라는 저자의 이름도 생소하기 짝이 없어 생뚱맞기까지 한 이 책을 그리도 흥미롭게 읽을 수 있었던 것은 아마 번역자 때문일 것입니다. 역자의 프로필이 흥미로웠으니, 그는 "자기계발이라는 영역에 속하는 책들을 번역해본 적이 없을뿐더러 써본 경험은 더욱이나 없는", "그런 책들에 대해 일종의 편견을 가지고 있는", 대학에서 철학박사 학위를 받은 철학자이기 때문입니다. 그런데 이 책을 절반쯤 읽었을 때 이미 책의 메시지에 깊이 공감하게 된 역자는 이렇게 말합니다.

이 책은 무엇보다도 구체적으로 내 몸으로 실천하는 과정에 주목하고 있다. … 성공에 대해서는 아무런 말도 하지 않고 어떤 종류의 성공이 좋은 것인지도 분류하지 않고 그저 묵묵히 열심히 하기, 속된 말로 '몸으로 때우기'를 권하고 있는 것이다.

역자의 저서 가운데 《몸으로 하는 공부》가 들어 있는 것만 봐도 이 책 《달인》이 철학자인 옮긴이에게 어떤 진한 쾌감을 안겨주었을지 짐작할 수 있습니다.

《달인》의 마지막에 등장하는 이야기는 185쪽에 달하는 본문 내용을 확실하게 함축하고 있습니다. 인용하면서 글을 맺으려 합니다.

유도의 창시자 가노 지고로(嘉納治五郎, 1860~1939)는 죽음이 가까워지자 제자들을 불러 모아 자기가 죽으면 흰 띠를 둘러 묻어달라고 했다. 세계 최고의 유도 고수가 죽음에 임박해서 초심자의 상징을 요구했다니 그 얼마나 겸손한가. 그러나 내가 보기에는 가노의 이야기는 겸손이라기보다는 현실이다. 죽음이라는 궁극적인 전환의 순간에는 누구나 흰 띠다. 그리고 죽음이 우리를 초심자로 만드는 것이라면 인생 역시도 마찬가지다. 달인의 비밀스러운 거울에는 최고 성취의 순간에도 새로 입문한 학생의 모습이 있게 마련이다. 즉 그는 지식을 추구하며 바보처럼 열심히 하는 것이다.

달인의 길을 걸어가는 사람은 누구나, 그 길이 아무리 멀어도 가노의 요구를 좀처럼 사라지지 않는 물음, 항상 새로운 도전으로 간직한다.

당신은 기꺼이 흰 띠를 맬 수 있겠는가?

냉소 가득한 현실의
따뜻한 대안

 대학 다니던 시절, 남산이 통째로 바라보이는 학과 교수 연구실에서 지낸 적이 있습니다. 학부생인 주제에 무작정 "교수님 연구실에 비어 있는 저 책상에 제가 앉고 싶어요"라며 들어앉은 것입니다. 그리고 참 열심히 공부했습니다. 온갖 전문서적들을 쌓아놓고 무작정 파고들었습니다. 가난한 대학생이어서 밥도 굶어가며 책을 읽었습니다. 길고 긴 겨울방학에 들어가 교수회관 전체가 온통 냉기와 침묵에 얼어붙을 때도 나는 마치 출근부에 도장 찍는 사람마냥 매일 연구실에 나와 책을 읽었습니다.

 그냥 더부살이하는 신세라 나 혼자를 위해 난로 속에 집어넣을 조개탄도 없어서 그저 두꺼운 점퍼를 입은 채 겨울을 보냈습니다. 종일 책을 읽고, 종일 메모하고 그리고 종일 책의 내용을 생각하면서…. 눈이 아플 때나 외로움에 심장이 저릿해질 때면 남산의 허전한 나무들을 바라보았고, 배가 고파질 때면 선배의 책상 서랍을 뒤졌습니다. 노란 봉지에 들어 있던 립톤 티를 꺼내 설탕을 듬뿍 넣고 마셨습니다. 써늘한 연구실에서 홍차가 담긴 작은 찻잔을 두 손으로 감싸 쥐고 손을 녹이면서 나는 이렇게 춥고 배고픈데 방금 옮겨 적은 저 철학 용어들은 무슨 의미가 있을까 하며 한없이 실망하기도 하였습니다.

독일로 고대 근동 고고학을 공부하러 떠난 허수경 시인의 산문집 《길모퉁이의 중국식당》을 읽자면, 특히 책 속에서 '오래된 허기'라는 짧은 글을 읽었을 때 오래전 남산의 겨울을 바라보며 텅 빈 위에 립톤 티만 부어 넣던 그때의 내 모습이 떠오릅니다.

새벽에 일어나서 커피를 한 잔 끓여 마시고 그 길로 제일 일찍 오는 버스를 타고 연구실로 매일 간 적이 있다. 아무도 없는 연구실의 도서관. 오래된 책들 사이에서 나는 먼지 냄새 같은 걸 맡으며 백 년도 훨씬 전에 나온 책들을 읽었다.

고국에서 멀리 떠나오고 포만감에서조차 멀찌감치 추방당한 시인에게는 분명 고고학의 역사보다 더 오래된 허기가 자주 엄습했던 것 같습니다. 심지어 이십 년 동안 학생이었고, 배우는 것만이 그의 삶이었으며, 자신이 살아 있다는 것과 오늘도 배울 것이 있다는 두 가지만 알고 있는 '늙은 학생'은 작은 쥐에게마저 멸시를 당하고 있다고 시인은 말합니다.

그의 집 부엌 안에 살고 있던 작은 쥐 한 마리가 고픈 배를 움켜쥐고 그를 바보라고 욕하다가 드디어 그 부엌을 떠났다. 배우면서 그는 혼자이다.… 바보이고 바보이고 바보인 그 늙은 학생이 오늘 죽었다. 아무도 그의 관을 짜지 않을 것이다. 단 한 번도 자기 외에는 남을 책임져보지 않은 그를 위하여 나는 오늘 포도주 한 잔.

그리 넉넉하지 않은 유학생 노릇을 하며 한 땀 한 땀 수를 놓듯 공부하는 제 인생을 풀어놓은 시인의 산문집. 아마 불성실한 독자가 이 책을 집어 들고 화라락 책장을 넘긴다면 "뭐 특별할 것 없는 자기 넋두리뿐이네"라고 여길지도 모르겠습니다. 하지만 백서른아홉 개의 짧은 이야기와 아홉 개의 긴 편지 속에는 일관되게 흐르는 무엇인가가 있습니다.

시인은 하루가 다르게 바삐 변하고 흘러가는 세상에서 오래되고도 아주 오래되어 이미 폐허가 되어버린 도시만을 찾아다니며 암호 같은 문자들이나 해독하는 자신의 삶을 슬쩍 비관하기도 합니다. "이거야말로 밥만 축내고 있는 게 아닐까" 하며 회의에 빠지다가도 고대의 문자로 쓰인 비명을 해독하다가 인간의 말이란 것이 처음에는 어떻게 비롯되었을까를 추리합니다. 그러다가 옛사람들의 살아가는 모습을 그려내면서 현대인의 삶은 길고 깊은 강줄기처럼 옛날과 닿아 있고, 예나 지금이나 산다는 것이란 그렇게도 조촐하게 따뜻하다는 사실을 밝혀내고 안도합니다.

세상의 패러다임이 바뀌었다며 자신의 가치관을 송두리째 현실에 내어주고 악수하는 세태를 꼬집으려고 시인은 독일의 어느 사내 이야기를 들려줍니다.

그는 평화주의자였다. 68세대의 일원이기도 했던 그는 녹색당 일에 평생을 바쳤다. 평생 돈을 버느라 시간을 소비한 적이 없다. 많은 68세대 사람들이 그러하듯 그는 소위 '대안적인 삶'을 살았다. 가족들은 현실적으로 무능한 그를 떠났다. 그들의 동료인 녹색당 사람들이 정권을 잡자 그는 녹색당에서 나왔다. 그리고 68세대들이 골방에 앉아 만들던 작은 소식지를, 지금은 잊혀 아무도 만들지 않는 그 소식지를 다시 만들었다. 낮에는 공사장에 나가서 일을 했다. 그것으로 그는 빵을 벌었다. 아니 빵과 함께 담배도 벌었다. 그는 골초였다. 그러던 그가 올해 초 담배를 끊었다. 아주 단방에. 올해부터 담배세가 전쟁을 협조하는 데 쓰이기 때문이다.

워낙 세상이 타락하여 옳고 그른 것의 기준마저 모호해지는 요즘입니다. 타락보다 더 무서운 것은 냉소주의입니다. 동서양을 넘나들고 고금을 오가며 풀어쓴 시인의 산문집에서 나는 근본에 충실한 삶이야말로 가장 따뜻한 혁명의 바람이 아닐까 생각합니다. 책 속에는 이렇게 냉소로 가득 찬 세상을 살아가는 방법을 모색하는 글이 빼곡합니다.

언젠가 한 교양 프로그램의 진행을 맡은 적이 있습니다. 작가를 초대해서 이야기를 나누는 프로그램이었는데 초대손님으로 모신 김지하 시인의 책에서 '허수경'이라는 시인 이름이 몇 번 등장하기에 넌지시 물어본 적이 있습니다.

"선생님 작품에 유난히 그 이름이 자주 눈에 띄던데요?"

김지하 시인은 너털웃음을 웃으며 시원하게 대답했습니다.

"아, 그야…. 난 그 사람이 이 시대 시인 중에 제일 시를 잘 쓰는 사람 같아요."

그 후 나는 허수경 시인의 시집을 대부분 사들였고 하나씩 읽어 내려갔습니다. 그리고 이 아름다운 산문집 《길모퉁이의 중국식당》도 그렇게 해서 만난 책입니다. 이 책은 또 여행길에 나설 때면 늘 챙기고 싶은 책입니다. 언제 어디서든 꺼내 들고 어느 페이지를 펼쳐 읽더라도 저 쓸쓸하고 허기진 시인이, 제 나라 말에서 유리되어 이국의 땅에서 말을 처음 배우는 아이처럼 더듬더듬 힘들게 빵을 사면서, 게다가 그곳에서도 더욱 멀리 떠나 수천 년 전 쐐기문자를 읽으면서도 알뜰하게 추억해내는 삶의 풍경들에 감탄합니다.

영국의 시골의사
사샬의 경우

몸이 아픈 사람은 의사를 보기만 해도 커다란 위안을 얻습니다. 그 이유는 이러합니다. 환자는 병을 앓는 순간 몸이 아픈 것에서 더 나아가 익숙한 관계들과 분리된다는 느낌을 갖게 됩니다. 심한 외로움에 사로잡히는 이때 의사는 환자와 분리되어 떠나간 외부세계를 이어주고 메워주는 역할을 합니다. 그래서 환자는 의사를 보며 위안을 얻습니다.

또한 환자는 누구나 앓고 있는 병이라 해도 자신에게 찾아온 질병은 특별하다고 느낍니다. 온전히 유지되어오던 자신의 세계관이 질병으로 금이 가고 파괴될 때 사람은 질병의 위협에 겁을 먹습니다. 의사가 질병의 이름을 알아내어 가르쳐줄 때 환자는 비로소 안도의 숨을 내쉽니다. 자신을 송두리째 위협한 그 녀석의 정체를 알아냈다면 이

제 막연한 두려움을 떨쳐버릴 수 있기 때문입니다. 의사는 환자의 마음속에서 두려움을 없애줍니다.

환자의 지독한 외로움과 두려움을 모르는 의사는 없겠지만, 대부분의 의사들은 환자의 그런 감정 상태를 애써 외면하거나 무시합니다. 하지만 영국의 시골의사 사샬은 다릅니다.

한번은 한 남자의 가슴에 주삿바늘을 깊이 찔러 넣었다. 남자는 매우 불쾌한 모양이었다. 남자가 자신의 거북한 속을 어떻게든 설명해보려 한다.

"거기는 제 목숨 같은 뎁니다. 바늘을 찔러 넣은 바로 거기요."

"압니다." 사샬이 말했다.

"기분이 어떤지 압니다. 나는 지금 눈 주위가 그래요. 거기 뭐가 닿으면 도저히 못 견디겠습니다. 나한테는 거기가 목숨 같은 자리인 셈이죠. 눈 바로 밑에 말입니다."

압니다, 압니다. 이 말은 환자들이 고통을 호소할 때 의사 사샬이 언제나 건네는 대답입니다. 환자를 치료하는 사람 이전에 환자의 고통과 외로움을 알아주는 것이 의사의 사명이라는 신조 때문입니다. "압니다"라고 고개를 끄덕이지만 정작 그에게는 환자가 얼마나 외롭고 고통스러워하는지 진심으로 알고 싶은 마음뿐입니다.

존 사샬(John Sassall). 그는 영국에서도 문화적으로 가장 황폐한 곳에서 25년간 마을사람들을 치료해온 시골의사입니다. 그의 진찰실은 병원이기보다는 사람이 오래 살아온 아늑한 공간입니다. 그는 환자를 가능하면 가장 편안하게 맞이하고, 환자에 관한 모든 것을 혼자

힘으로 밝혀내려고 하는 의사입니다. 예약 환자가 있을 때면 약속시각 15분 전에 진찰용 침대에 전기담요의 스위치를 올려두어 환자가 차가운 침상에 눕지 않도록 배려하고, 그를 찾아오는 모든 환자와 세상에서 가장 편안한 이야기를 나눕니다. 마을 사람들은 다급할 때면 시와 때를 가리지 않고 사샬에게 왕진을 청하고, 그는 기꺼이 그들의 요청에 응합니다. 그래서 사샬은 마을에서 일어나는 모든 일을 속속들이 알고 있고, 마을 사람들의 모든 건강상태를 파악하고 있으며, 마을의 누구와도 거리낌 없는 인사를 주고받는 의사입니다.

도시에서 멀리 떨어진 낙후된 지역의 사람들과 비교해볼 때 의사인 사샬은 행운아이고 특권계층입니다. 하지만 그는 자신의 행운을 혼자만 만끽하지 않습니다. 환자에게 자신을 열어 보이고, 환자를 알아주고, 환자의 마을을 위해 봉사합니다. 그러면서도 그는 자신의 행동이 낭만적인 온정주의에 사로잡히지는 않았는지를 끊임없이 되묻습니다. 숱한 사람들이 가난하게 무명(無名)으로 살아가는 데 비해 그가 이렇게 타인의 고통에 응답하는 소수의 특권층이자 행운아로 살아가는 데에는 봉사에 대한 남다른 정의가 한몫합니다.

봉사는 도전에 직면했던 특권을 받은 소수들이 존중했던 전통적인 가치를 의미하는데, 여기서 존중이란 단순히 추상적 원칙이 아니라 그들이 가진 기술을 효과적으로 사용하는 것을 의미한다. 이와 동시에 봉사는 특권을 받은 소수가 자신에게 의존하고 있는 다수의 사람들에 대해 항상 가져야만 하는 책임감을 의미한다.

확실히 의사는 대중들이 선망하는 직업입니다. 그 이유가 안타깝게도 '돈을 많이 벌어서'인 듯하지만, 견딜 수 없을 정도로 아파서 응급실에 실려 갔을 때 하얀 가운을 입은 사람이 곁에 와 서기만 해도 이미 고통의 절반은 씻은 듯이 사라지고, 살았다는 안도의 한숨이 절로 쉬어진 경험에 비추어보면, 의사라는 직업은 충분히 대중들의 존경을 받을 자격이 있습니다.

그런데 환자들의 끝도 없는 하소연을 잘 들어줘야 한다는 사명감으로 의사의 역할을 규정짓자면 의사는, 말 할 수 없이 피곤해질 수 있습니다.

타인의 고통을 다스리면서 타인의 삶에 함몰되지 않는 의사가 되려면 어떤 철학을 지녀야 할까요? 사회적 쟁점이 되는 주제를 철학적이면서도 낭만적으로 풀어내는 영국 작가 존 버거는 사샬에게서 그 전형을 찾습니다. 사람을 치료한다는 것, 사람의 고통을 다스린다는 것, 아픈 사람을 위로하여 그 아픔을 건너가게 해준다는 것, 이 일을 해내는 인물이 바로 영국의 시골의사 사샬이기 때문입니다.

대상과 하나가 되어 마음으로부터 "압니다, 압니다. 제가 압니다"라고 대답하는 어느 시골의사 이야기. 이 작은 책을 발견했다는 사실 하나만으로도 나는 사샬 만큼이나 행운아였습니다. 아끼는 친구에게만 권하고픈 책입니다.

6장에서 소개하는 책들

도르테 쉬퍼, 《내 생의 마지막 저녁 식사》, 유영미 옮김, 웅진지식하우스, 2010

김사인, 《가만히 좋아하는》, 창비, 2006

오토가와 유자부로, 《살다》, 이길진 옮김, 열림원, 2006

조지 기싱, 《기싱의 고백》, 이상옥 옮김, 효형출판, 2000

칼린디, 《비노바 바베》, 김문호 옮김, 실천문학사, 2005

릴리 프랭키, 《도쿄타워》, 양윤옥 옮김, 랜덤하우스코리아, 2007

사하시 게이죠, 《아버지의 부엌》, 엄은옥 옮김, 지향, 2008

키케로, 《노년에 관하여 우정에 관하여》, 천병희 옮김, 숲 , 2005

chapter 6
따뜻한 마침표, 뭉클한 느낌표

촛불이 켜지기 전에
음식을 주문하세요

로이히트포이어(Leuchtfeuer) 즉 등대불빛이라는 이름을 가진 호스피스가 독일 함부르크에 있습니다. 말기 암환자처럼 더는 회복할 수 없는 깊고 무거운 병에 걸린 사람들이 잠시 머무는 곳입니다. 머물다 가는 곳이라고 해야 맞겠습니다. 이 호스피스의 식당 요리사 루프레히트는 매일 아침 호스피스 입주민들의 방문을 두드리며 이렇게 묻는 일로 하루 일과를 시작합니다.

"좋은 아침입니다. 오늘 기분 어떠세요? 혹시 뭐 드시고 싶은 게 있으세요?"

갓 입주한 사람들은 황당하고 불쾌하기까지 할지도 모르겠습니다. 호스피스라는 곳이 룸서비스를 제공하는 고급호텔도 아니고, "이제 당신은 더 이상 살 수 없습니다"라는 사형선고를 받은 사람들이 숨어

드는 곳임은 누구나 다 알 터인데….

이 황당하기까지 한 요리사 앞에서 어떤 이는 짜증을 내고 어떤 이
는 불쾌감을 나타내지만, 대부분의 사람들은 이내 반문합니다.

"뭘 만들어주실 건가요?"

"원하시는 건 뭐든지 다 만들어 드릴게요."

반신반의하면서도 호스피스 입주민들은 저마다 마음속 제일 밑에
놓인 추억의 서랍을 엽니다. 그 서랍 속에서 그들이 꺼내는 음식은 의
외로 소박합니다. 어렸을 때 가족들이 모여앉아서 늘 먹었던 수프도
들어 있고, 사랑하는 이를 처음 집으로 초대할 때 준비한 샐러드도 있
고, 일요일 아침마다 편안하게 먹었던 차, 건강했을 때 디저트로 언제
나 즐겼던 조각케이크 등등.

요리사 루프레히트는 그들이 어떤 음식을 주문하여도 절대로 거절
하지 않습니다. 그리고 환자에게 조리법을 묻기까지 합니다. 사람들
이 원하는 음식은 '식당 밥'이 아니라 '집 밥'이고, 집 밥은 집집마다 조
리법이 다 다르기 때문입니다.

그리고 주문이 들어오는 즉시 음식을 준비합니다. 혹시라도 "시장
에 가봤더니 재료가 신선하지 않아요. 나중에 제대로 만들어 드릴게
요"라고 말할 수는 없습니다. 내일을 기약할 수 없는 환자들이라 어느
날 아침 출근길에 그 음식을 주문한 입주민의 방문 앞에 함초롬 켜져
있는 임종의 촛불을 발견하면 큰 낭패이기 때문입니다.

생각해보면 루프레히트의 이런 작업은 유난 떠는 일일 수도 있습니
다. 무거운 병고의 끝에 이른 호스피스 입주민들이 먹으면 얼마큼 먹
겠습니까. 병든 몸은 더 이상 음식을 받아들이지 못하고, 죽음의 두려

움으로 마음조차도 음식을 기피합니다. 식욕이 떨어지지 않았더라도 죽음을 앞에 둔 자신이 음식을 탐한다는 것에 아이러니를 느끼고 죄책감을 느낄지도 모를 일입니다.

하지만 요리사 루프레히트는 제발 그러지 말자고 말합니다. 사람을 존중한다면, 그 사람의 일생을 존중한다면, 세상을 하직하는 그 순간까지 세상에서 가장 따뜻하고 맛난 음식을 먹을 수 있게 해주는 게 어떠냐고 합니다.

죽음에 대한 심오한 철학적 담론이 아닌, 먹고 사는 이야기가 담겨 있어 그리 거창하지는 않은 책입니다. 하지만 자신이 정성스레 만든 음식을 제대로 맛보지도 못한 채 웃음으로 답례한 입주민이 밤새 세상을 떠난 뒤에도 그 서글픔을 애써 눌러가며 성큼성큼 발걸음을 옮겨 아직 살아 있는 옆 방 입주민에게 "안녕히 주무셨어요? 오늘 아침 기분은 어떠세요? 드시고 싶은 음식 있나요? 빨리 만들어 드리지요"라고 태연히 말해야 하는 요리사 루프레히트의 슬픔으로 갈가리 찢긴 사나운 심정을 생각해보면….

아아, 산다는 건 정말 짝이 맞지 않은 젓가락과 같지 않습니까? 우리는 그래도 그걸로 열심히 음식을 집어 입으로 날라야 하나니….

시인의 흥정이 어떤가요, 몸이여

헌 신문지 같은 옷가지들 벗기고

눅눅한 요 위에 너를 날것으로 뉘고 내려다본다

(중략)

미안하다

너를 부려 먹이를 얻고

여자를 안아 집을 이루었으니

남은 것은 진땀과 악몽의 길 뿐이다

(중략)

어찌하랴

좋던 날도 아주 없지는 않았다만

네 노고의 헐한 삶마저 치를 길 아득하다

차라리 이대로 너를 재워둔 채

가만히 떠날까도 싶어 네게 묻는다

어떤가 몸이여

– 김사인의 〈노숙〉에서

언젠가 남편이 말했습니다. "이젠 늙나 봐. 손이 늙어가잖아."

그 뒤로 내 손을 찬찬히 들여다보는 버릇이 생겼습니다. 다른 여자들에 비해 집안일을 그리 하지 않아서 그나마 나는 아가씨 손 그대로였는데 언제부터인지 보일 듯 말 듯 세월의 손금이 하나씩 그어져 가고 있었습니다.

몇 년 전, 중국 베이징을 여행했을 때가 떠오릅니다. 이국의 낯선 거리를 차박차박 내 두 발로 밟아보고 싶어서 해가 뜨기 무섭게 거리로 나가 해질 때까지 이 골목 저 골목을 걸어 다녔습니다.

온종일 얼마나 쏘다녔던지 돌아올 즈음이면 무르팍에 불이라도 난 듯 화끈거렸고 그 열기와 통증은 종아리를 타고 내려가 두 발바닥을 지지곤 하였지요. 허름한 숙소로 돌아와 세숫대야에 찬물을 담고 뜨겁게 달아오른 두 발을 넣었습니다. 그리고 발바닥과 발등과 발가락 열 개를 하나하나 두 손으로 자꾸 문질렀는데 아, 정말 새삼스러웠습니다. 내 마음은 연신 '피곤해, 힘들어, 쉬었다 가자'라며 투덜거렸지만 그 마음을 싣고 온종일 노역을 하였던 이 두 발은 조금도 불평하지 않고 묵묵히 부림을 당하였습니다. 내 몸에게 고마움을 느낀 적은 태어나서 처음이었습니다. 정말로 두 발이 고마워 가만히 감싸 쥐었습니다.

평생 흥분 잘하는 감정과 따지기 좋아하는 이성과 풍선처럼 나돌아다니기 좋아하는 마음을 담고 지내오느라 이 몸은 얼마나 힘겨웠을까…. 그러고 보면 내가 평생 섬겨야 할 것은 마음이 아니라 이 몸일 것 같습니다. 마음은 천변만화 나를 속였지만 몸은 평생 나를 싣고 다니면서도 거짓말한 적 없었고 수다를 떤 적도 없었으니까요.

그러다 어느 날 제 모든 일이 끝나면 마른 몸뚱이는 누런 수의에 휘감기게 되겠지요. 그토록 제멋대로 부리던 마음은 이미 차갑게 식어갔거늘 방종 맞은 독재자가 떠나버린 그 몸뚱이에게 마지막 자유마저도 허락하지 않으려는 듯 사람들은 수의로 꼭꼭 묶고 감싸고 또 감쌉니다. 게다가 비좁은 화덕에 밀어 넣고 불로 태워버리기까지 하지 않던가요.

그 긴 세월 자기를 담고 지내와 주어 고맙다며 이 마음이 절을 올리기도 전에 서둘러 재로 만들어버리니 정말 이런 배은망덕을 어찌해야 좋을지 모르겠습니다.

〈노숙〉이란 시를 처음 만났을 때 가슴이 철렁하였던 그 순간을 잊지 못합니다. 시인은 그나마 평생 부린 삶을 어떻게든 치러야 할 것 같아 속으로 가만히 셈을 해보았나 봅니다. 하지만 시인은 도저히 그 고마움을 갚을 길이 없어 차라리 자기가 떠나겠다고 합니다. 처음으로 몸에게 자유를 주겠다면서 의향을 묻는 시인에게 몸이 무어라 대답할지 궁금합니다.

정말, 어떠신가요, 몸이여?

따뜻한 마침표, 뭉클한 느낌표

늙은 무사,
울음을 터뜨리다

문상하러 갈 일이 갑자기 생겼습니다. 사실, 문상은 언제나 '갑자기' 가게 됩니다. 한번은 날씨도 매우 사나운데다 내 개인적인 사정 또한 고약해서 조문하러 가는 마음이 영 가볍지 않기에 그야말로 천벌을 받을 투정을 내뱉었습니다.

"하필 이런 때에 돌아가셨담."

이런 내게 엄마는 혀를 차며 나무라셨습니다.

"가신 분이야 오죽하셨을까. 산 사람 사정 봐주면서 떠나는 줄 아니?"

우리는 이 세상에 왜 태어났는지에 대한 이유는 잘 모릅니다. 여러 종교에서는 인간이 태어난 배경을 비장한 교리로 설명하고 있지만 '왜 태어났나' 하는 물음에 딱히 달아줄 대답이 사실 없습니다. 일단 태어났으니 무조건 살고 보는 것이지요. 하지만 '내가 죽어서는 안 될 이유'를 대라면 그때는 사정이 달라집니다. 하다못해 내가 죽으면 매일 나가는 방송과 매주 꾸준히 써오던 칼럼의 대타는 어디서 찾겠습니까? 그건 살아 있는 사람이 알아서 처리할 일이요, 세상은 내가 죽어 없어져도 언제 네가 태어나기는 했느냐며 여전히 잘 돌아가지만, 우리는 가슴속에 막연하나마 '내가 죽어서는 안 될 이유' '내가 꼭 살아야 하는 이유'를 적어도 30가지쯤은 안고 살아갑니다. 온갖 구구한 이유를 갖다 붙여서라도 나만은 살아남아야 한다고 생각하는 걸 보면, 죽음이란 건 아무튼 누구에게나 일생에서 가장 중요한 '사건'인 게 틀림없습니다.

《살다》라는, 기막힌 제목의 책을 발견하고서 당장 주문하였습니다. 17세기 일본의 막부시대가 배경인 이 소설은 주군의 죽음과 관련한 하급 무사들의 순사(殉死)를 주제로 하고 있습니다. 아랫사람들에게 인품으로나 덕망으로나 위엄으로나 넉넉하였던 주군이 세상을 뜨자 사람들이 술렁거립니다. 누가 그 뒤를 따라서 장렬하게 배를 그을 것이냐가 초미의 관심사가 된 것이지요.

'누구는 몇 명이 순사했다더라. 이번에는 몇 명이 순사할까?'

물론 순사를 한 무사의 집안은 그 충절을 인정받아서 자손에게 벼슬이 주어진다거나 녹봉이 조금 더 후하게 얹히기도 하나 봅니다만, 어찌 되었거나 애꿎은 생목숨들이 보란 듯이 제 손으로 배를 가르는 일은 그 시절 일본에서는 매우 상례적이었던 것 같습니다.

문제는, 주인공 마타에몬이 순사를 거부했다는 점입니다. 당연히 가장 먼저 죽어야 할 사람인데 주변 사람들은 숱하게 죽어나가는 데도 살아있다는 겁니다. 한창나이의 사위는 애당초 할복하였고, 십 대의 팔팔한 아들마저도 아버지의 불명예를 털어버리려는 듯 자결하고 말았건만, 그래서 딸은 의절하고 병든 아내는 마음의 애처로움을 이기지 못하여 세상을 하직하고 말았건만, 마타에몬은 그래도 살았습니다. 그는 중얼거립니다.

'내가 괜히 살아 있는 것이 아니야.'

"너는 왜 안 죽고 아직도 살아있어?"라는 주변의 경멸과 냉담을 버텨내길 십여 년, 보랏빛 창포가 함초롬히 피어난 쓸쓸한 정원에서 그는 끝내 울음을 터뜨리고 맙니다.

사는 데 무슨 이유가 있겠습니까.

이것이 내 유일한
안식일 줄이야

《기싱의 고백》은 2000년 12월에 한국어로 번역 출간되었습니다. 이 책은 봄, 여름, 가을, 겨울의 4장으로 이루어져 있습니다. 책이 나온 직후 사서 읽기 시작하였지만 '인간은 자신의 불행 속에 홀딱 빠지는 성미 고약한 짐승이다'라는 라틴어 문장이 부제(副題)처럼 붙어 있는 '봄의 장(章)'만 읽기를 몇 년째. 봄꽃 향기가 탐스럽게 밤 공기를 타고 흐르던 어느 날 밤에야 그 장을 겨우 다 읽었습니다. 그러니 지금 이 글은 끝까지 다 읽지도 않은 책에 대한 나의 중간 소감이라고 해야 옳지 싶습니다.

내가 이 책에 빠져든 것은, 기대를 안고 펴낸 내 책이 그리 큰 반향을 불러오지 못하여 위로와 실망이 뒤섞인 출판사 전화를 받은 뒤에 구겨진 심정으로 잠을 청하던 그날이었습니다. 머리맡에 놓인 이 책을 펼쳐 들었을 때 저자는 이렇게 내 아픈 곳을 콕 찔렀습니다.

누가 그 작가에게 책을 내라고 권한 적이라도 있단 말인가? 누가 그에게 글을 쓰면 읽어주겠노라고 약속이라도 한 적이 있는가? … 그대 자신이 장사꾼이나 다름없다는 것을 인정하고 나서, 그대가 내놓은 상품이 이미 비싼 값으로 팔리고 있는 다른 수많은 상품보다도 더 훌륭하다고 주장하며 신이나 인간을 향해 항의해보라.

장학생으로 대학에 입학했지만 3년 만에 매춘부에게 빠져 퇴학당한 뒤에 어지간히도 퍽퍽한 삶을 살았던 저자였기에 가능한 독백입니다. 그는 이렇게도 말합니다. "지금도 나는 여전히 사회적 질서의 일부를 이루지 못한 채 한 외로운 인간으로만 살고 있지 않은가? 한때 나는 도도하게도 이런 방식의 삶을 자랑스럽게 여긴 적이 있었다. 그러나… 내가 다시 산다면 결코 선택하고 싶지 않은 삶인 것 같다."

책 속에서 그는 참 대담하게도 시대의 온갖 군상들을 비틀고 꼬집습니다. 하지만 부와 명예 앞에 자신이 얼마나 초라한가를 고백하였고, 그럼에도 불구하고 빵 한 조각으로 하루를 버티면서 "당장에는 수입의 원천이 될 것 같지 않은 책을 읽는 데 열중"하던 시절을 달콤하게 회상합니다.

세상이 내게 그리 우호적이지 않다는 사실에 서운해질 때마다 나는 서가에서 몇 권의 책을 뽑아들고 구석진 자리로 가곤 했는데 이것이 나의 유일한 안식인 줄 알아차린 것도 바로 다음의 인용문을 만나고 서였습니다.

그동안 나는 어디서나 안식을 찾아보았지만, 책을 들고 한쪽 구석에 앉아 있을 때를 제외하고는 아무 곳에도 없었다.

1857년에 태어나 낡고 불편한 현실에 쉴 새 없이 투덜대다가 지금의 내 나이만큼 살다 간 냉소주의자. 하지만 지식과 교양을 쌓아가는 재미에 빠져 청춘을 소모한 인문주의자 조지 기싱. 그야말로 인생의 쓴맛 단맛이 절절하게 담겨 있는 그의 문장 속에서 나는 언제나 그날 하루를 견뎌낼 위안을 얻습니다.

정치와 신발은
사원 밖에 벗어두라

대통령 선거, 국회의원 선거 등을 앞두고 거리에는 사람들의 목소리로 넘쳐납니다. 그런데 그 목소리 중에는 자신은 지금 행복하지 않지만 "대통령을(혹은 국회의원을) 갈아치우면 나아질 것이다"라거나 "다음에 내가 지지하는 후보가 대통령이 되면 나는 좀 더 나은 삶을 살 것이다"라는 외침도 섞여 있습니다.

기대에 부푼 사람들의 모습을 보면서 정말 그렇게라도 되었으면 좋겠다는 생각도 합니다만, 좀 냉정하게 생각해볼 일입니다. 과연 정말 내 행복이 정치인 한 사람에게 달려 있는 것일까요? 가정에서, 직장에서, 사회에서 다방면으로 느껴온 불행의 근원이 대통령 한 사람 때문일까요?

기대에 찬, 혹은 절망에 찬 사람들의 목소리를 듣자니 어떤 이름이 떠오릅니다. 그는 바로 비노바 바베. 1895년에 태어나 1982년에 세상을 떠날 때까지 평생을 독신으로 지내며 인도를 개혁하기 위해 제 한 몸을 불사른 사회개혁가이자 현대 인도의 정신적 지주입니다.

그는 일찍이 정규교육이 더 이상 자신에게 의미 없다고 선언하고 사회운동에 투신합니다. 그는 간디에게서 욕망이 넘쳐나는 인간이 자기가 속한 사회를 변화시키려면 어떻게 해야 하는지를 배웁니다. 간디는 그의 전부였고 영웅이었으며 그의 교과서였습니다. 하지만 비노바 바베는 정치적 행보를 하였던 간디와는 달리 철저하게 개인적이고 비정치적인 운동을 벌였습니다.

그를 유명하게 만든 것이 몇 가지 있는데 대표적인 것이 바로 토지헌납운동이라는 전대미문의 공동체 운동입니다. 생계를 위한 땅 한 뙈기조차 없고, 게다가 정치적으로 탄압받는 가난하고 불행한 사람이 많은 인도에서 이 문제를 풀 수 있는 사람은 역설적이게도 땅을 가진 사람들이기에 그는 인도 전역을 두 발로 걸어 다니며 호소했습니다.

"당신의 땅을 조금만 나누어 주십시오!"

인도의 일반 가정에서는 평균적으로 아들 다섯을 두는데, 비노바 바베는 가난한 사람들을 여섯째 아들로 여겨달라고 설득하였습니다. 부모가 세상을 떠날 때 모든 자식에게 재산을 골고루 남겨주듯이 딱 그 마음으로 인도 땅의 6분의 1을 땅이 없는 빈민과 천민에게 나누어 주면 그들이 기본적인 생계를 유지하지 않겠느냐는 것이지요. 대통령 당선자가 확정되면 가장 먼저 땅값이 오른다는 요즘의 신문기사를 볼 때, 땅을 가진 사람이 무상으로 땅을 내놓는다는 건 절대로 쉬운 일이 아닙니다.

여행을 시작한 지 사흘째 되는 4월 18일 아침, 포참팔리 마을의 하리잔(불가촉천민)들이 나를 만나러 왔다. 그들은 땅을 조금이라도 얻을 수 있다면 그 땅으로 농사를 지어 생계를 꾸려갈 수 있을 것이라고 말했다. 그들은 땅 80에이커가 필요하다고 했다. 나는 이렇게 대답했다.

"만일 내가 여러분을 위해서 땅을 얻어줄 수 있다면, 여러분은 모두 함께 일해야 합니다. 나는 여러분 각자에게 개인적으로 땅을 나누어줄 수는 없습니다."

그들은 그러마고 하였고, 땅을 함께 갈겠다고 약속했다.…… 바로 그때 거기에 동석해 있던 쉬리 라마찬드라 레디라는 사람이 한 가지 제안을 하였다. 내가 있는 바로 그 자리에서 그는 하리잔들에게 이렇게 말했다.

"내가 여러분에게 100에이커를 내놓겠소."

도대체 어찌 된 일인가? 사람들은 땅 때문에 살인을 저지르고 재판을 걸기도 하지 않는가? 그런데 무상으로 헌납하다니. 이것은 보통 일이 아니었다. 이건 분명히 신이 행하신 일! 밤새도록 나는 잠을 못 이루고 그 일을 생각했다. 그것은 계시였다. 사랑으로 감동받으면 사람들은 땅까지도 나눌 수 있다.

그리하여 비노바 바베는 인도 전역에 걸쳐 스코틀랜드 크기만 한 땅을 기증받게 됩니다. 이쯤 되면 비노바 바베는 민중들의 지도자로 우뚝 설 만합니다. 아닌 게 아니라 그의 인품을 일찍이 꿰뚫어본 간디가 1940년에 자신의 '비폭력저항운동'을 이끌 최고의 지도자로 이 사람을 선정하였을 정도입니다. 하지만 비노바 바베는 간디의 발자국을 따라서 걷지 않았습니다. 비노바 바베는 말합니다.

나는 변화를 원한다. 먼저 마음의 변화가 있어야 하고, 다음으로는 개인의 생활습관에 변화가 있어야 하며, 그것이 사회구조의 변화로 이어져야 한다. 나는 삼중적 변화, 삼중적 혁명을 목표로 하고 있다.

변화를 원하려면 외부의 그 어떤 것보다도 자기 마음이 변해야 합니다. 아무리 자기 마음이 세상에 비해 턱없이 작을지라도 말이지요. 하지만 사람들은 자신이 더 행복해지기 위해 바깥의 것이 변하기만을 바랍니다. 평소에는 내 마음먹기에 달렸다고 말하는 이들도 자기의 실리가 걸려 있으면 여지없이 밖을 향해 변하라고, 달라지라고 외칩니다. 그리고 자신의 불행은 외부의 무엇 때문이라고 규정짓고 탓을 합니다.

자기 마음에 변화가 일어나지 않는 한, 정치인 한 사람이 개인의 삶을 행복하게 해줄 수 없습니다. 절대로! 게다가 정치가 종교의 너울까지 써버린다면 세상은 자칫 악마의 소굴이 될 것이라는 경고도 비노바 바베는 서슴지 않습니다. 그래서일까요? 그는 자신의 운동과 이념이 정치적으로 오염되는 것을 가장 경계했습니다.

방법만 있다면 나는 정치와 신발을 종교 밖에 벗어두게 만들고 싶습니다. 정치는 신발 이상으로 가치가 있는 것이 아닙니다. 오늘날 정치라는 게 인도에서나 세계적으로나 그렇게 자랑스럽게 머리에 이고 다닐 만한 것이 못 됩니다. 기껏해야 그것은 발에 신을 수 있을 정도지요. 그런 신발을 신고는 그 어떤 사원에 들어가서는 안 됩니다. 그렇게 되면 신의 집은 악마의 소굴이 될 테니까요.

비노바 바베의 일생에 걸친 활동은 참으로 진지하고 간절했습니다.

하지만 나는 책 후반에 이어지는 '죽음을 향한 준비'에 대한 내용에서 말할 수 없이 진한 감동을 받았습니다.

비노바 바베는 어려서부터 자신에게 철저하였듯이 나이 들어가면서 차츰 죽음을 준비해야 한다고 강조합니다. 그리고 그 자신도 천천히 주변을 정리해갑니다. 모든 공식적인 활동에서 물러날 것을 선언하면서 자신에게 네 가지의 자유를 가져다줍니다.

첫째는 외적인 행위로부터의 자유입니다. 50년 동안 사람들을 섬기는 활동에 골몰했던 그는 차츰 일을 줄여나가서 75세가 되던 해부터는 완전히 활동을 멈추었습니다.

둘째는 책으로부터의 자유입니다. 더 이상 책을 쓰지 않겠다고 선언한 것입니다.

셋째는 공부로부터의 자유입니다. 그는 스스로를 평생 공부하며 살아온 사람이라고 말하였습니다. 하지만 이제 자신이 읽거나 쓸 것이 무엇이 있겠느냐고 그는 묻습니다.

넷째는 가르치는 일로부터의 자유입니다. 그는 1911년 그가 스무 살이 되기도 전부터 사람들을 가르치는 일을 해왔습니다. 그렇게 60년 세월을 가르쳐왔지만 이제 그 일마저도 끝을 낸 것입니다.

그는 말합니다.

나는 앞으로 일주일 동안에 대해서만 계획을 세우고 그 이상에 대해서는 계획을 세우지 않기로 했다. 그렇게 생각하고 나니 마음이 상쾌해졌고 동시에 경각심도 생겼다. 일주일을 계획했던 곳에서 일 년을 머물게 될지 사람의 앞일을 누가 알겠는가! … 내가 간디 선생에게서 받아들이지 않은 일이 한 가지 있다.

그것은 매일 일기를 쓰는 일이다.

"과거에 대한 일체의 집착을 버려라, 미래에 대한 일체의 염려를 떨쳐라"고
한 옛사람들의 말은 나에게 큰 감동을 주었다. 나는 과거를 기억하지도 않고
미래에 대해서 염려하지도 않는다. … 왜냐하면 나는 '잊어버리기를 잘하는 비
노바'이기 때문이다. 많은 것을 잊어버렸고 또 계속 잊어가고 있다. 나는 과거
가 나의 짐이 되는 것을 원하지 않는다.

자신이 평생 사명감을 가지고 널리 보급하던 책 뒤에 서명하던 일
까지도 멈추고, 평생 계획을 세우고 일하던 습관을 버리고 앞으로 일
주일 동안에 대해서만 계획을 세우기로 다짐하자 마음이 한결 상쾌해
지고 경각심도 생겨났다는 비노바 바베. 세상의 소리를 더 듣지 않으
려고 보청기마저 빼버리고, 스스로 최후를 향해 음식을 줄이고 말도
줄여간 사회개혁가였지만 그래도 마지막까지 당부한 것이 있습니다.
세상에는 정신적인 통찰력과 과학과 믿음이라는 세 종류의 힘이 있으
며, 모쪼록 진실과 비폭력 그리고 말의 자제라는 세 가지 원칙 안에서
세상 사람들이 일해주기를 바랐던 것입니다.
그는 차츰 음식을 줄여나갑니다. 행위를 줄여나갑니다. 말을 줄여
나갔고 생각을 줄여나갔습니다. 마침내 침묵에 돌입했습니다.

침묵은 말을 하지 않는 것을 뜻할 뿐만 아니라 글을 쓰지 않는 것도 뜻한다.

나는 매일 잠자리에 들면서 죽는 연습을 한다. 나는 사람들에게 여러분이

죽을 때 해야 할 일을 오늘 하라, 즉시 하라고 말한다.

 그리고 마침내 비노바 바베는 1982년 11월 15일 오전 9시 30분에 '호흡을 멈추었습니다.' 인도의 정신적 지주라고 일컬어지는 이들은 다수 있지만 그중에 간디는 암살당했고 암베드카르는 병사했고 비베카난다 역시 젊은 나이로 세상을 떠났습니다. 마지막이 순탄하지 않았던 것입니다. 그에 비해 자신의 마지막을 자신의 두 눈으로 본 사람도 있었습니다. 비노바 바베가 바로 그런 사람입니다.

 책을 덮는데 가슴이 심하게 뛰었습니다. 심장이 그야말로 둥둥 요동을 쳤습니다. 책 한 권을 다 읽고 나서 찾아온 증상치곤 무척 드문 일입니다. 아니, 이런 적이 거의 없었습니다. 나는 책을 덮고 그대로 엎드렸습니다. 마구 뛰는 심장을 바닥에 대자 조금 가라앉았습니다. 다시 반듯하게 누웠습니다. 눈물이 흐릅니다. 대체 어찌 된 일일까요? 나는 이 책의 3분의 2 정도를 읽을 때까지 그리 감동받지 못했습니다. 몇 번이고 책을 덮었고 그리고 불평을 토하기도 했습니다. 역자의 문체가 별로라느니, 비노바 바베가 너무 처음부터 초인인 듯 행세한다느니 하면서…. 하지만 책을 다 읽고서 그 마지막 페이지 여백에 이렇게 적었습니다.

 "2007년 12월 28일 금요일 새벽 1시 20분, 내가 70세가 넘어서 꼭 다시 한 번 읽어야 할 책"이라고.

부모의 임종을 겪어야
진정한 자식

    1994년 12월의 한남동은 크리스마스 장식으로 반짝였고 캐럴에 취한 인파가 거리를 가득 메웠습니다. 그때 나는 순천향병원의 한 입원 병동에서 거리를 내다보며 그해의 연말연시를 보냈습니다. 아버지가 위암으로 입원하셨던 것입니다. 불과 몇 개월 전입니다.

    "병원에서 위암 같대. 소견서 써줄 테니 큰 병원 가보래."

    직장에서 늘 하던 건강검진을 끝냈는데 의사가 이렇게 말을 했더라는 것입니다. 아버지가 손에 누런 서류봉투를 들고 웃옷도 벗지 않고 선 채로 거실에서 이렇게 말하던 때가 눈에 선합니다. 그런데 그런 아버지를 바라보며 가족들은 어땠던가요? 아니, 나는?

    나는 아무렇지도 않았습니다. 심지어 풋! 하고 웃음을 터뜨리기까지 한 것 같습니다. 세상 사람들이 다 말기암 환자가 된다 해도 우리

아버지는 절대 그런 병에 걸리지 않을 것이요, 설사 암에 걸린다 해도 우리 아버지는 기적을 불러일으킬 불사조라는 생각에서였습니다.

하지만 의사로부터 "앞으로 길면 6개월, 아니면 3개월"이라는 판정을 받은 아버지는 정말로 딱 그 숫자만큼의 시간을 살다가 가셨습니다. 마지막으로 병원에 입원하신 동안 아버지는 무섭게 침묵 속으로 자신을 가두었습니다. 이따금 약 드시기를 거부하실 때 엄마는 이렇게 말했습니다.

"요즘은 신약이 많이 개발된다고 하니까… 당신이 이 약을 먹고 조금이라도 버틸 수 있으면 혹시 알아요? 그러니 제발 약을 좀 들어요."

아버지는 순순히 약을 받아서 삼켰습니다. 뭔가 희미하나마 희망을 품고 계셨음에는 틀림없습니다.

병든 아버지를 수발하면서 나는 무슨 생각을 하였던가요? 육체적으로 힘들었던 것은 지금 그리 기억이 나지 않습니다만 또렷하게 떠오르는 일은 처음부터 '아버지'로 이 세상에 존재했던 한 인물의 마지막을 지켜봐야 했던 그 아픔이었습니다. 창조주보다 더 힘이 세고 그 어떤 불행도 과감히 밟고 다시 일어설 수 있는 '우리 아버지'가 실은 60년의 하루하루를 간신히 살아온 존재였으며, 절망과 슬픔을 그 어디에도 쏟아내지 못한 채 악으로 버티느라 제 몸속에서 병을 키운, 불쌍하고 가련한 목숨이 바로 내 아버지였던 것입니다.

자식을 엄하게 키우느라 쓸데없는 감정 표현을 극도로 자제한 아버지는 당신의 몸이 무너지는 그 순간순간을 어떻게 견뎌냈을지 모릅니다. 아무 말도 하지 않았습니다. 다만 모르핀마저도 그 효과를 내지 못하자 통증을 이기지 못해 침상 위에서 뱅글뱅글 맴을 돌며 이렇게 중얼거렸을 뿐입니다.

"어떻게 하지, 어떻게 하지…."

너무 아픈 사람에게는 절망의 감정도 사치입니다. 나는 완고하게 팔짱을 낀 채, 링거 줄에 온몸이 칭칭 동여매어져서 막연히 허공을 바라보며 '어떻게 하지'를 중얼거리는 아버지를 내려다볼 뿐이었습니다. 이미 10년도 훨씬 더 지난 일이건만 지금도 문득문득 '어떻게 하지'라는 그 목소리가 귓가에 쟁쟁합니다.

릴리 프랭키의 《도쿄타워》를 읽으면서 그때의 느낌이 너무나 생생하게 되살아나 견디기가 힘들었습니다. 책의 줄거리는 사실 특별할 것이 없습니다. 일본의 외진 탄광촌에서 남편과 기묘한 별거생활을 하는 여인이 아들 하나를 기르며 지내는데, 그 아들이 나중에 도쿄로 가게 되고 병든 어머니가 아들과 함께 살다가 병에 걸려 죽는다는 것이죠.

사실 이렇게 줄거리를 쓰면 세상 모든 소설이 다 이와 다르지는 않을 것입니다. 그처럼 이 책의 전개는 아주 소박합니다. 게다가 여느 책에서 볼 수 있는 눈물을 쏙 빼는 어머니의 자식 교육이나 홀어머니의 모진 인생살이, 실패한 결혼에 대한 회한 같은 것도 등장하지 않습니다. 오히려 자식을 위해 희생하는 모습도 그리 보이지 않고, 좋은 게 좋은 거라는 식으로 살아가는 여자(어머니)의 모습에서 뭘 기대하기가 어려웠습니다. 아들이 원하는 건 뭐든지 들어주고, 아들이 여느 집 자식처럼 번듯하게 자라지도 않지만 이 어머니는 아들에게 조금도 조바심을 내지 않습니다. 아들은 어머니의 푸근한 보살핌 아래 바람 같은 아버지와 이따금 만나면서 자라났고, 대학 진학을 위해 도쿄로 올라와 독립합니다. 도쿄에서는 목적 없이 청춘을 소비하며 지내고, 어머니는 아들이 대학을 무사히 마치지 못한다는 소식을 듣고 조금 실망하고 체념하지만 1년 치의 등록금을 또 마련해서 보냅니다. 그 어머니에 그 아들입니다.

그런데 "둘 다 너무 무책임한 거 아냐?"라는 생각이 들 즈음에 내 시선을 와락 잡아당기는 구절과 만났습니다.

엄니에게서 나한테로 전화가 온 것은 규슈 대학병원에 다닌 지 한참 지났을 즈음이었다.

"엄니가 말이지, 암에 걸려 버렸고만."

너무나 태연한 말투였다.

"엉? 어디가 안 좋은데?"

"갑상선암이라느만."

"그거, 나을 수 있는 거야?"

"걱정할 거 없어. 생명에 별 지장은 없다."

엄니가 암에 걸렸다는 말에 한순간 가슴을 움켜 쥐인 듯한 기분이었지만, 엄니의 아무 일도 아니라는 듯한 말투에 나는 그리 심각한 것은 아니라는 기대감을 품어버렸다.

암 같은 건 다른 사람의 일이고, 설령 암이라 해도 내 부모에게는 별 문제가 되지 않으리라는 이 멍청하기 짝이 없는 낙천적인 태도가 꼭 나를 보는 것만 같았습니다. "암이래"라며 심드렁하게까지 느껴지는 목소리로 자식에게 자신의 병명을 일러주는 부모지만, 이제와서 생각해보면 그 심드렁 속에 심장이 옴츠러들다 못해 땅 밑이 폭 꺼지는 두려움과 절망이 숨어 있음을 나는 왜, 아니 자식들은 왜 알아채지 못하는 것일까요?

《도쿄타워》속 어머니는 특유의 생명력으로 갑상선 적출 수술과 치료를 꿋꿋하게 감당해냅니다. 자식을 숱하게 낳았지만 생명력이 다 빠져나가고 지푸라기 같은 몸으로 빈집을 지키는 외할머니를 어릴 때부터 봐서 그럴까요? 어느 사이 불안정하나마 일거리를 갖게 된 아들은 저 하나만 보고 살아온 병든 어머니에게 불쑥 이렇게 제안합니다.

"도쿄에서 나랑 함께 살까?"

아들은 설마 어머니가 그 말을 기다렸다는 듯 서둘러 자신에게 달려오리라는 생각을 못했지만 어머니는 뜻밖에도 이렇게 되묻습니다.

"내가 가도 괜찮겠냐?"
"참말로 내가 가도 괜찮겠냐?"
"그러면 도쿄로 가볼까 싶은데…."

남편과 별거를 시작한 이래 평생 남의 집에서 눈치를 보며 세를 살거나 얹혀 살던 모자는 이제 도쿄의 허름한 건물에서 동거를 시작합니다. 비좁고 가난한 탄광촌에서 평생을 살다가 나이 육십이 넘어서, 몸속에 암을 하나 들여앉힌 뒤에 어머니는 도쿄 시민이 됩니다. 하지만 역시 암의 힘은 컸습니다. 암은 커져갔고 성대를 통째 들어내지 않으면 안 된다는 진단까지 받습니다. 그리고 또 다시 어머니에게 내려진 병명은 '위암'입니다.

이후 아무것도 목으로 넘기지 못하고, 극심한 고통에 환자가 자신도 모르게 몸에 꽂힌 주삿바늘을 빼려고 몸부림치는 모습은 차마 읽어내기가 힘들었습니다. 나 역시 미음 한 모금을 넘기지 못하는 내 아버지를 지켜본 적이 있었고, 통증을 견디지 못해 침상에서 몸부림치는 아버지를 밤새워 아프도록 주무른 적이 있었기 때문입니다. 위암 환자는 그렇게 굶어 죽거나 아파서 죽는 게 아닐까 하는 생각이 들 정도였습니다.

더 고통스러웠던 것은, 아프다고 몸부림치는 내 아버지를 나는 그저 팔짱만 낀 채 지켜봐야 했다는 점입니다. 그 처절한 고통의 순간을 지켜보자니 살아온 평생이 주마등처럼 지나갔고, 그게 참, 그게 참, 허무해지더라는 겁니다. 아, 사람 인생이란 거….

사실 이 세상은 자식들에게 부모를 향한 효를 무척 강조합니다. 부모의 자식사랑은 성격이 어떻든 형태가 어떻든 무죄이며, 몇 번을 죽었다 깨어나도 부모의 맘 알 길이 없고 그 은혜 다 갚을 길이 없다고들 하지요. 결국은 자식을 낳아봐야 부모 마음을 안다고 하지요. 하지만 주변을 둘러보면 자식을 낳은 사람 중에 제 부모 마음 전폭적으로 이해하는 사람도 그리 많지 않습니다. 세상이란 게 그렇듯 서로 크고 작은 은혜에 맞물려서 눈물겹게 굴러가고 돌아가고 있는 것일 뿐입니다.

릴리 프랭키의 《도쿄타워》는 어머니에 대한 극진한 사랑을 부각하고 있지는 않지만, 아들이라는 한 인간이 어머니라는 한 인간에 차분하게 다가서는 과정이 유난히 인상적입니다. 어머니의 투병과 죽음의 과정에는 그야말로 사랑하는 한 사람의 마지막을 맞이하는 슬픔이 진하게 담겨 있습니다. 그 과정을 통과하면서 아들은 비로소 한 사람의 자식으로 완성되었던 겁니다.

처음에는 좀 비딱하고 불량스럽게 책을 읽어가다가 나도 모르게 주인공에게 감정이입이 되어버린 건 바로 그 점이 아닐까 합니다. 나도 생으로 고통을 겪다가 육신을 버린 아버지를 땅에 묻은 뒤 깨달았기 때문입니다. 누군가의 자식이 된다는 것이 이처럼 어려운 일인 줄을 그제야 깨달았기 때문입니다.

철없이 인생을 시작해서 버둥거리며 삶의 고비를 넘어온 부모의 삶은 늘 미완성입니다. 부모의 삶이란 어쩌면 자식이 장성해서 출세하는 것으로 완성되기보다는 자식 앞에서 회한의 눈을 감고서야 비로소 완성되는 것 아닐까. 또 '부모의 임종'을 겪은 사람만이 '자식'으로 완성되는 것 아닐까 하는 생각까지도 하게 되었습니다.

세상의 모든 자식들에게 이 책을 권합니다.

늙은 아버지의
홀로서기

지진, 천둥, 화재, 아버지.

이 네 가지는 일본 사람들이 가장 무서워하는 것이라고 합니다. 자연재해야 인간의 힘으로 어찌할 수 없으니 그렇다 쳐도, 여기에 아버지가 들어간 것이 묘합니다. 그만큼 일본의 전통적인 아버지는 가족들과 정을 나누는 구성원이기보다는 권위로서 군림하고 명령하고 복종을 강요하는 구시대의 상징이었다는 뜻이겠지요. 이런 아버지는 늙어서도 그 권위를 벗지 못합니다. 하지만 가족들과 살갑게 어울리지 못해도 문제 될 게 없으니, 평생 소리 없이 그 간극을 메워가며 내조를 해온 아내가 있는 덕분입니다.

그렇지만 아내가 홀연히 세상을 먼저 떠나면 이제 일은 벌어집니다. 자식들과 두런두런 대화를 나눈 적도 거의 없고, 제 손으로 밥상을 차려본 적이 없는 늙은 아버지는 이제 자식들이 존경과 두려움으로 우러러봐야 할 존재에서 천덕꾸러기 신세로 전락합니다.

전형적인 일본 아버지인 주인공은 딸 넷에 아들 하나를 두었지만, 여든이 넘어서 아내와 사별합니다. 살 날이 얼마 남지 않았음을 안 아내는 늙은 남편에게 살림을 가르치기 시작합니다. 죽을 쑤는 법, 된장국 만드는 법, 계란과 감자 찌는 법 그리고 세탁기와 청소기를 사용하는 법까지.

권위로 아내를 억누르기만 했는데 늙고 병든 아내가 시키는 대로 고분고분 따라 하는 모습은 차라리 측은하기까지 합니다. 그래서일까요? 늙은 아내는 자식들에게 이런 말을 하며 안타까운 마음을 풀어놓습니다.

"아버지보다 내가 하루라도 더, 그게 안 되면 10분이라도 더 살아 있고 싶어. 아버지 혼자 남으시면 불쌍하고, 미안한 기분이야. 아버지를 먼저 잘 보내드리고 나서 죽고 싶어…."

하지만 뜻대로 되지 않는 게 인생이라고 하지요. 늙은 아내는 82번째 생일을 맞게 될, 귀 어두운 남편을 남겨두고 홀연히 눈을 감습니다. 이제 남편은 홀아비가 되어 자식들에게 덩그러니 남겨졌습니다. 그렇지만 누구 하나 선뜻 아버지와 함께 살겠다고 나서지 않았습니다. 자식들은 서로의 형편을 잘 알기에 눈치를 보며 그저 누군가 적극적으로 나서주기를 바랍니다. 자존심이 강한 아버지는 굳게 결심하고 이렇게 선언합니다.

"지난 엿새 동안 난 생각했어. 잘될지 어떨지 모르겠지만 우선 1년 동안 이 집에서 혼자 살아볼게. 내가 만일 쓰러지면 너희들한테 신세 질게. 그때는 잘 부탁한다."

그리하여 자식 가운데 독신인 셋째 딸의 도움 아래 아버지의 홀로 서기가 시작됩니다. 딸은 아버지가 아침에 일어나시면 해야 할 일과, 저녁 잠들기 직전에 반드시 해야 할 집안일들을 꼼꼼하게 번호를 매겨가며 정리해서 집안 곳곳에 붙여둡니다. 아버지는 힘껏 그리고 요령껏 딸이 매겨놓은 번호대로 열심히 따라갑니다.

하지만 딸은 마음이 놓이지 않습니다. 아무도 없는 집에 혼자 살면서 더구나 귀도 어두운 늙은 아버지에게 무슨 일이라도 생기면 어쩌나 하는 염려에 일이 손에 잡히지 않습니다. 고민 끝에 아버지에게 일기를 쓰시도록 권하였고, 자신과 편지를 주고받자는 제안을 합니다.

뜻밖에 아버지는 흔쾌히 딸의 제안을 수락했고, 딸은 매일 아버지를 돌봐드리지 못해도 아버지의 일기를 읽으면서 세밀하게 아버지를 관찰합니다. 그리고 딸과의 대화는 편지로 이어집니다. 마주 보며 주고받기 멋쩍은 이야기도 편안하게 나눌 수 있는 기발한 장치가 마련된 셈입니다.

아버지는 나름 열심히 노력했습니다. 딸이 순서를 매긴 대로 일어나서 제일 먼저 해야 할 일을 빠짐없이 챙겼고, 쓰레기 버리는 날, 분리수거하는 날까지 아버지의 손으로 혼자서 하게 됩니다. 하지만 하루아침에 완벽한 주부처럼 집안일을 해낼 수는 없는 법, 아버지는 이내 순서를 건너뛰기도 하고 생략하기도 합니다. 보다 못한 딸은 잔소리를 늘어놓기 시작하고, 아버지는 나름대로 변명하고 사과하지만 결국 버럭 화를 내고 맙니다.

워낙 깔끔하고 순종적인 아내와 무리 없이 살던 아버지는 자신의 일거수일투족에 대한 딸의 잔소리에 기가 질리고 맙니다. 급기야 부녀간에 심한 다툼이 벌어집니다. 늙은 아버지는 딸의 잔소리가 너무 지독해서 '마귀할멈'이라며 소리쳤고, 독신의 딸은 '왜 이런 일도 못하시냐'라며 격하게 싸우게 된 것입니다.

딸이 너무 심하게 아버지를 옥죄는 것일까요? 달라진 자신의 위상을 감지하지 못한 아버지의 일방적인 '태업'일까요?

하지만 늙은 아버지에 대한 염려로 맘을 졸이는 자식과는 달리 아버지는 자신의 처지를 순순히 인정합니다. 이제 자신은 혼자 살아갈 수밖에 없음을 받아들이게 된 것이지요. 아버지는 일상에서 즐거움을 찾기 시작하고, 이웃과 적극적으로 교제를 하고, 자신에게 찾아온 늙음이라는 사실을 객관적으로 받아들이려고 애를 씁니다.

아버지의 홀로서기를 꼼꼼하게 기록한 책을 읽는 내내 내 시선을 붙잡은 단어는 '외롭다'라는 아버지의 심경이었습니다. 아무리 혼자 살아보겠다고 결심을 하지만 아내가 세상을 떠난 지 1년 동안 그야말로 고군분투하는 삶이 아닐 수 없었습니다. 아버지의 가장 큰 적은 바로 '외로움'이었습니다. 결국 아버지는 홀로 생활한 지 1년 만에 자식들에게 이렇게 하소연합니다.

"혼자 사는 건 이제 그만하고 싶어. 외로워서 2년째부터는 너희들하고 의논해서 누군가에게 신세 지고 싶어. 생각해봐 줘."

다섯이나 되는 자식들 중 누구 하나라도 이젠 나설 때가 된 듯합니다. 하지만 뜻밖에 아무도 나서지 않습니다. 독신인 셋째 딸은 이제 아버지와 솔직하게 속내를 털어놓기로 합니다. 자신도 외롭다고, 일에 치이고 젊지만 고독하기 짝이 없다고. 하지만 그 외로움은 누군가와 함께 산다고 해서 해소될 것은 아니라고. 결국 아버지의 홀로서기는 2년째로 접어듭니다.

늙은 아버지의 부탁에도 혼자 사실 수밖에 없다며 고개를 젓는 다섯 자식들의 태도가 그저 놀랍기만 합니다. 하지만 더 놀라운 것은 자식들의 처지를 이해하고 받아들이는 아버지의 태도입니다.

"나 혼자서 외로운 걸 참으면 자식들의 가정이 평온. 행복한 가족들 사이에 내가 방해되어서는 안 된다. 이것이 제일 좋은 결론이다. 혼자서 재미있게 사는 방법을 스스로 궁리해서, 자신의 생활을 조정해가도록 노력해보자."

한물 지난 감이 있기는 하지만, 한때 한국사회에서는 명예퇴직하여 가정에 안주해버린 남편을 가리켜 영택이(영감탱이)라고 부르거나, 그런 남편이 하루에 몇 끼를 찾아 먹느냐에 따라 일식(一食)씨, 이식(二食)군, 삼식(三食)이라고 부른다는 농담이 한창이었던 적이 있습니다. 평생 남편 수발드느라 얼마나 지쳤으면 그런 호칭을 붙일까 싶어서 안타깝기도 하지만 가정의 생계를 책임지느라 청춘을 늙혀버린 한 존재에게 그건 좀 너무한다 싶습니다.

하지만 어쩌겠는지요. 세상의 무관심을 탓하는 시간조차 아까운 것
이 노후의 삶인데요. 젊을 때와 똑같이 쾌락을 맛볼 힘도 없고, 비웃
는 젊은이들을 향해 여봐란듯이 활개쳐 보일 몸도 이젠 아닌걸요.

"역시 냉정하고 쌀쌀맞은 일본 사람답다"는 생각이 책 읽는 내내
사라지지 않았지만 늙음이라는 삶의 부분은 결국 그 당사자인 노인이
감내해야 할 몫이라는 사실을 이 책은 내게 일러주었습니다.

아, 그렇다면 우리들의 아버지시여, 이럴수록 힘없는 자신을 탓하
며 움츠리지 말고 책 속의 아버지처럼 홀로서기를 연습하면서 늙은
자신과 친해지는 것이 어떠실는지요.

여인숙을 떠나듯,
마지막 무대에서 내려서라

아파트 관리실 앞에 옆집 할아버지가 앉아 계셨습니다. 평소 정정하고 꼿꼿하셔서 80을 넘기셨다는 게 믿기지 않았는데 오늘 밝은 거리에서 할아버지를 보았을 때 깜짝 놀라고 말았습니다. 깊이 팬 주름살, 지팡이를 짚은 채 달달 떠는 손, 자꾸 흘러내리는 눈물 때문에 그만 벌겋게 짓물러버린 눈가….

왜 밖에 나와 계시냐고 인사드리는 나를 아득하게 바라보다 가까스로 누구인지 기억해내시더니 "이젠 늙어서 자꾸만 잊어버리는구먼. 집 열쇠도 잃어버렸고 아이들 휴대폰 번호도 기억이 안 나네. 기다리고 있는 중이야"라고 답하셨습니다. 불과 1년 전에 내게서 채근담을 빌려 가서는 "좋은 책 빌려주어 아주 잘 읽었소이다"라며 정중한 인사와 함께 책을 돌려주신 신사분이었습니다.

쩌렁쩌렁 울리던 음성도 시간의 길목에서 도둑맞으셨는지 목소리마저 힘 없이 떨렸습니다. 그늘에 앉아 가족 중 누구 한 사람이 돌아오기만을 하염없이 기다리는 할아버지를 뒤로하고 그곳을 떠날 때 자꾸만 마음 한켠이 내려앉았습니다. 세월이라고 하는 보이지 않는 손에 할퀸 노인의 모습이 초라하기 짝이 없습니다.

노인이 되면 이제는 더 이상 자신이 싱싱한 청춘이 아니라는 사실을 자각합니다. 하지만 그 자각 뒤에는 말할 수 없는 쓸쓸함과 아련함이 깃들어 있습니다. 청년을 보면 말을 건네고 싶고, 청년들의 굼뜬 행동에 성화를 부리고, 청년들의 무례함에 진노합니다. 예전에 어느 칼럼에도 실었던 내용이지만 나는 늙음이라는 그 허망한 권위를 목격한 적이 있습니다.

지하철 노약자 우대석에 앉아 있던 한 노인과 젊은이 사이에 실랑이가 벌어졌습니다. 통로 출입문을 열고는 닫지 않고 그냥 지나던 젊은이에게 노인이 "야, 인마! 문 닫고 가!"라고 크게 호통을 쳤습니다. 그런데 젊은이는 그 길로 노인에게 성큼 다가가더니 "지금 뭐라고 그랬어?"라며 욕설을 퍼부었습니다. 믿을 수 없는 일이 벌어졌습니다. 주위 사람들은 그저 멍하니 바라볼 뿐이었고, 젊은이는 씩씩거리며 노인에게 으름장을 놓더니 그냥 가버렸습니다. 아, 그때 당황하고 겁먹은 노인의 얼굴이라니….

예절도 모르는 젊은이를 크게 호통치며 따끔하게 가르치려던 노인은 더할 수 없는 모멸만을 당하였고, 애써 태연한 얼굴로 민망함을 감추며 청년이 열어젖힌 문을 닫았습니다. 청년의 무례함이야 두말할 나위가 없습니다. 하지만 그 광경을 지켜보던 나는 노인이 조금만 점

잖게 청년을 불렀더라면 하는 아쉬움을 감출 수가 없었습니다. 어쩌자고 일면식도 없는 청년에게 '인마!'라며 호통을 친 것일까요?

세대 간의 이런 갈등은 비일비재합니다. 역시 지하철에서의 일입니다.

노인 한 분이 한낮의 지하철 안에서 젊은이들에게 시비를 걸었습니다. 자리를 양보해도 앉지 않고, 나란히 앉아서 제각기 작업에 몰두하고 있는 젊은이들에게 자꾸만 말을 걸었습니다. 젊은이들은 처음에는 노인의 질문에 대답하였지만 계속해서 말을 걸자 무시하기 시작했습니다. 그러자 노인은 그들의 컴퓨터나 책에 당신의 머리를 들이밀면서 방해를 했습니다. 얼핏 보니 낮술을 한 잔 걸쳤습니다.

젊은이들의 무반응이 이어지자 급기야 어처구니없는 일이 벌어졌습니다. 노인이 갑자기 한 젊은이의 노트북 자판을 마구 두드려대고 또 다른 젊은이의 책을 손으로 쳐서 떨어뜨린 것입니다.

그러더니 큰 소리로 "요즘 젊은 것들…"이라고 호통을 치기 시작했습니다. 젊은이들이 공손히 머리 숙이고 그 꾸지람을 듣고 있었을까요? 천만에요. 한 청년이 휴대폰으로 신고를 하더군요. 그 모습을 보더니 노인은 슬그머니 다음 정거장에서 내려버렸습니다.

한낮의 버스 안에서는 이런 일도 있었습니다. 노인 한 분이 차에 올랐는데 때마침 노약자석에 앉아서 정신없이 곯아떨어져 있는 여대생의 머리를 다짜고짜 쿡 쥐어박더니 이렇게 말한 것입니다.

"야, 일어나. 나 좀 앉게."

자다가 느닷없는 봉변을 당한 여학생은 화를 삭이려는지 아주 천천히 짐을 챙겨서 일어났습니다. 노인은 냉큼 자리에 앉더니 여학생의 무거운 가방을 받아줄 생각조차 하지 않았습니다. 아무리 그 자리가 노약자석이라고 해도 젊은이에게 그렇게 행동해도 되는 걸까요? 노약자석은 비워두라고들 하지만 피곤한 사람이면 누구나 앉을 수도 있지 않을까요? 굳이 양보를 받아내더라도 고맙다는 인사말을 할 수는 없었던 것일까요?

젊은이들의 무례는 어른들이 따끔하게 가르친다지만 어른들은 자기보다 나이 어린 사람들에게 예를 갖추지 않아도 되는 걸까요? 이 같은 어른들의 '무례'는 과연 누가 어떻게 다스려야 할까요?

빠른 속도로 고령화사회로 접어들고 있습니다. 인생의 무대에서 물러나 조용히 지나온 삶을 반추하며 여생을 보내기에 우리 사회의 노인들은 지금 너무나 정력적이고 왕성합니다. 거리에서, 지하철에서, 노인들은 젊은이들과 자주 마주칩니다. 핵가족 속에서 자라난 젊은이는 노인에 대해 아는 게 없고, 심지어는 무례하기 짝이 없는 행동도 서슴지 않습니다. 그런데 '요즘 젊은 것'들의 무례함은 기원전에도 벌어진 일 아니던가요?

나는 세대 간의 갈등이 벌어질 때면 언제나 고대 로마의 현인 키케로를 떠올립니다. 그는 노년의 삶을 이렇게 예찬하고 있습니다.

힘이 있으면 그러한 재산을 쓰되, 없다고 아쉬워하지는 말게나. 청년이 소년 시절을, 또는 장년이 청년 시절을 아쉬워해서는 안 되는 것이라면 말일세. 인생의 주로(走路)는 정해져 있네. 자연의 길은 하나뿐이며, 그 길은 한 번만 가게 되어 있네. 그리고 인생의 매 단계에는 고유한 특징이 있네. 소년은 허약하고 청년은 저돌적이고 장년은 위엄이 있으며 노년은 원숙한데 이런 자질들은 제철이 되어야만 거두어들일 수 있는 자연의 결실과도 같은 것이라네.

이렇게 원숙한 자연의 결실과도 같은 노년이건만 사람들에게 조롱당하고 무시당하는 이유는, "늙음은 사람을 활동할 수 없게 만들고, 사람의 몸을 허약하게 하며, 사람에게서 거의 모든 쾌락을 앗아가고, 죽음과 멀리 떨어져 있지 않기 때문"이라고 합니다. 하지만 키케로는 이런 네 가지 이유가 있기에 노년이야말로 여유롭고 진지하게 삶을 살아갈 수 있는 가장 적당한 시기라고 말합니다.

되짚어보자면, 세상의 중요한 일은 체력이나 민첩성, 신체의 기민성에 의해서가 아니라 계획과 명망과 판단력에 의해 이루어지며, 이러한 자질들은 노년이 되면 대개 더 늘어나는 법입니다. 세상의 모든 죄악은 쾌락을 좇는 데에서 비롯되지만 노년의 삶은 쾌락에 잠기고 싶어도 잠길 수 없게 육체가 쇠약해져버리니, 이제야말로 마음의 눈을 뜨고 미덕을 깊이 생각할 수 있는 절호의 기회가 찾아온 것이라고 해도 지나친 말이 아닐 것입니다.

저자는 노인들에게, 여인숙을 떠나듯 가뿐하게 삶의 마지막 무대에서 내려설 것을 권하고 있습니다. 아무리 그 연극에서 중요한 배역을 맡았다 해도 자신이 매 순간 객석으로 얼굴을 내밀어 관객의 박수를 받을 순 없으니까 극의 흐름은 그냥 흐르게 내버려두고 그것을 따르라는 것이지요. 그럼에도 무대에서 내려오기를 거부하고 여전히 연극의 주인공인 양 자신을 생각한다면, 이건 참 큰일입니다.

미숙하고 서툴기 짝이 없는 청년들에게 무대를 양보하고 내려와,

젊은 시절에는 가질 수 없었던 마음의 여유와 완숙미를 즐기는 사람이 바로 노인이라고 키케로는 말합니다. 젊은이들에게 당신이 살아온 시절의 이야기를 목에 핏대 세우며 쏟아내기보다는 그들로 하여금 힘없고 목소리 작은 노인을 찾아와 그 이야기에 귀를 기울이게 하는 일, 이런 노련미를 갖춘 사람이 바로 노인이라고 말합니다.

SNS 시대는 아무래도 젊은 세대가 주도권을 틀어쥔 것 같습니다. 하지만 세상은 대체로 노인들이 예견하는 대로 흘러갈 것입니다. 재물과 명예와 권력과 경험을 가진 자는 노인들이요, 그 노련한 노인들의 명령을 몸으로 따르는 이들이 바로 젊은이들이기 때문입니다.

황금 같은 노년의 시기, 젊은이들과 부딪치기에는 너무나 시간이 아깝습니다. 부디 인생의 주도권을 너그럽게 내주고 저들이 미처 살피지 못하는 삶의 마지막 비밀을 즐겁고 홀가분하게 만끽하심이 어떨까요?

내 인생을 뒤흔든 명작 55편 깊이 읽기

사랑의
마음을 들여다보다

초판 1쇄 | 2012년 7월 27일

지은이 | 이미령

발행인 겸 편집인 | 유철상
책임편집 | 임지선
교정 · 교열 | 임지선
디자인 | 서은주
표지그림 | 앞 Jean Honoré Fragonard 〈Young Girl Reading〉
　　　　　뒤 Claude Monet 〈Chrysanthemums〉

펴낸 곳 | 상상출판
주소 | 서울시 동대문구 용두동 790번지 롯데캐슬 피렌체 상가 3층 306호
구입 · 내용 문의 | 전화 070-8886-9892~3 팩스 02-963-9892
이메일 cs@esangsang.co.kr
등록 | 2009년 9월 22일(제305-2010-02호)
찍은곳 | 다라니

※ 가격은 뒤표지에 있습니다.

ISBN 978-89-94799-28-5(03810)

© 2012 이미령

www.esangsang.co.kr